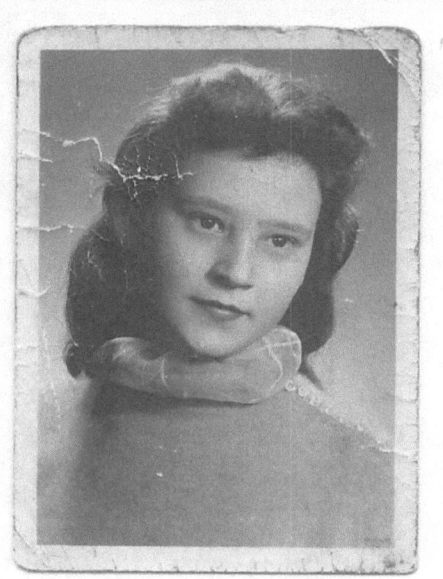

Dies ist ein Bild der Autorin aus dem Jahr 1958.

Die Idee zu diesem Roman kam ihr erst im Alter von 80 Jahren.

Kommunion 1949

Für die Familie

Helga Ostrowski

Die kleine Siedlung

tredition

Inhaltsverzeichnis

In der kleinen Siedlung

1. Kapitel „Die kleine Siedlung"

Heiligabend 1938. In einer kleinen Siedlung nahe Köln, die rund 2.500 Einwohner, kleine Wohnhäuser und liebevoll gepflegte Gärten zählte, befanden sich ein Bahnhof und ein bescheidenes Lebensmittelgeschäft. Die Stille war fast greifbar. Die Bewohner waren in ihren Häusern, vertieft in die letzten Vorbereitungen für das Weihnachtsfest. Auf den Straßen tummelten sich lediglich einige Kinder, und ein Postbote schob sein Fahrrad an den Häusern vorbei.

Unter diesen Kindern war Hans, der siebenjährige älteste Sohn des Lebensmittelhändlers. Bekannt für seine Vorliebe für Streiche, schmiedete er einen Plan, als er den Postboten erblickte. Nutzend die Gelegenheit, als der Briefträger ein Haus betrat, entwendete Hans heimlich einige Briefe. Mit den entwendeten Briefen floh er zum Baggerloch, seinem bevorzugten Spielort, und versteckte sie dort, überzeugt davon, dass sein Tun unbemerkt bleiben würde. Doch der Verlust blieb nicht unbemerkt. Als der Briefträger das Fehlen der Post feststellte, war der Ärger groß. Er machte sich umgehend daran, von Haus zu Haus zu gehen und die Bewohner darüber zu informieren, dass Briefe gestohlen worden waren.

Nun erreichte der Briefträger das Geschäftshaus, in dem Hans und seine Familie lebten. Hans' Vater, ein stattlicher Mann, war noch im Laden beschäftigt. Als er vom Briefträger erfuhr, dass Post gestohlen worden war, schoss ihm sofort Hans in den Sinn. Hans befand sich zu diesem Zeitpunkt bereits zu Hause. Sein Vater rief ihn herbei. Hans wusste, dass er nicht lügen konnte. Also gestand er seine Tat und verriet, wo sich die restliche Post befand. Als der Briefträger das Haus verließ, zog Hans' Vater seinen Gürtel aus und schlug seinen Sohn, der vor Schmerz laut aufschrie.

Das Geschrei des Jungen lockte seine schwangere Mutter, seinen 6-jährigen Bruder und seine 4-jährige Schwester herbei, letztere hielt die Hand ihrer kleinen 2-jährigen Schwester. Die Mutter flehte: "Hör auf, hör auf!" Alles war in Aufruhr, und das ausgerechnet am Heiligen Abend.

Die Mutter versuchte ihre Kinder zu beruhigen und versprach ihnen, dass das Christkind bestimmt etwas Schönes für sie bringt. Hans musste in sein Zimmer, dass vom Vater abgeschlossen wurde.

Es kehrte langsam wieder Ruhe ein. Das Geschäft wurde geschlossen. Die Mutter kochte und backte weiter. Es wurden Äpfel geschält und mit Zucker gefüllt, dann wurde ein dünner Teig ausgerollt und die Äpfel damit verkleidet. Diese kamen in den Backofen. Im Haus roch es lecker nach Braten, Kuchen und Bratäpfeln. Vater, der sich wieder beruhigt hatte, kam mit einem kleinen Weihnachtsbaum. Dieser wurde mit Kugeln, Süßigkeiten, Lametta und Wachskerzen geschmückt. Dann baute der Vater aus Printen ein Knusperhaus. Diese wurden mit flüssigem Zuckerguss zusammengesetzt, mit einem Dach, Fenster, Türe und Kamin. Als das Haus zusammengebaut war, wurde es noch mit bunten Süßigkeiten geschmückt. Es war ein Kunstwerk. Zuletzt kam noch Watte in den Kamin.

In dem Haus wo es am Vormittag noch Schreie und Tränen gab, kehrte Ruhe ein. Die Kinder saßen auf der Bank.

Die 2-jährige Elfriede saß auf dem Schoß ihrer Mutter, während alle ihr Abendbrot aßen. Besonders aufgeregt waren die Kinder, denn sie warteten sehnsüchtig auf das Christkind. Plötzlich ertönte ein kleines Glöckchen aus der guten Stube. Die Kinder sprangen auf und wollten ins Zimmer rennen, aber Hans fehlte. Margarete bemerkte das und verkündete: "Ich gehe erst ins Zimmer, wenn mein Bruder bei uns ist!" Vielleicht war es auch die festliche Stimmung, die den Vater erfüllte, aber er stand auf und holte Hans aus seinem Zimmer.

Alle vier Kinder, Hans, Rudolf, Margarete und die kleine Elfriede, betraten die gute Stube. Der Vater führte Elfriede an der Hand. Das Zimmer lag im Halbdunkel, nur die Kerzen am Baum brannten, und der Kaminofen verbreitete eine angenehme Wärme. Ein verlockender Duft von gebackenen Äpfeln und selbstgemachtem Marzipan lag in der Luft, Spezialitäten, die es nur zu Weihnachten gab. Dazu mischte sich der Geruch von Bohnerwachs, denn die gute Stube wurde speziell zu Weihnachten gründlich gebohnert. Die Familie erwartete am nächsten Tag auch noch Besuch.

Nun zur Bescherung: Die Mutter verteilte die Geschenke. Rudolf erhielt ein Paar neue Schuhe, Margarete eine Puppe, die sie erstaunt betrachtete und dann sagte: "Das ist doch meine Puppe!" Die Mutter antwortete darauf: "Aber das Christkind hat der Puppe neue Kleider angezogen." Die Freude war groß. Außerdem gab es Schokolade. Elfriede bekam eine kleine neue Puppe. Sie lachte und freute sich sehr, aber noch mehr über die Schokolade.

Aber was bekam Hans? Er bekam gar nichts, noch nicht einmal Schokolade. Oh, das war für ihn die größte Strafe. Seine Mutter und seine Geschwister waren sehr traurig und konnten ihren Vater nicht verstehen, dass er so streng sein konnte.

Der Heiligabend verlief sehr ruhig und gedrückt. Selbst das Spielen schöner Weihnachtslieder auf der Mundharmonika durch den Vater, was er sonst immer tat, fiel aus. Die Kinder mussten ins Bett und konnten nicht richtig einschlafen. Im Schlafzimmer der Eltern wurde noch lange über diesen Heiligabend gesprochen, und der Vater traf eine Entscheidung.

Am nächsten Morgen, als Hans aus seinem Zimmer kam, fand er vor der Tür ein Paar neue Schuhe, in denen eine Tafel Schokolade steckte. Jetzt hatte Hans Weihnachten! Seine Geschwister freuten sich mit ihm. Für die Kinder war es nun wirklich Weihnachten, und als sie aus dem Fenster schauten, sahen sie, dass es geschneit hatte. Sofort holten sie ihre Schlitten heraus und liefen mit ihren neuen hochgeschnürten Schuhen durch den Schnee. Die beiden Jungen hatten einen Schlitten, und Margarete durfte Elfriede, die warm eingepackt war, auf einem anderen Schlitten ziehen. Es war ein großes Vergnügen. Schnell vergaßen sie die Ereignisse des Heiligabends.

Weihnachten war vorbei. Großvater und eine Tante sind an den Feiertagen mit dem Zug angereist. Beide haben für die Kinder eine Kleinigkeit mitgebracht. Hans hatte Angst, sein Vater könnte dem Opa von seinem Streich erzählen; dann hätte er nochmals eine Tracht Prügel bekommen.

Aber nichts geschah und er war froh, denn sein Hinterteil und Rücken schmerzten noch sehr. Aber er trotzte und sagte sich: „Jungen weinen nicht!"

Der Winter war von eisiger Kälte geprägt, mit Minusgraden, als der Januar 1939 begann. Den Bewohnern der Siedlung ging es gut. Sie hatten einen Garten, aus dem sie im Herbst Obst und Gemüse geerntet hatten. Alles wurde sorgfältig verarbeitet: Ein Teil des Obstes wurde gelagert oder getrocknet, während der Rest zu köstlicher Marmelade verarbeitet wurde. Der Weißkohl wurde in großen Kübeln zu Sauerkraut gemacht, und die Stangenbohnen wurden fein geschnitten und ebenfalls in Kübeln aufbewahrt. Vieles wurde auch in Gläsern eingeweckt. Dafür wurde der Ofen stark beheizt, nicht nur mit Briketts, sondern auch mit Holz, um eine hohe Hitze zu erzeugen. Das Einwecken war stets eine anspruchsvolle Aufgabe. Kleine, mittlere und große Gläser wurden verwendet, jeweils mit einem Gummiring in Rot oder Blau. Diese wurden in kochendes Wasser gelegt, um sie zu sterilisieren, ebenso wie die Gläser selbst.

Um die Gläser mit Deckeln und Gummiringen einzuwecken, wurde ein hoher Kessel verwendet, der halb mit Wasser gefüllt war. Die Gläser wurden auf ein Gestell gelegt, das wie ein Tragegestell für Kölschgläser aussah. Mit Metallklammern wurden die Gläser an der mittleren Stange befestigt. Das Wasser im Kessel wurde zum Kochen gebracht, und ein angeschlossenes Thermostat zeigte die genaue Temperatur an. Bei 100 Grad musste die Temperatur auf 0 heruntergebracht werden, indem der Kessel vom Ofen genommen wurde.

Der Ofen wurde nicht nur zum Einwecken, sondern auch zum Kochen und Backen genutzt. Die Mutter musste genau darauf achten, die Temperaturen zu regulieren, indem sie die Hitzezufuhr anpasste. Im Winter, wenn der Ofen sowieso in Betrieb war, war das keine Schwierigkeit, aber im Sommer, bei großer Hitze, war es weniger angenehm.

Alles wurde von der Mutter mit einer Selbstverständlichkeit erledigt, da sie es von ihrer eigenen Mutter gelernt hatte. Sie gehörte an den Ofen und kümmerte sich gleichzeitig liebevoll um ihre Kinder und ihren Mann, der hart arbeitete, um die Familie zu ernähren. Neben einem Garten hatten sie auch Hühner und Kaninchen, die in Ställen gehalten wurden. Die

Hühner lieferten Eier und wurden auch geschlachtet, ebenso wie die Kaninchen. Was sie sonst noch benötigten, wurde im kleinen Laden eingekauft.

Das Geschäft lief gut, und die Jungen mussten im Laden mithelfen. Jeden Morgen kam ein Lieferwagen, der von einem Pferd gezogen wurde, und brachte frische Lebensmittel wie Butter, Wurst und Käse, alles in großen Stücken. Diese mussten schnell von den Jungen in den Kühlschrank gebracht werden, der mit Eis gekühlt wurde. Auch das Eis wurde in großen Stücken geliefert, aber der Lieferant, der einen Schutzsack über der Schulter trug, brachte es in den Kühlschrank. Mehl, Zucker und Salz wurden in Jutesäcken geliefert. Das Geschäft führte alles, was ein Haushalt benötigte, und würde heutzutage als "Krämerladen" bezeichnet werden.

Es war bekannt, was die Leute benötigten, und das wurde in der größeren Stadt besorgt und liebevoll und übersichtlich von der Mutter in Schubladen und Regalen untergebracht. So war alles geregelt und das Baby konnte kommen. Alle waren gespannt. Es gab auch Frauen aus dem Ort, die sich angeboten haben, der Mutter zu helfen. Bei 5 Kindern war jede Hilfe notwendig. Die Mutter musste auch im Geschäft helfen, da war sie froh, wenn eine Frau für ihre Kinder da war.

Das Einzige, worüber die Leute beunruhigt waren, waren die Meldungen aus dem Radio, das jeder geschenkt bekommen hatte. Es gab eine Diktatur, die von einem Mann namens Hitler geführt wurde. Man sollte nicht nur Musik hören, sondern auch die neuesten Nachrichten. Jeden Tag sprach Hitler über die Juden, die angeblich "ausgerottet" werden sollten, da sie angeblich nur Schlechtes über Deutschland brächten. Niemand störte sich daran, weil jeder mit seinen eigenen Sorgen beschäftigt war, so wie auch die Familie mit ihrem kleinen Geschäft.

Die Söhne Hans und Rudolf gingen zur Schule, wo es sehr streng zuging. Der Lehrer verteilte oft Ohrfeigen, wenn ein Schüler nicht gelernt hatte oder unaufmerksam war. Beim Schwätzen gab es auch Schläge mit dem Lineal auf die Handinnenfläche, und man musste sich in die Ecke des Klassenzimmers stellen. Deswegen war es für die Kinder "normal", geschlagen zu werden.

Bald war es so weit, die Mutter erwartete ihr fünftes Kind. Im Februar sollte es im Krankenhaus zur Welt kommen. Das waren die Sorgen. Alles wurde vorbereitet. Eine Wiege war noch von den anderen vier Kindern vorhanden. Hans und Rudolf teilten sich ein Zimmer, Margarete bekam Klein-Elfriede auf ihr Zimmer, und die Wiege wurde ins Elternschlafzimmer gestellt. Nun konnte das Baby kommen. Niemand wusste, ob es ein Mädchen oder ein Junge werden würde. Der Vater hätte gerne einen Jungen gehabt. Mädchen waren für ihn nicht so akzeptabel. Er meinte, sie kosteten nur Geld und Jungen seien nützlicher. Diese Ansicht wurde schon von Generation zu Generation weitergegeben, und auch im Jahr 1939 war man davon überzeugt.

Es war Ende Februar 1939, und die Minusgrade waren verschwunden, worüber die Menschen froh waren. Sie verbrachten gerne Zeit in der warmen Stube. Die Mütter kümmerten sich um die Wäsche, die hier und da geflickt werden musste, alles fein zusammengenäht. Einige hatten sogar eine Nähmaschine, die mit einem Tretpedal unten versehen war, um das kleine Rad an der Maschine anzutreiben. Auch Strümpfe wurden gestopft. Handarbeit spielte eine große Rolle im Alltag. Die älteren Mädchen ab vier Jahren wurden angehalten, Handarbeiten zu erlernen.

Die Jungen halfen dem Vater, der oft Reparaturen im Haus durchführen musste. Im Geschäftshaus herrschte eine gewisse Unruhe, denn heute sollte ihre Mutter aus dem Krankenhaus zurückkehren und ein neues Baby mitbringen. Alle waren gespannt!

Nun war es endlich so weit. Die Freude war groß, als Mama nach einer Woche wieder nach Hause kam. Die Familie besaß kein eigenes Auto, aber glücklicherweise hatten gute Bekannte eins und holten sie vom Krankenhaus ab. Alle vier Kinder umringten sie und drängten darauf, das Baby zu sehen. Es wurde vorsichtig in die Wiege gelegt, die sich in der warmen Stube befand. Der Vater war nicht dabei; er hatte bereits erfahren, dass es sich um ein Mädchen handelte. Wie bereits erwähnt, war das für ihn nicht von Bedeutung.

Dann kamen die beiden Jungen Hans und Rudolf. Sie betrachteten das Baby und fragten, ob es ein Junge sei. Als die Mutter verneinte, gingen sie enttäuscht weg. Sie hatten sich so sehr einen Bruder gewünscht. Die

Mädchen Margarete und Elfriede durften nun auch das Baby sehen. Margarete war traurig, ließ die Hand von Elfriede los und ging weg. Von diesem Moment an wusste sie: "Nun muss ich auf zwei Mädchen aufpassen!" Klein-Elfriede wollte das Baby unbedingt auf den Arm nehmen. Sie betrachtete es und dachte, es sei eine große Puppe. Doch als sie das Baby unsanft berührte, wachte es auf und weinte laut. Nun erschrak Elfriede und lief mit ihren kleinen Beinchen schnell zu ihrer großen Schwester.

Die Mutter war sehr traurig und noch sehr erschöpft. Sie nahm das weinende Kind in ihren Arm und drückte es fest an sich und dabei liefen ihr die Tränen. Sie konnte sich nicht beruhigen, weil sie nicht verstand, warum das Kind, was doch so schön aussah, nicht von der Familie herzlich aufgenommen wurde.

Von diesem Tag an wusste sie, dass sie das Kind mit besonderer Sorgfalt und Liebe aufziehen würde. Sie war sich bewusst, dass viel Arbeit auf sie zukam, was das Geschäft, den Haushalt und die Betreuung von fünf Kindern betraf. Zum Glück konnte sie sich auf die Hilfe von zwei Frauen aus der Siedlung verlassen, auf die sie sich sehr verlassen konnte.

Der Winter neigte sich dem Ende zu. In den Gärten blühten bereits Krokusse, und die Vögel sangen wieder. Die Kinder spielten auf der Straße, und es herrschte reges Treiben in den Häusern. Die Väter wussten, dass bald wieder Arbeit im Garten anfallen würde. Es musste gegraben werden, neue Saat in die Erde gesetzt werden, und Kartoffeln mussten gepflanzt werden, damit im Herbst wieder geerntet werden konnte. Die Obstbäume mussten zurückgeschnitten werden, damit sie im nächsten Jahr wieder reichlich Obst trugen.

Die Mütter bereiteten sich langsam auf Ostern vor. Die Hühner wurden gut gefüttert, damit sie zu Ostern viele Eier legten. Diejenigen, die nicht legten, wurden geschlachtet, und so hatte die Familie wieder Fleisch zu essen.

Das Baby der Familie Hansen entwickelte sich gut. Es wurde bereits getauft und erhielt den Namen Helga, ein zu dieser Zeit sehr geläufiger nordischer Name, der gut zum Nachnamen passte. Da die Mutter Helene hieß, erhielt Helga den zweiten Namen Helena. Immer wenn sie das Kind ansah, blickte sie in braune Augen, sah schwarze Locken, die sich zu krausen Locken wandten, und eine leicht gebräunte Haut. Sie konnte sich nicht erklären, warum das Kind anders aussah als ihre anderen Kinder. Die Jungen hatten dunkelblondes Haar und blaue Augen wie sie, und auch Margarete und Elfriede hatten dunkle Haare und blaue Augen. Die Augenfarbe hatte Helga von ihrem Vater geerbt. Aber die leicht gebräunte Haut? Helene hatte nicht viel Zeit darüber nachzudenken. Ihr Mann Edmund kümmerte sich überhaupt nicht um seine Kinder. Für ihn war es wichtig, dass alle folgten und taten, was man ihnen sagte. Er war ein bestimmender Mann, der seine Vorstellungen durchsetzte und erwartete, dass seine Frau genauso handelte.

Im Radio hörte man immer öfter Hitler über seine Macht sprechen. Er verkündete, dass Deutschland sich vergrößern würde und eines Tages zu einem mächtigen Land aufsteigen werde. Alle öffentlichen Gebäude sollten mit einem Fahnenmast ausgestattet werden. Die Fahne war rot und zeigte ein Hakenkreuz in der Mitte, die überall gehisst werden musste, auch vor Geschäften. Die Schule hatte bereits eine solche Fahne. Doch Edmund kümmerte sich nicht darum und weigerte sich, eine Fahne vor seinem Haus zu hissen. Die Leute warnten ihn und meinten, er könnte Schwierigkeiten bekommen, was sich einige Jahre später bewahrheiten sollte.

Für den Moment war jedoch alles noch in bester Ordnung. Die Bewohner der Siedlung hatten keine Sorgen. Die Männer hatten Arbeit, vor allem bei der Deutschen Eisenbahn. Viele waren Heizer, die die Lokomotiven mit Kohle befeuerten und betrieben, oder Lokomotivführer, während andere als Gleisarbeiter die Gleise kontrollierten.

Es war Sommer 1939, und die Menschen in der kleinen Siedlung waren zufrieden. Der Geschäftsmann Edmund Hansen hatte kaum Zeit und verpasste daher die wichtige Nachricht im Radio. Aufgeregt stürmten die Bewohner des Dorfes in sein Geschäft, um ihm zu erzählen, dass Krieg ausgebrochen sei. Die Mutter zog hastig ihre Schürze aus und begab sich zum Nachbarhaus, wo ein älteres Ehepaar wohnte, das sicherlich die Nachrichten gehört hatte. Dort erfuhr sie von den neuesten Entwicklungen:

"Polnische Soldaten haben deutsche Soldaten an der Grenze angegriffen!" Daher habe Hitler Polen den Krieg erklärt. Nach einigen Tagen beruhigten sich die Menschen wieder, indem sie sich sagten: "Polen ist weit weg von Deutschland!"

Seit diesem Tag hatte Herr Hansen auch ein Radio in seinem Geschäft stehen. Die Bewohner gingen ihrer Arbeit nach, während die Kinder miterlebten, dass Krieg herrschte und Schüsse fielen. Aus diesem Grund schnitzten sich die älteren Jungen Holzgewehre, um "Krieg" zu spielen. Die älteren Menschen zogen sich ängstlich in ihre Häuser zurück, denn sie hatten bereits einen Krieg erlebt und wussten genau, was das bedeutete. Sie besuchten nun häufiger das Geschäft, um Lebensmittel zu kaufen, die sich lagern ließen, da sie auch wussten, dass Krieg Tod, Zerstörung und Hunger mit sich brachte.

Die jungen Männer wurden eingezogen und zu Soldaten ausgebildet, darunter auch drei Brüder von Edmund Hansen: Felix, Peter und Wilhelm. Sie waren alle zwischen 18 und 22 Jahren alt. Sie selbst waren stolz auf ihre Einberufung, aber ihre Eltern und ihr älterer Bruder Edmund waren sehr bedrückt, denn sie hatten den Ersten Weltkrieg von 1914 bis 1918 miterlebt. Edmund war damals 14 Jahre alt, seine Frau Helene Hansen war bereits 15 Jahre alt.

Eine Atmosphäre der Ungewissheit breitete sich im Ort und wahrscheinlich auch im ganzen Deutschland aus. Niemand wusste, ob sich der Krieg nur auf Polen beschränken würde. Täglich hörte man im Radio Berichte über die Bombardierung von Städten durch Flugzeuge, begleitet von Aussagen wie: "Ganz Polen wird dem Erdboden gleichgemacht, und dann gehört das Land uns!".

Dennoch wussten die Leute noch nicht genau, was auf sie zukommen würde, und sagten sich: "Es ist alles weit weg von uns!"

Die Kinder der Familie Hansen hatten es gut. Hans, der Älteste, besaß ein Holzgewehr, während sich Rudolf, der Jüngere, nicht dafür interessierte. Er kümmerte sich stattdessen liebevoll um Helga. Er war der einzige der Geschwister, der seine kleinste Schwester wirklich ins Herz geschlossen hatte. Seine Mutter war darüber sehr froh, und nun gehörte Rudolf auch zu ihren Lieblingskindern.

Da es Sommer war, wurde die Wiege in den Garten gestellt, und der Säugling Helga konnte im Schatten wunderbar an der frischen Luft liegen. Wenn sie mit ihren Beinchen strampelte, schaukelte die Wiege hin und her, was ihr sehr gefiel, und dabei gab sie juchzende Töne von sich. Eine Frau, die nicht zu den Einwohnern des Ortes gehörte, hörte die fröhlichen Laute und ging zur Wiege. Als sie das Kind sah, strahlte sie und versuchte, Helga aus der Wiege zu nehmen. Doch als sie begann, das Baby in ein Tuch zu wickeln, fing Helga an zu schreien.

Die Schreie wurden im Haus gehört, und die Mutter sowie eine Frau aus dem Ort stürzten in den Garten. Im letzten Moment gelang es ihnen, Helga aus dem Arm der fremden Frau zu entreißen. Diese lief davon und wurde im Ort nie wieder gesehen.

Mutter Helene war glücklich und erleichtert, als sie ihren Liebling wieder in ihren Armen hielt. Von diesem Tag an durfte Helga nicht mehr allein in den Garten, stattdessen bekam sie einen neuen Kinderwagen und wurde von Rudolf oder einer der Hilfsfrauen im Ort spazieren gefahren. Margarete zeigte kein Interesse daran, sie hatte genug damit zu tun, sich um ihre kleine Schwester Elfriede zu kümmern. Hans, der Älteste, spielte derweil am Baggerloch, seinem Lieblingsort, wo es immer etwas Neues zu entdecken gab. In diesem Moment kamen große Bagger und schaufelten Sand aus der Grube, der dann in Säcke gefüllt wurde. Hans durfte sogar mithelfen. Diese Säcke, etwa 10 Kilo schwer, sollten an die Bewohner der Siedlung verteilt werden. Jedes Haus musste Sand im Keller aufbewahren, um im Falle eines Hausbrands damit zu löschen – eine Anordnung von Hitler.

Eines Tages kam Hans nach der Schule wieder zu seiner Lieblingsstelle am Baggerloch, doch statt der Bagger sah er Riesenlaster mit großen Wassertanks, an denen Schläuche befestigt waren. Diese wurden in die ausgebaggerte, sehr tiefe Senke gehängt, und Hans sah, wie das Wasser hineinfloss. Als andere Kinder kamen und fragten, was und warum das geschah, machten sich die Männer einen Spaß daraus, die Kinder zu belügen und ihnen dumme Geschichten zu erzählen. Doch die Kinder, insbesondere

Hans, ließen sich nicht täuschen. Er drohte damit, seinen autoritären Vater zu holen, was die Männer zur Vernunft brachte. Es stellte sich heraus, dass ein großer Baggersee entstehen sollte – eine Nachricht, die die Kinder begeisterte. Sie freuten sich auf das Schwimmen im Sommer und das Schlittschuhlaufen im Winter. Trotz der unsicheren Zeiten brachte diese Aussicht Freude in den kleinen Ort.

Das Jahr 1939 neigte sich langsam dem Ende zu, und in den Häusern wurde wieder gebacken und man bereitete sich auf Weihnachten vor.

Die Jungen aus der kleinen Siedlung hatten einen neuen "Spielplatz" entdeckt. Ganz in der Nähe von der Schule und der Kirche wurde wieder gebaggert. Dieses Mal war die Baggerstelle nicht rund, sondern quadratisch. Die Kinder erfuhren von ihren Eltern, dass dort ein Bunker gebaut würde. Was war ein Bunker? Es sollte ein unterirdisches Gebäude entstehen, dessen Dach aus dickem Beton bestehen und nicht aus Ziegeln. Die Kinder konnten damit zunächst nichts anfangen. Die älteren Kinder baten ihren Lehrer um Erklärung, und er erzählte von Bomben, die aus Flugzeugen abgeworfen wurden und Häuser zerstören würden. Menschen, die in diesen Häusern lebten, könnten dabei getötet werden. Daher würden Bunker aus dickem Beton gebaut, damit die Menschen sich darin schützen können. Ein Haus könne man immer wieder neu aufbauen, aber Menschen könne man nicht ersetzen. Die älteren Kinder verstanden die Bedeutung und behielten es für sich. Einige halfen sogar beim Bau mit. Sie fühlten sich verantwortlich für den Ort und die Bevölkerung. Ein zweiter Bunker wurde ebenfalls gebaut und sollte im Sommer 1940 fertig sein. Der erste Bunker hatte ein spitzes Betondach, während der zweite ein flaches Betondach haben sollte. Warum das so war, fragten die Jungen nicht.

Mit Weihnachten kehrte Ruhe ein. Kein Baggerlärm und keine Geräusche von Betonrührmaschinen waren mehr zu hören. In den Häusern herrschte wieder Hochbetrieb, während man sich auf das Weihnachtsfest vorbereitete. Statt Nachrichten hörte man aus dem Radio Weihnachtslieder. Es war ungewohnt, aber für die Bewohner war es wohltuend.

Im Geschäftshaus gab es dieses Mal keinen Ärger. Vater Edmund baute wieder sein Knusperhäuschen, das jedoch erst nach Weihnachten gegessen werden durfte. Ebenso wurde der Christbaumschmuck aus runden Plätzchen angefertigt. Für Helga wurde ein großer Wäschekorb mit Decken und Kissen in die gute Stube gestellt. Nun konnte das Christkind kommen. Die Kerzen am Baum brannten, der Ofen war gut geheizt und eine Mundharmonika lag auf dem Tisch. Die 4 Kinder betraten das Zimmer. Nicht nur die Kerzen strahlten, auch ihre Augen. Hans, der Älteste, war von den Bunkern sehr ernst gestimmt. Die Mutter Helene kam mit Helgaschen (so wurde sie genannt) auf dem Arm ins Zimmer und legte sie in den Korb. Vater nahm die Mundharmonika und spielte Weihnachtslieder. Mutter, Hans, Rudolf und Margarete mussten mitsingen. Es hörte sich sehr schön an. Besonders die Stimme von Rudolf, sie war klar und voller Timbre.

Nun durften die Kinder ihre Geschenke auspacken. Hans bekam neue Schulhefte, Bücher und sogar einen Füller, was etwas Besonderes war, denn so einen hatte keiner in seiner Klasse. Die meisten hatten einen Tintenfederhalter. Trotzdem war er enttäuscht, denn er hatte sich ein richtiges Gewehr gewünscht. Sein Bruder Rudolf bekam ebenfalls neue Schulhefte und Buntstifte, worüber er sehr glücklich war, denn er malte sehr gerne. Margarete erhielt eine Schiefertafel mit Griffel. Die Tafel war mit einem schmalen Holzrahmen eingefasst und an der rechten Seite war ein Loch, woran eine Kordel befestigt war, versehen mit einem kleinen Schwamm (damals sehr wertvoll) und an der zweiten Kordel war ein gehäkelter kleiner Topflappen. Margarete freute sich nicht über die Tafel, sondern darüber, dass sie nun nach Ostern 1940 in die Schule kommen würde, und sie nicht mehr so viel auf Elfriede aufpassen musste.

Elfriede, die jetzt auch Friedchen genannt wurde, bekam einen kleinen Bären, den sie ganz fest an sich drückte und mit ins Bettchen nahm. So hatte sie etwas, woran sie sich kuscheln konnte.

Das Kuscheln gab es nicht von den Eltern. Sie hatten keine Zeit! Wenn Margarete sich einkuscheln wollte, wurde sie weggedrückt. Sie erhielt keine Wärme, weder von ihren Brüdern noch von ihrer Mutter. Da sie es nicht kannte, konnte sie es auch nicht weitergeben. Ihre einzige Trostquelle war ihre Puppe, die sie in den Arm nahm und drückte. Das war ihr einziger Trost, wenn sie krank war und weinend im Zimmer verbringen musste. Hans verbrachte seine Freizeit draußen und heckte nun keine

Streiche mehr aus, sondern half beim Bunkerbau. Rudolf verbrachte seine Zeit mit Malen und passte auf Helga auf. Deshalb lachten ihn andere Jungen seines Alters aus. Seine Mutter streichelte ihm jedoch über den Kopf, der voller Locken war. Die einzige, die Liebe und Zärtlichkeit erhielt, war Helga, was den anderen Kindern nicht gefiel. So entwickelte sich eine Abneigung gegen ihre "neue Schwester", außer Rudolf, der auch Rudi genannt wurde. Die Geschwister hatten nun ihre Kosenamen: Hans/Hänschen, Rudolf/Rudi, Margarete, die nur so genannt werden wollte, und Elfriede, die Friedchen genannt wurde. Wenn die Eltern streng sein mussten, wurden sie mit ihren "richtigen" Namen gerufen, was jedoch selten vorkam.

Weihnachten war nun vorbei, und man wartete voller Spannung darauf, was das Jahr 1940 bringen würde. Die Eisenbahn hatte keine jungen Männer mehr zum Ausbilden. Alle wurden zu Soldaten ausgebildet. Die am sportlichsten waren, wurden für die Marine ausgebildet, darunter auch Peter und Wilhelm, zwei Brüder von Edmund. Alle Soldaten unterlagen einem harten Drill und wurden diktatorisch ausgebildet. Sie schworen Hitler Gehorsam und versprachen, den Befehlen der Generäle Folge zu leisten. Noch machten sie es gerne und waren stolz darauf, Soldat zu sein!

Es war Sommer 1940 und sehr warm. Die Kinder konnten im Baggersee schwimmen gehen, was für sie ein großes Vergnügen war. Inzwischen waren auch die Bunker fertiggestellt. Man konnte sie von innen besichtigen. Ein Lehrer führte die älteren Kinder vom 6. bis zum 8. Schuljahr hinein, um zu erklären und zu zeigen, wie alles aussah. Niemand sonst durfte hinein. Die Kinder waren alle sehr aufgeregt, als sie die kalten und feuchten Räume betraten. In jedem der vier etwa 20 Quadratmeter großen Räume stand eine Bank entlang der Wand. Am Ende jedes Raums gab es eine Stelle, um die Kinderwagen abzustellen. Die Wände waren aus Beton mit Eisengittern verstärkt, erklärte der Lehrer. Ein Ofen durfte nicht aufgestellt werden, da es keinen Kamin gab. Die Decke war sogar mit zwei Eisengittern verstärkt. Alles sollte sehr stabil sein, um die Menschen vor den Bomben zu schützen. Nach der Besichtigung waren die Kinder froh, wieder die steile Treppe hinaufzugehen und im Freien zu sein, wo die Sonne schien. Jeder von ihnen dachte: „Hoffentlich müssen wir nie da hinein!" Den zweiten Bunker wollten sie gar nicht mehr besichtigen, obwohl dieser bald wie ein Haus aussah, das in der Erde stand, und nur das Dach zu sehen war.

Die Eltern hörten täglich aus dem Radio, wie England bombardiert wurde und Tausende von Menschen in ihren Häusern starben. Sie hatten keine Bunker. Ebenso hörte man, dass sich ganz Europa ergeben würde, darunter auch Frankreich. Die Soldaten sangen das Lied: "Heute gehört uns Deutschland, und morgen die ganze Welt!" Dieses Lied wurde immer wieder im Radio gespielt. Die Zeitungen schrieben nur von Erfolgen. Sie zeigten auch die Kriegsmarine mit den U-Booten, mit denen man wirklich die ganze Welt erobern wollte. Die Menschen in ganz Deutschland waren begeistert und feierten "ihren Hitler".

Noch war alles in Ordnung. Man sah auch hin und wieder einen Soldaten, der seine Eltern zu Hause besuchte, darunter auch die Brüder von Edmund. Seine Eltern wohnten ebenfalls in der kleinen Siedlung. Zwei seiner Brüder kamen in schmucken Uniformen der Marine, in Weiß und Dunkelblau. Felix, der jüngere, war bei der Armee und trug eine braun-grünliche Uniform, die nicht so schön aussah. Alle drei waren sehr stolz. Edmund zeigte keine Begeisterung. Er ärgerte sich darüber, dass die Männer aus dem Ort, die er kannte, nun auch Uniformen trugen und ständig alles kontrollierten: ob der Keller sicher genug wäre, wenn Bomben fielen, ob genügend Sand vorrätig war und warum immer noch keine Fahne vor dem Geschäft gehisst worden war. All das ärgerte ihn. Manche wurden von Edmund grob angegangen, was ihnen sehr übel aufstieß. Sie waren als Respektpersonen ausgewählt worden und sollten es auch sein, aber sie wurden von der Diktatur ausgewählt.

Im Jahr 1942 hörte man plötzlich andere Nachrichten aus dem Radio. Keine Erfolgsmeldungen mehr. England hatte sich mit Amerika verbündet und griff mit Flugzeugen die Deutschen an. Militärische Stellungen und sogar Städte wurden angegriffen, darunter auch Köln. Die Kölner waren die ersten Deutschen, die die Grausamkeit des Luftkrieges über sich ergehen lassen mussten. In der Nacht vom 30. auf den 31. Mai 1942 kamen über 1.000 Flugzeuge aus England und warfen ihre Bomben ab. 486 Menschen verloren ihr Leben, mehr als 5.000 wurden schwer verletzt und 45.000

Menschen verloren ihre Wohnungen. Von nun an bestimmte der Bombenkrieg das Leben der Bevölkerung.

Da die Siedlung nicht weit von Köln entfernt war, bekamen die Menschen große Angst, auch betroffen zu werden. Man beruhigte die Menschen über das Radio und erklärte, was bei Fliegeralarm zu tun sei. Fliegeralarm wurde durch laute Sirenen angekündigt. Wenn diese ertönten, sollte man in den bombensicheren Keller oder in die Bunker gehen. Jeder hatte Angst um sein Haus, auch die Familie von Edmund. Das Geschäft musste weitergeführt werden, und täglich mussten frische Lebensmittel geliefert werden. Die Sorgen waren groß. Helene, die Mutter, sorgte sich vor allem um ihre Kinder. Wenn es abends dunkel wurde, wurden die Fensterläden geschlossen, damit kein Licht nach draußen drang. Die Kinder schliefen nicht mehr in Nachthemden, sondern in Straßenkleidung, um im Fall eines Fliegeralarms sofort in den Bunker laufen zu können.

Jeder hatte seine Aufgabe. Hans, der den Bunker bereits kannte, hatte in seinem Rucksack warme Kleidung und eine Taschenlampe, um den Weg zum Bunker zu beleuchten. Hans sollte Margarete an die Hand nehmen, während Rudi Friedchen begleitete. Helga blieb bei ihrer Mutter. So hatte es der Vater angeordnet, und so sollten sich die Kinder verhalten. Alle wussten, dass nichts mehr so sein würde wie zuvor. Kein Weihnachten mehr, keine Spiele am Baggersee, kein Malen, keine Puppenspiele und kein Seilspringen. Vielleicht sogar keine Schule mehr?

Man konzentrierte sich wieder auf die alltäglichen Dinge und jeder sagte sich: "Es wird alles wieder gut!" Die Kinder beschäftigten sich noch intensiver mit ihren Spielsachen, und die Älteren, darunter auch Hans, rückten noch näher zusammen. Sie fühlten sich erwachsen und wollten Verantwortung übernehmen. Keiner von ihnen wollte je wieder einen Streich spielen. Hans und seine Freunde hätten gerne Soldaten werden wollen, um ihre Familie zu beschützen. Doch stattdessen versuchten sie, so gut wie möglich aufzupassen und ihre jüngeren Geschwister zu beschützen.

Im Jahr 1943 wurde die Situation immer schlimmer. Die Bewohner der Siedlung sprachen nicht mehr miteinander. Jeder hatte Angst, denn es kam vor, dass jemand verhaftet wurde, weil er über Hitler schimpfte und ihn für die Bombardierung verantwortlich machte. Diese Personen wurden ins Gefängnis gesteckt. Aus diesem Grund hatten die Leute nicht nur Angst vor den Bomben, sondern auch davor, verhaftet zu werden. Den Kindern wurde streng befohlen, nichts Negatives über Hitler zu sagen. Im Radio hörte man nur Propaganda, dass Deutschland siegen würde und dass man die große "Kornkammer" von Russland erobern werde.

Weitere Städte wurden nun ebenfalls bombardiert, vor allem die Industriestädte, die in der Nähe der Siedlung lagen. In der Nacht hörte man nicht nur die Detonationen, sondern sah auch das Feuer, das den Himmel rot erleuchtete. Es war ein furchterregender Anblick, denn man wusste, dass nicht nur die Häuser durch Bomben zerstört wurden, sondern auch durch Feuer.

Mit den Kindern funktionierte es gut. Jeder befolgte, was die Eltern sagten: In den Rucksack kam eine kleine Decke, etwas zu Essen und Trinken sowie eine Taschenlampe, die Hans und Rudolf hatten. Hans hatte sich mittlerweile an den Bunker gewöhnt. Die Menschen saßen so eng nebeneinander, dass man körperliche Wärme spürte. Mutter Helene und Vater Edmund blieben mit Helga im Haus. Mittlerweile waren auch polnische und andere Gefangene in der Nähe. Sie wurden festgehalten und mussten den Einheimischen helfen. Dabei erfuhren sie, wo es etwas zu essen gab, denn von den Soldaten, die sie bewachten, bekamen sie nichts. Wenn dann der Alarm kam, flüchteten die Bewohner in die Bunker und die Häuser waren verlassen. Die Gefangenen, die nicht in den Bunker durften, nutzten die Gelegenheit, um in die Häuser einzudringen und Essen zu suchen. Sie mussten schnell sein, denn wenn sie erwischt worden wären, hätten sie erschossen werden können.

Das Geschäft wäre für die Gefangenen eine Fundgrube gewesen. Vater Edmund hatte nun ein Gewehr, um sein Geschäft zu schützen. Bisher war die Siedlung von Bomben verschont geblieben. Einige wertvolle Gegenstände waren bereits in Metallkisten verpackt und tief in die Erde vergraben worden. Jeder hatte einen Garten und wusste, wo er etwas versteckt hatte. Doch niemand wusste, wie tief die Bomben in die Erde eindringen konnten, oder ob sie den Krieg überleben würden. Die Hoffnung lag auf den Kindern, und den Älteren wurde genau gezeigt, wo alles versteckt war. Auch Vater Edmund versteckte einige wertvolle Gegenstände im Garten, während Geld in den Kleidern versteckt wurde und die Geschäftseinnahmen in einem Tresor aufbewahrt wurden. So hatten sie vorgesorgt, falls etwas passieren sollte.

Dann begann eine furchtbare Zeit für die Familie. Vater Edmund erhielt den Befehl vom Militär, sofort einzurücken – er würde Soldat werden! Als Geschäftsmann war die Zukunft ungewiss. Er ging sofort zur Dienststelle, wo er auf den Mann traf, der ihn immer wieder aufgefordert hatte, die Fahne zu hissen. „Du hast einen Befehl missachtet! Darum wirst du nun Soldat! Wenn du dich weigerst, wirst du erschossen!", wurde ihm gesagt. Edmund hatte keine Wahl. Er schwor sich, dass, wenn er je zurückkäme, er sich an diesem Mann rächen würde, ja sogar seinen Tod wünschte. Dies geschah kurze Zeit später, als der Mann erschossen aufgefunden wurde – Edmund war nicht der einzige Bewohner, dem er den Tod gewünscht hatte.

Einen Tag später wurde Edmund im Alter von 43 Jahren an einen Ort beordert, wo Soldaten ausgebildet wurden. Dort erhielt er eine Uniform und ein Gewehr. Seine Aufgabe bestand darin, Gefangene zu bewachen. Unter ihnen befanden sich Polen, Russen und Gefangene verschiedener anderer Nationalitäten. Sie alle waren draußen und bekamen weder Schlaf noch Nahrung. Bei Regen waren sie froh über das feuchte Gras oder Würmer zum Essen. Edmund beobachtete dies alles mit großem Mitleid. Täglich musste er die Leichen derjenigen bergen, die verhungert waren, von der mit Stacheldraht umzäunten Grasfläche. Er kannte einige von ihnen persönlich und trauerte um ihr Schicksal. Abends spielte er auf seiner Mundharmonika, und die Gefangenen summten mit. Er hatte immer ein Stück Brot in seiner Tasche, das er an diejenigen verteilte, die am Zaun saßen. Es waren immer dieselben, und er hätte dafür erschossen werden können, hätte jemand ihn verraten. Aber es ging immer gut. Wenn neue Gefangene kamen, war er vorsichtig und verteilte Brot nur an diejenigen, die er kannte.

Edmund war traurig, wenn er an seine Familie dachte. Er fragte sich, ob sie noch am Leben waren. Ein kleiner Trost war, dass Hans nun sein Gewehr hatte und die Familie beschützen konnte. Er vertraute darauf, dass er sich auf ihn verlassen konnte.

Inzwischen war Mutter Helene allein im Geschäft. Die Leute aus dem Ort kauften nicht mehr so viel ein, da sie Angst hatten, das Haus zu verlassen. Die Vorräte, die die älteren Bewohner gehortet hatten, erwiesen sich nun als nützlich.

Als wieder einmal Fliegeralarm ausgelöst wurde, blieb Hans im Haus, während Mutter Helene mit Helga in den Keller ging. Rudolf nahm Elfriede an die Hand, und sie liefen so schnell wie möglich. Sie kannten den Weg genau. Doch wo war Margarete? Hans durchsuchte das Haus und fand sie schlafend und angezogen im Bett. Er schrie: „Du musst in den Bunker, hier bist du nicht sicher!" Margarete lief weinend ohne Rucksack aus dem Haus.

Es war am späten Nachmittag, als Hans seine Schwester weckte und sie zum Bunker schickte. Als sie draußen ankam, kannte sie den Weg, den sie laufen musste. Sie lief so schnell sie konnte. Durch den Garten, durch das Gartentor, dann musste sie noch einen schmalen Weg laufen, der von Hecken bewachsen war, und dann hatte sie es nicht mehr weit zum Bunker. Bevor sie jedoch diesen Weg erreichte, der frei von Sträuchern und Bäumen war, blieb sie stehen; denn sie hörte ein Flugzeug, das genau über ihr flog. Das musste sie sich anschauen. Es war riesengroß. Sie kannte ein Flugzeug nur aus der Zeitung. Es war so groß, dass es einen Teil des Himmels bedeckte, und es flog ganz langsam. Aber plötzlich tauchten kleinere Flugzeuge auf, die vor und hinter dem großen Flieger flogen. Was sie sah, erschreckte sie; denn aus den Kleinen kamen Geschosse, die die Erde trafen und einen großen Knall verursachten. Was war das? Sie wurde nun daran erinnert: „Ich muss zum Bunker, hoffentlich komme ich noch hinein!"

Nun lief sie wieder los, noch schneller als zuvor. Hinter sich hörte sie wieder die kleinen Flugzeuge. Sie schrie so laut sie konnte; denn neben ihr schlugen die Geschosse ein. Sie stolperte und fiel zu Boden, dabei hielt sie sich die Ohren zu. Sie hörte sie wiederkommen und dachte: Wenn die Geschosse mich treffen, bin ich dann tot? Aber sie flogen weg. Bevor sie aufstand, hörte sie von Weitem ein lautes Grollen, Krachen und auch Explosionen. Sie schaute sich um und sah, dass ihre Siedlung noch stand, und hörte auch eine Entwarnung. Als Rudolf mit Elfriede aus dem Bunker kamen, fanden sie Margarete verschmutzt und weinend am Straßenrand sitzen. Zu Hause erzählte Margarete, was passiert war. Mutter Helene und Hans waren erschrocken; denn sie wussten, was diese "kleinen" Flugzeuge anrichten konnten. Zur Erklärung: In diesen Fliegern befanden sich ein Pilot und eine Person, die mit einem Maschinengewehr auf alles schoss, was sich auf der Erde bewegte, ob Mensch oder Tier. Sie wussten nun, wie sehr Margarete in Gefahr gewesen war. Hans machte sich Vorwürfe, weil er Margarete hinausgeschickt hatte.

Von diesem Tag an verließen Mutter Helene und ihre Kinder das Haus bei Fliegeralarm nicht mehr. Nach kurzer Zeit wurde ein Rangierbahnhof, der in der Nähe der Siedlung lag, total von Bomben zerstört. Ebenso die Schule und der Bunker, in dem sich alle Menschen befanden, die darin Schutz suchten – sie kamen ums Leben. Das war für die Bewohner und auch für die Familie ein großer Schock. Sie wären jetzt tot! Im Haus konnten sie auch nicht mehr bleiben. Mutter Helene und ihre fünf Kinder besuchten nach diesem furchtbaren Vorfall den Bunker mit dem spitzen Dach, der weiter von ihrem Haus entfernt lag. Das Haus wurde gut abgesichert, bevor sie es verließen.

Der Bunker war etwas geräumiger. Trotzdem saßen die Menschen dicht nebeneinander. Mutter Helene war das erste Mal in einem Bunker. Einige Mütter weinten, das waren die, die ihre Kinder im anderen Bunker verloren hatten. Sie hatte Helga, die mittlerweile schon vier Jahre alt war, auf ihrem Schoß und drückte sie fest an sich. Sie hörte die Leute reden: Eine erzählte, dass ihr Mann im Krieg getötet worden war. Eine andere hatte ihren Sohn verloren. Sehr viele trauerten und weinten. Mutter Helene dachte an ihren Mann Edmund. Was mag er jetzt machen? Sie war froh, dass sie ihre Kinder noch hatte.

Draußen hörte man laute Bombeneinschläge. Alle wussten: „Nun werden unsere Häuser zerstört!" Auch Hans, Rudolf und Mutter dachten es. Die Menschen schrien durcheinander. Einige wollten den Bunker verlassen. Ein Soldat, der den Ausgang bewachte, versuchte die Menschen zu beruhigen. Die wenigen Männer unter ihnen versuchten, den Soldaten von der Tür zu zerren. Als er drohte, mit seiner Waffe zu schießen, ließen sie von ihm ab. Es herrschte ein großer Tumult. Bald wurden sie ruhiger und alle horchten, draußen hörte man nichts mehr. Etwas später hörte man die Sirenen. Das hieß: „Die Bombardierung ist zu Ende!"

Als sie nach draußen kamen, konnten sie vor lauter Staub kaum etwas erkennen. Beim Weitergehen in Richtung ihrer Häuser bot sich ein Anblick, den sie noch nie gesehen hatten. Sie blieben stehen und schrien, einige fielen zu Boden und wollten nicht mehr aufstehen. Die Mütter drückten ihre Kinder an sich und weinten. Was sie sahen, war die Kirche und nur noch einige Häuser. Sie ragten aus den Trümmern. 75% der Siedlung war zerstört!

Nun wagten sich einige, darunter auch Mutter Helene mit ihren Kindern, in Richtung ihres Hauses zu gehen. Das Haus stand noch. Es war an der Seite etwas beschädigt. Rechts und links neben ihrem Haus waren nur Trümmer, aus denen es noch qualmte. Sie wussten nicht, ob sie sich darüber freuen sollten. Helene wusste nur: Hier muss ich weg, und ihr Mann musste wieder zurückkommen. Der Bahnhof war zerstört, von dort konnte kein Zug mehr fahren. Edmund durfte auch als Soldat nach Hause kommen. Er half mit, die Toten aus den Trümmern zu holen. Es waren ältere Bewohner, die ihr Haus nicht verlassen wollten. Edmund kümmerte sich darum, dass seine Familie von hier fort kam. Er hatte als Soldat für einige Zeit Urlaub und wollte für seine Familie alles tun, damit ihnen nichts passierte. Sie sollten in den Osten von Deutschland, wo noch keine Bomben gefallen waren.

Was passierte mit dem Haus? Das Versteck im Garten, wo sich wertvolle Sachen befanden, wurde durch eine Bombe zerstört. Hauptsache, sie hatten genügend Geld, was sie in den Kleidern vernähten.

2. Kapitel „Flucht der Familie"

Weihnachten 1943 wollten die wenigen verbliebenen Bewohner der Siedlung zusammen feiern. Sie stellten draußen einen großen Tannenbaum auf, allerdings ohne Schmuck und Kerzen, in der Hoffnung, dass es keinen Fliegeralarm geben würde. Glücklicherweise blieb dieser aus, und sie mussten nicht in den Bunker flüchten. Unter ihnen waren auch einige Soldaten, Väter, die dankbar waren, ein paar Tage bei ihren Familien sein zu können. Gemeinsam saßen sie eng beisammen und erinnerten sich an die friedlichen Jahre zuvor. Es wurden keine Weihnachtslieder gesungen, und es gab auch keine Geschenke.

Nach dem Fest machte Vater Edmund noch ein Foto von seinen Kindern. Mutter Helene hatte bereits alles Brauchbare in Kisten und Koffer gepackt. Großvater, der sein Haus und seine Frau bei einem Bombenangriff verloren hatte, nahm die kleinen Elfriede (7 Jahre) und Helga (5 Jahre) an der Hand, und sie fuhren mit anderen Personen in einem Lastwagen aufs Land. Dies war der Wunsch von Edmund und Helene.

Das Jahr 1944 hatte begonnen. Weihnachten war vorüber, und Ende Januar sollte ein Transport von Frauen und Kindern in den Osten Deutschlands fahren, wo noch keine Bomben gefallen waren. Viele Einwohner, insbesondere die Älteren, konnten aufs Land zu Verwandten und Bekannten ziehen, da diese Gebiete bisher verschont geblieben waren.

Nun war der Moment gekommen, Abschied zu nehmen. Die Kinder weinten vor Angst, dass sie ihre Familie vielleicht nie wiedersehen würden. Auch Edmund, als er sein Haus verriegelte, fragte sich: "Werde ich meine Familie je wiedersehen?" Als er sich dem Transport näherte, hörte er nur das Schluchzen der Kinder.

Er ging auf Hans zu, der mittlerweile 15 Jahre alt war, und übergab ihm sein Gewehr mit der Bitte, gut auf ihre Mutter, Rudolf und Margarete aufzupassen. Hans versprach seinem Vater, stark zu sein und gut auf sie aufzupassen. Edmund wollte seine Traurigkeit nicht zeigen und entfernte sich schnell von der Gruppe. Vor seinem Haus setzte er sich auf eine Stufe und ließ seinen Tränen freien Lauf. Er machte sich Vorwürfe, dass er damals nicht die Fahne vor seinem Geschäft gehisst hatte, dann wäre vielleicht alles anders verlaufen. Er trauerte auch um seine Mutter, die bei der Bombardierung ums Leben gekommen war, ebenso wie zwei seiner Brüder. Einer war als Soldat in Russland gefallen und der andere als Marineoffizier auf See. Beide waren nur ein paar Jahre älter als 20. Über den dritten Bruder, Wilhelm, wusste man zu diesem Zeitpunkt noch nichts. Er war ebenfalls auf einem Schiff.

Niemand wusste, wie es weitergehen würde. Alle hofften, dass der Krieg bald vorbei sein würde. Doch niemand kannte das Ausmaß des Leids, das bereits geschehen war. Jeder dachte nur an sich selbst und daran, zu überleben.

Als Edmund hörte, wie sich der Transport entfernte, stand er auf, um noch einmal zu winken. Die Lastwagen fuhren an seinem Haus vorbei, doch sie waren mit Planen verhangen und als Militärfahrzeuge getarnt. Edmund konnte seine Familie nicht sehen und zwang sich, nicht hinterherzulaufen. Zu diesem Zeitpunkt war die Siedlung verlassen und menschenleer. Die Häuser ragten aus den Trümmern wie Geistergebäude empor.

Der Winter war dieses Mal nicht so eisig, was ein Glück war, denn so konnten die Transporter anhalten und die Menschen sich an Feuerstellen etwas zu Essen erwärmen. Sogar die Säuglinge wurden versorgt, einige gestillt und andere bekamen warme Milch. Alle saßen still in kleinen Gruppen beisammen. Man kannte sich und vertraute einander. Sie waren schon seit einigen Tagen unterwegs, die längsten Fahrten wurden nachts unternommen, stets in Angst vor Bombardierungen und den kleinen Flugzeugen. Der Soldat, der den Transporter fuhr, kannte den Weg und wählte Routen über ruhige Dörfer. Sie passierten auch Städte, in denen fast alle Häuser zerstört waren, aber die Brücken über den Flüssen waren noch intakt, um von Militärfahrzeugen genutzt zu werden.

Als sie schließlich in eine Gegend kamen, in der die Häuser der Städte und Dörfer noch standen, waren alle beeindruckt. Die Straßen waren belebt mit Menschen, die aus prächtigen, wunderschön verzierten Häusern kamen. Man stieg aus den Transportern aus, um die Szenerie zu bewundern. Es gab sogar Geschäfte, die das Leben normal erscheinen ließen.

Wie erleichtert waren die Menschen, nach gut 14 Tagen endlich aus den Transportern herauszukommen. Sie wussten, dass sie nun eine Wohnung bekommen würden, in der sie endlich wieder in Betten schlafen konnten. Jede Familie erhielt entweder eine eigene Wohnung oder zumindest ein Zimmer für Mutter und Kind. Mutter Helene bekam sogar eine geräumige Wohnung. Endlich konnte sie wieder in einem richtigen Bett schlafen, ohne den ständigen Fliegeralarm zu hören. Sie setzte sich an einen Tisch und schrieb einen Brief an Edmund, um ihm zu berichten, dass sie nun in einer schönen Wohnung lebten und es ihnen gutging. Sie erwähnte auch, dass sie einen Wagen mit Pferd kaufen wollten, um im Falle eines Bombenangriffs selbst weiterfahren zu können. Nachdem sie den Brief zur Post gebracht hatte, gingen sie Lebensmittel einkaufen, kochten und wuschen sogar ihre Kleidung. Die Kinder halfen ihrer Mutter und waren glücklich darüber, alles so gut anzutreffen. Die Wohnung war komplett eingerichtet, und niemand wusste, wo die vorherige Familie hingegangen war.

Es war bekannt, dass alle Menschen jüdischen Glaubens die Wohnungen verlassen mussten und in Lager gebracht wurden, wie von Hitler angeordnet. Mutter Helene und ihre Kinder machten sich jedoch keine Gedanken darüber. Am nächsten Tag, ausgeruht und bereit, wollten sie einen Holzwagen mit vier Rädern und Gummibereifung kaufen. Nach einer langen Suche fanden sie endlich, wonach sie gesucht hatten. Hans und Rudolf gingen zu einem Bauern in der Nähe, um dort ein Pferd mit Geschirr zu erwerben. Der Bauer zeigte den Jungen, wie man das Geschirr an Pferd und Wagen anbrachte, und sie begriffen schnell. Glücklicherweise erlaubte der Bauer ihnen auch, das Pferd auf seiner Weide grasen zu lassen, und sie konnten ihren Wagen in einer nahegelegenen Scheune unterstellen.

Der Krieg tobte weiterhin in Deutschland. Die Großstädte, die Industrie und die Straßennetze waren zerstört. Tausende von Menschen wurden von den Bomben getötet, und die Überlebenden flüchteten in die Dörfer und aufs Land, wo es noch einigermaßen "ruhig" war. Manche blieben auch in den Ruinen ihrer Städte zurück. Die Situation war katastrophal. Die

Menschen sprachen nicht mehr miteinander, aus Angst vor harten Strafen, wenn sie sich über Hitler und den Krieg beschwerten.

Mutter Helene und ihren Kindern ging es vergleichsweise gut. Margarete war glücklich, dass sie nicht mehr ständig auf ihre Schwestern aufpassen musste, und hatte mittlerweile nette Freundinnen in ihrem Alter gefunden. Helene und Edmund schrieben sich regelmäßig Briefe. Helene machte sich Sorgen um Helga und Elfriede bei ihrem Großvater. Edmund antwortete stets knapp mit "Alles gut!" in seinen Briefen, aus Angst vor Zensur. Helene konnte jedoch zwischen den Zeilen lesen, dass der Krieg bald zu Ende sein würde. Die Angst vor den Bestrafungen und Zensurmaßnahmen war allgegenwärtig.

Nach etwa vier Monaten Aufenthalt in dem beschaulichen Ort begannen auch dort die Bomben zu fallen, insbesondere in den östlichen Städten. Neben den Sprengbomben wurden auch Brandbomben eingesetzt, die verheerende Schäden anrichteten. Die Häuser gerieten in Brand, und viele Menschen verbrannten in den Flammen, da es in diesen Städten kaum oder keine Bunker gab. Die Menschen hatten kaum Schutz vor den Angriffen und waren den Bomben schutzlos ausgeliefert.

Helene und ihre Kinder waren beunruhigt. Selbst in diesem vermeintlich sicheren Ort waren sie nun nicht mehr sicher. Sie wussten nicht, wohin sie fliehen sollten – zurück nach Hause oder zu ihrem Großvater? Wenige Tage später, an einem regnerischen Tag, klopfte ein Soldat an ihre Haustür und rief nur: "Nehmen Sie das Pferd, den Wagen und Ihre Kinder und fliehen Sie in den Westen, die Russen kommen!"

Panik brach aus, als die Nachricht von der bevorstehenden Ankunft der Russen im gesamten Ort die Runde machte. Die Menschen strömten zusammen, und es entbrannte eine hitzige Diskussion darüber, ob man bleiben oder fliehen sollte. Einige waren entschlossen zu bleiben und glaubten, dass die Russen ihnen nichts tun würden. Andere hingegen waren überzeugt, dass der Krieg vorbei sei und entschieden sich dafür, in den Westen zu fliehen. Für Helene stand fest: Sie würde nach Hause fahren, auch wenn ihr bewusst war, dass es ein langer und beschwerlicher Weg werden würde. Ihre größte Sorge galt den Flüssen – würden noch Brücken stehen?

Der Wagen wurde mit Decken, Kleidung und Proviant beladen. Das Pferd wurde eingespannt, und die Reise begann. Doch was dachten die Kinder darüber? Sie waren nicht glücklich darüber, diesen Ort zu verlassen, den sie als ein Stückchen Sicherheit empfunden hatten. Doch ihre Meinung wurde nicht eingeholt.

Sie fuhren in einem langen Treck bis zu einem Fluss, wo noch eine intakte Brücke stand. Helene und die anderen waren erleichtert und wussten, dass sie nun weiter gen Westen ziehen konnten. Als sie ihre Fahrzeuge verließen, versammelten sie sich auf der Straße und brachen in Jubel aus: "Der Krieg ist vorbei, Hitler ist tot!" Am Abend kehrten sie zu ihren Transportern zurück, um dort zu übernachten, denn am nächsten Morgen wollten sie früh über die Brücke fahren. Doch es sollte anders kommen – und noch viel schlimmer, als sie es bisher erlebt hatten.

Als sie am Morgen erwachten, hörten sie eine fremde Sprache, und die meisten wussten sofort, dass es sich um Russisch handelte. Das Geschehen, das sich daraufhin entfaltete, war von grausamer Natur. Helene hatte sich mit ihren Kindern an einem ruhigen und etwas abgelegenen Ort niedergelassen, und so bekam sie zunächst nur die Schreie der Menschen mit. Schnell lief sie dorthin und wurde Zeugin der schrecklichen Szenen, die sich vor ihren Augen abspielten. Sie sah, wie die russischen Soldaten den Menschen alles wegnahmen, was sie hatten. Diejenigen, die sich wehrten, wurden erschossen, darunter auch Frauen und Kinder. Helene beobachtete das entsetzliche Geschehen und entschied für sich: "Ich werde mich nicht wehren." Doch was würde mit ihren Kindern geschehen?

Entschlossen kehrte sie zu ihrem Wagen zurück und befahl Hans, sofort das Gewehr in den Fluss zu werfen. Zögernd gehorchte er, nachdem er von seiner Mutter erfahren hatte, was sie gesehen hatte. Es dauerte nicht lange, bis auch die russischen Soldaten zu ihnen kamen. Sie wirkten schmutzig, und ihre Augen strahlten Böses aus. Margarete klammerte sich an ihre Mutter, während Rudolf ängstlich neben ihr stand. Nur Hans, mit seinen 15 Jahren, fühlte sich erwachsen und war entschlossen, den Russen entgegenzutreten. Doch Helene hielt ihn mit fester Hand zurück. Die Soldaten brüllten in ihrer Sprache und stießen sie zur Seite, sodass sie zu

Boden stürzten. Nur Hans blieb unerschrocken stehen. Helene dachte besorgt: "Hoffentlich erschießen sie Hans nicht."

Die Soldaten interessierten sich zunächst für das Pferd und führten es zu den anderen Soldaten. Anschließend plünderten sie den Wagen aus. Sie nahmen sich das Essen und warfen die Kleidung auf den Boden, auf dem sie herumtrampelten. Als sie schließlich gingen und nicht mehr zurückkehrten, atmete Helene erleichtert auf. Sie wusste jedoch, dass sie ohne das Pferd nicht weiterkommen würden. Sie sammelten einige der weggeworfenen Sachen vom Boden auf, darunter auch Decken, und rollten sie zusammen. Jeder nahm sich eine Rolle unter den Arm. Für sie war es wichtig zu wissen, dass sie Geld in ihrer Kleidung versteckt hatten, was ihnen ein Gefühl der Erleichterung gab.

Helene stand vor der schwierigen Frage, wie es nun weitergehen sollte. Sie suchte nach Frauen mit Kindern, die ebenfalls in den Westen fliehen wollten, und fand sie schnell. Sie traf auch auf weinende Menschen, die um ihre Mütter, Kinder oder Ehemänner trauerten. Helene fühlte sich nicht in der Lage, sie zu trösten. Ihre Gedanken waren nur bei einem Ziel: Wie komme ich nach Hause?

Die Gruppe beschloss, am nächsten Tag zu Fuß über die Brücke in den Westen zu gehen. Einige hatten gehört, dass auf der anderen Seite des Flusses die Amerikaner waren und ihnen helfen würden. Diese Nachricht gab allen neuen Mut. Sie suchten sich eine weiche Stelle am Fluss und rollten sich in ihre Decken ein, um zu schlafen.

Am nächsten Morgen, als der Tag gerade anbrach, hörten sie erneut russische Soldaten. Durch ein Megafon, das in deutscher Sprache verkündete, wurden alle aufgefordert, sich an einer bestimmten Stelle zu sammeln. Etwa 500 Personen gehorchten dem Befehl und warteten gespannt darauf, was als Nächstes passieren würde. Nach zwei bis drei Stunden wurden sie aufgefordert, sich in einer Reihe hintereinander aufzustellen und loszugehen. Ohne Essen und Trinken bewegten sie sich Schritt für Schritt in die Richtung, aus der sie gekommen waren.

Ein ganzer Tag verging und eine Nacht verging, ohne dass sie eine Pause machen konnten. Einige weinten und sträubten sich dagegen, weiterzugehen. Immer mehr Menschen kamen hinzu. Sie wurden geschlagen und getrieben, auch ältere Menschen und Ehepaare, die sich weigerten mitzugehen oder weiterzugehen. Diese wurden so lange geschlagen, bis sie liegen blieben. Ob sie tot waren, wusste niemand. Doch sie mussten weitergehen.

Nach zwei Tagen des Marschierens, das eher einem Schleppen glich, durften sich die Menschen endlich auf einer Wiese niederlassen. In der Nähe floss ein Bach, aus dem sie trinken durften. Die Soldaten standen mit ihren Gewehren da und überwachten das Geschehen. Viele sehnten sich nach einem Behälter, um das Wasser für unterwegs aufzubewahren. Einige steckten ihre Köpfe direkt ins Wasser, um ihren Durst zu stillen.

Plötzlich und völlig unerwartet ereignete sich etwas Schreckliches, besonders für die jungen Frauen und Mütter. Drei der Soldaten griffen sich einige von ihnen an den Haaren und zerrten sie ins Gebüsch. Von dort waren Schreie zu hören, die von Schlägen übertönt wurden. Die älteren Frauen wussten, was dort geschah, und klammerten ihre Kinder fest an sich. Die Kinder der gequälten Frauen weinten und schrien nach ihren Müttern, während man versuchte, sie zu beruhigen, aus Angst davor, dass die Russen sie erschießen könnten.

Niemand wusste mehr genau, wie lange sie gebraucht hatten, um an einem großen Platz anzukommen, wo bereits viele Zelte aufgestellt waren. Alle hofften, dass sie nun an einem Ort angekommen waren, wo sie sich ausruhen konnten. Jede Familie wurde einem Zelt zugewiesen, auch Helene mit ihren drei Kindern. Das Zelt hatte keinen Boden und keine Pritsche zum Schlafen. Sie hatten inzwischen schon öfter auf dem harten Boden geschlafen, daher war das nicht das Schlimmste. Aber gab es wenigstens etwas zu Essen? Nein, es gab nichts zu Essen. Es gab einen Bach am Zeltlager, wo sie sich waschen konnten, aber auch trinken sollten. Die Kinder weinten vor Hunger. Helene überlegte, ob sie mit ihrem Geld etwas kaufen könnte. Sie versuchte, innerhalb des Zeltlagers etwas Essbares zu bekommen, aber niemand hatte etwas. Am Abend, als Helene mit ihren Kindern im Zelt auf dem harten Boden lag, erzählte sie von ihrem erfolglosen Versuch, Essen zu besorgen. Als sie endlich ihre Schuhe ausziehen konnten, sagte Hans: "Ich werde morgen, wenn es dunkel ist, versuchen, aus dem Lager herauszukommen, um draußen etwas zum Essen zu besorgen." Helene war besorgt und wollte es ihm verbieten, aber andererseits dachte sie, dass sie sonst verhungern würden, wenn er es nicht versuchte. Sie schliefen trotz Hunger vor Müdigkeit ein.

Am nächsten Morgen hörte man, wie die Soldaten mit einem Dolmetscher von Zelt zu Zelt gingen, um junge Frauen herauszuholen, mit dem Versprechen, dass sie dann zu Essen bekämen. Die meisten Frauen waren gewillt; denn sie wollten ihren Kindern Nahrung geben, an sich haben sie noch nicht einmal gedacht. Helene hatte man nicht gefragt. Mit 45 Jahren war sie den Soldaten scheinbar zu alt. Sie fragte sich, wie soll es weiter gehen. Sie selbst würde auf alles Essbare verzichten, wenn nur ihre Kinder zu Essen hätten.

Es wurde Nacht. Hans hatte am Tag die Gelegenheit, sich die Begebenheiten im Lager anzuschauen. Vorne am Ein- und Ausgang stand ein großes Lager, worin sich die Soldaten aufhielten. Vor diesem Lager standen zwei Soldaten mit Gewehren, und eine große Stablampe, um den gesamten Zeltplatz zu beleuchten, falls jemand aus dem Lager flüchten wollte.

Als es dunkel wurde, wusste Hans, dass er es jetzt wagen musste. Er wagte es nicht, sich von seiner Mutter zu verabschieden, weil er wusste, dass sie ihn zurückhalten würde. Kurz ging er zum Hauptlager, wo er die Soldaten singen und grölen hörte. Er dachte, sie seien wahrscheinlich betrunken. Er legte sich auf den Boden und robbte vorsichtig am Lager vorbei, bis er eine Straße unter sich spürte. Dann robbte er weiter, bis er auf die andere Straßenseite gelangte. Nun dachte er, dass er aufrecht gehen konnte, aber er lief so schnell, wie er konnte, und bemerkte dabei, wie schwach er war. Er wusste nicht genau, wo er war, aber er wusste, dass er Essen für sich, seine Mutter und seine Geschwister besorgen musste. Nach etwa 30 Minuten hörte er einen Hund bellen. Er dachte sich, wo ein Hund ist, da sind auch Menschen, und ging weiter. Endlich hörte er Stimmen, die Deutsch sprachen, und sein Herz schlug schneller. Er ging langsam auf sie zu. Als die Männer und auch eine ältere Frau den schmutzigen, aber nicht ängstlichen Jungen sahen, baten sie ihn, in die Scheune zu kommen. Sie fragten, ob er allein sei, und er nickte. Sie brauchten ihn nicht zu fragen, ob er Hunger habe; das sahen sie ihm schon an. Sie wussten auch von einem Lager, das mit Deutschen belegt und von Russen bewacht wurde. Sie fragten ihn, ob er von dort komme, und er nickte erneut und sagte, dass er auch Geld habe, um zu bezahlen.

Er zog die schmutzige Jacke aus, tastete nach seinem Messer, schnitt damit eine Naht auf und zeigte das Geld. Die Leute waren bereit, Hans Brot und Speck zu geben, besonders nachdem sie erfuhren, dass seine Mutter und seine beiden Geschwister auf ihn warteten. Sie beeilten sich, damit Hans noch im Dunkeln ins Lager zurückkehren konnte. Sie verpackten Brot und Speck fest in Papier und banden das Paket auf seinen Rücken. Er bekam sogar einen Becher Milch zu trinken und durfte eine dicke Scheibe Brot vom frischgebackenen Laib mitnehmen. Vor Glück und Dankbarkeit weinte er zum ersten Mal. Das Geld wurde ihm zurück in die Tasche gesteckt.

Nun machte er sich auf den Weg zurück zum Lager. Es war stockdunkel, ohne Sterne oder Mond. Für ihn war das perfekt. Er dachte: Hoffentlich komme ich unbemerkt zurück. Er beschleunigte seine Schritte und konnte bald nicht nur das Lager sehen, sondern auch den charakteristischen Geruch erkennen. Nun war äußerste Vorsicht geboten. Hans begab sich erneut auf den Bauch und robbte an den Zelten vorbei, bis er endlich das Zelt fand, wo seine Mutter und Geschwister voller Angst und Ungewissheit auf ihn warteten. Sie mussten sich zusammenreißen, um nicht vor Freude laut zu schreien, als sie Hans sahen. Endlich konnten sie etwas essen. Den Rest versteckten sie in der Erde am Rand des Zeltes. Hans dachte sich, dass er es zu einem späteren Zeitpunkt noch einmal versuchen würde. Aber es kam alles ganz anders.

Hans kam nicht mehr dazu! Er war nicht der Einzige, der in der Nacht versuchte auszubrechen, um etwas Essbares zu besorgen. Als sie erwischt wurden, wurden die Jugendlichen geschlagen, aber die Erwachsenen erschossen. Danach nahm man den Bauern alles Essbare ab und befahl ihnen, die Jugendlichen aus dem Lager als Arbeitskräfte zu holen.

Rudolf, der ungerne im Zelt verweilte, war ständig im Lager unterwegs, um über alles informiert zu sein. Margarete blieb bei ihrer Mutter, da sie große Angst vor den Russen hatte. Hans war der Organisator, so nannte er sich.

Eines Tages erfuhr Rudolf, dass Bauern ins Lager kommen würden. Als Hans davon erfuhr, lief er aus dem Zelt und hoffte, den Bauern wiederzusehen, der ihm einmal geholfen hatte. Dieser hielt jedoch bereits einen anderen Jungen an der Hand. Hans holte seinen Bruder und sagte ihm, er solle mit einem Bauern gehen, dann bekäme er zu Essen. Helene stimmte zu und bat ihn mehrmals, es zu tun. Rudolf sträubte sich, denn er wollte bei seiner Familie bleiben. Hans redete auf ihn ein und versicherte ihm, dass die Bauern sehr nett wären und er dort auch zu essen bekäme. Sein knurrender Magen überzeugte ihn schließlich, doch zu gehen. So ging er zu dem Bauern, der als letzter von dreien noch dastand. Helene ging weinend ins Zelt zurück und sah Gott sei Dank nicht, wie der Bauer ihren Sohn förmlich vom Lager zerrte.

Der Zustand der Menschen im Lager verschlechterte sich kontinuierlich. Bereits mehrere Kinder waren verstorben, und es gab nichts zu essen. Der Bach, aus dem man trinken durfte, war mittlerweile stark verschmutzt. Man badete abends darin, und der Bachgrund war ständig aufgewühlt. Gelegentlich trieben Kadaver von Tieren vorbei. Die Frauen wünschten sich, das Wasser kochen zu können, um es sicher trinken zu können, aber der Durst war so groß, dass sie trotzdem vom Bachwasser tranken, um das Hungergefühl zu lindern.

Da Rudolf nicht mehr da war, übernahm Hans die Rolle, sich nach Informationen zu erkundigen. Dabei erfuhr er, dass viele Menschen an Typhus erkrankt und gestorben waren. Hans war erschüttert, beschloss aber, seiner Mutter nichts davon zu erzählen.

Eines Tages sah Hans einen weißen Wagen mit einem roten Kreuz, das auf dem Dach und den Türen zu sehen war. Er war neugierig und fragte sich, was sie dort machten. Bald erkannte er ihre Aufgabe. Die Toten durften nur mit Handschuhen angefasst werden und wurden auf Karren geladen, um weit weg vom Lager begraben zu werden. Jugendliche sollten bei dieser Aufgabe helfen, darunter auch Hans. Als Belohnung erhielten sie etwas zu trinken und zu essen. Das Rote Kreuz organisierte diese

Maßnahme, und die Russen genehmigten sie, aus Angst vor einer Ausbreitung der Krankheit.

Hans trank nur wenig aus der Flasche und aß ebenfalls nur einen kleinen Teil seiner Ration, denn er dachte an seine Mutter und seine Schwester. Als er endlich Zeit hatte, mit Essen und Trinken zu ihrem Lager zurückzukehren, fand er Margarete weinend neben ihrer Mutter. Helene lag auf dem Boden und hatte hohes Fieber. Hans versuchte, ihr Wasser zu geben, aber sie öffnete den Mund nicht. Das Fieber hatte sie zu sehr geschwächt. Hans lief nach draußen und bat jemanden vom Roten Kreuz, ihm zu helfen. Gemeinsam versuchten sie, Helene zu trinken zu geben. Inzwischen hatte Margarete etwas getrunken und gegessen, konnte sich aber nicht beruhigen und weinte weiter.

Nachdem Margarete sich etwas beruhigt hatte, fragte Hans, ob sie ihre Mutter ins Krankenhaus bringen dürften. Er wusste, dass einige bereits dorthin gebracht worden waren. Die Erlaubnis wurde ihnen erteilt, und Helene wurde auf eine Holzkarre gelegt, die zuvor zum Transport von Toten verwendet worden war, aber jetzt mit sauberen Decken ausgelegt war. Die Karre hatte zwei Räder und vorne zwei Holzstangen mit Griffen, an denen sie sich festhalten konnten. Sie bekamen etwas zu Essen und Trinken mit und machten sich auf den Weg zum Krankenhaus. Sie wussten, dass es weit war, aber es ging um das Leben ihrer Mutter, und sie waren entschlossen, nicht zuzulassen, dass sie starb.

Auf dem Weg sahen sie nur wenige Häuser und kaum Menschen. Die wenigen, die sie trafen, wurden gefragt, wie weit es noch bis zum Krankenhaus war. Sie gaben bereitwillig Auskunft, als sie sahen, dass eine schwer kranke Frau auf der Karre lag. Gelegentlich wurde Helene wach und rief nach ihren Kindern, während Hans immer wieder versuchte, ihr etwas Wasser zu geben.

Endlich erreichten sie eine größere Stadt, in der sich das Krankenhaus befand. Hans meldete seine Mutter an und gab auch ihre Heimatadresse an. Sie hoben Helene von der Karre herunter und brachten sie auf eine Isolierstation. Die Decken wurden sofort vernichtet, denn es war bereits bekannt, dass sie einen Typhus-Patienten aufgenommen hatten. Von diesem Zeitpunkt an sahen Margarete und Hans ihre Mutter nicht mehr. Die beiden wurden ins Krankenhaus gebracht, um untersucht zu werden. Bei Margarete wurde ebenfalls Typhus diagnostiziert, aber Hans war nicht erkrankt. Margarete wurde stationär aufgenommen, und Hans erhielt die Möglichkeit zu baden, wofür er sehr dankbar war. Außerdem bekam er neue Kleidung, und nun fühlte er sich wieder wie ein Mensch. Er wusste, dass er niemals mehr in das Lager zurückkehren wollte und dass er äußerst vorsichtig sein musste, um nicht wieder von den Russen gefasst zu werden. Die Krankenschwestern erlaubten ihm, seine Schwester täglich zu besuchen, und gaben ihm Tipps, wo er sich am besten vor den Russen verstecken könnte. Hans war ihnen dafür sehr dankbar. Bei diesen Besuchen erhielt er auch immer etwas zu essen. Nach etwa drei Tagen erfuhr er, dass seine Mutter verstorben war. Er konnte nicht weinen, er war schockiert. Das Einzige, was er dachte, war: „Ich muss nach Hause!"

Wie soll ich es Margarete sagen und wo ist Rudolf, was macht sein Vater, ist er zu Hause oder ist er wie so viele Soldaten in Gefangenschaft? So viele Fragen auf einmal. In seinem Kopf schwirrten die Gedanken, wie Bienen. Er kam sich auf einmal sehr hilflos vor. Das erste Mal in seinem Leben musste er allein entscheiden. Keine Mutter, die tröstete, kein Vater, der schimpfte, wo er dann wusste, dass er Fehler gemacht hatte. Als er in seinem Versteck zusammengekauert dasaß, lösten sich Tränen aus seinen Augen und er ließ ihnen freien Lauf.

Nach einer Weile hatte er wieder klare Gedanken. Er wusste nun, er musste strategisch überlegen, wie und was er machen sollte. Wie bei einem Schachspiel, was sein Onkel ihm beigebracht hatte. Zuerst einmal musste er Margarete aus dem Krankenhaus holen. Auch wenn seine Schwester noch sehr krank war, er durfte nicht mehr lange warten.

Bei den täglichen Besuchen konnte er nach wie vor essen und trinken, wobei er immer etwas in seinem Versteck aufbewahrte. Es war größtenteils Brot, wo er wusste, dass das den Hunger wegnimmt. Er schaute sich bei jedem Besuch, alles genau an und wusste eines Tages, wie er seine Schwester aus dem Krankenhaus herausholen könnte. Er hatte einen Plan, auch wenn er genau wusste, dass er sehr gewagt war.

Am späten Abend schlich er mit nackten Füßen in die Klinik zur ersten Etage. Es war keine Schwester auf der Station zu sehen. Alles war still. Er kam an einem Wagen vorbei, wo Betttücher zusammengefaltet lagen. Von diesem Stapel nahm er drei Stücke, das müsste reichen, dachte er. Leise betrat er das Zimmer, in dem seine Schwester mit noch fünf anderen jungen Mädchen lag. Er setzte sich in eine Ecke, machte aber kein Licht an. Er nahm sein Messer, schnitt an der oberen Kante des Betttuchs in bestimmten Abständen einen Schlitz ein und riss dann Streifen aus dem Stoff. Dabei entstand ein Geräusch, das einige der Mädchen aufweckte. Hans kannte sie inzwischen und erklärte ihnen, was er vorhatte. Zwei von ihnen waren gewillt, ihm zu helfen. Die anderen waren noch sehr schwach und blieben in ihren Betten. Margarete schlief noch. Nun waren sie zu dritt und wussten, dass sie sich beeilen mussten, denn jede Sekunde konnte eine Schwester auftauchen.

Sie zerrissen zwei Betttücher in Streifen und knoteten sie fest zusammen, prüften die Länge und kamen zu dem Schluss, dass es lang genug war. Das andere Betttuch zerrissen sie in zwei Hälften. Nun war es an der Zeit, Margarete zu wecken. Als sie erwachte, wollte sie schreien. Hans hielt ihr den Mund zu und flüsterte seinen Plan in ihr Ohr. Wenn sie jetzt nicht fliehen würden, kämen sie in ein Heim. Es war für Hans eine Notlüge. Er nahm eine Decke vom Bett, wickelte seine Schwester darin ein, dann die Hälfte des Betttuchs, an dem er die Seile befestigt hatte, und brachte sie zur Fensterbank. Er öffnete das große Fenster und schaute hinaus. Als er sah, dass niemand unten war, sagte er: „Was mache ich hier? Ich kann sie unmöglich hier herunterlassen und dann unten liegen lassen!" Die Mädchen hatten eine Idee. Er sollte schnell nach unten gehen, sie würden zu zweit Margarete ganz langsam herunterlassen. Ein Mädchen würde darauf achten, ob eine Schwester kam. Mit bangen Gefühlen lief Hans nach draußen.

Der Mond beleuchtete die Straße, und vor dem Fenster stand ein Baum, der Hans ein Gefühl von Schutz verlieh. Er schaute nach oben und gab einen kurzen Pfiff ab. Die Mädchen reagierten sofort und ließen Margarete Knoten für Knoten langsam herunter. Es war nicht schwer für sie, sie ließen gerade mal 40 Kilo herunter, denn schwerer war Margarete mit

11 Jahren zu diesem Zeitpunkt nicht. Endlich war sie unten angekommen. Die Mädchen schmissen das Seil hinunter und schlossen das Fenster. Es ging alles so schnell, dass Hans sich nicht bei ihnen bedanken konnte. Er schmiss das Seil in ein geöffnetes Kellerfenster. Das halbe Betttuch behielt Hans. Dann trug er seine Schwester zu seinem Versteck. Margarete war still, und Hans war froh, seine Schwester bei sich zu haben. Auf einmal sagte sie: „Wir müssen noch unsere Mutter aus dem Krankenhaus holen!" Hans erschrak und wusste, nun sei der Zeitpunkt gekommen, ihr zu sagen, dass ihre Mutter verstorben ist. Margarete schrie so laut, dass Hans ihr den Mund zu halten musste. Er versuchte, sie zu beruhigen. Endlich wurde sie ruhiger. Er nahm sie eng an sich, und sie kuschelten sich in die Decke aus dem Krankenhaus ein. Sie schliefen beide ein.

Am Morgen wurden sie von einem schmutzigen Hund geweckt, der versuchte, das Brot von Hans zu stehlen. Auch er hatte Hunger. Hans war hellwach. Er ordnete seine Gedanken und wollte Margarete seinen weiteren Plan erzählen, aber sie reagierte nicht darauf. Sie sprach kein Wort mehr und schaute ihn mit vorwurfsvollen Augen an. Was sollte er tun? Er musste Kleidung für Margarete besorgen. In der Zeit, in der er seine Schwester besuchen durfte, hatte er Gelegenheit gehabt, sich die Stadt und die Häuser anzusehen. Er wusste bereits, in welchem Haus er es wagen konnte. Nun kam die große Angst hinzu, dass sie von den Russen entdeckt würden, denn die waren überall. Wenn das passieren würde, würde es für beide den Tod bedeuten. Darum hieß es: „Vorsicht!" Sein Gehör hatte sich schon geschärft, und er wusste, dass sie nur am Abend das Haus aufsuchen konnten. Sie blieben noch einen Tag und aßen das restliche Brot. Margarete sprach immer noch nicht. Es fing an zu regnen. Hans zerriss das Betttuch in kleine Stücke. Er nahm ein kleines Stück in die Hand, hielt es aus seinem Versteck und fühlte, wie es immer nasser wurde. Dann holte er es wieder rein und steckte es in den Mund von Margarete. Diese wehrte sich, aber bald merkte sie, dass sie etwas Flüssigkeit aufsaugen konnte und damit den Durst stillen konnte. Hans machte dasselbe bei sich und wiederholte es mehrmals. Der Regen hörte nach zwei Stunden auf. Hans packte die trockenen Tücher ein, und sie warteten, bis es dunkel wurde. Er nahm Margarete mit der Decke auf den Arm und ging zu dem Haus, wo er dachte, dass man ihnen helfen würde. Tatsächlich öffnete eine Frau die

Tür und ließ sie in ihre Wohnung. Entsetzt über den Zustand der Kinder, bekamen sie erst einmal eine warme Milchsuppe. Die Frau fragte nicht, warum Margarete im Nachthemd war, sondern besorgte passende Kleidung für sie. Sie hatte sogar ein Paar Schuhe für sie. Zuvor hatten sich beide gründlich gewaschen, und Hans konnte die Kleidung aus dem Krankenhaus wieder anziehen. Seine alte Kleidung aus dem Lager war verbrannt worden, außer seinem Messer und dem versteckten Geld, das er den Schwestern für seine Mutter gegeben hatte. Beide durften auch endlich wieder in Betten schlafen.

Am nächsten Mittag, nachdem sie solange geschlafen hatten, fühlte sich Hans nach der zweiten Milchsuppe gestärkt. Nur Margarete konnte nichts mehr essen, obwohl die gute Frau sie immer wieder aufforderte. Stattdessen weinte sie und rief nach ihrer Mutter. Hans erinnerte sie daran, dass sie nach Hause wollten und noch einen weiten Weg vor sich hätten. Die Frau hatte Verständnis und gab Hans einen Rat: „Richte dich immer nach der Sonne. Da, wo sie am Mittag steht, in diese Richtung musst du gehen. Da lang geht es nach Westen." Sie gab ihm noch ein paar Kleidungsstücke für sich und Margarete mit, die jedoch etwas zu groß waren. Eine Feldflasche, die sie noch von ihrem Mann hatte, füllte sie mit Wasser und musste dabei weinen. Sie erzählte, dass ihr Mann als Soldat gefallen sei und ihre Kinder bei den Großeltern auf dem Land lebten.

Das Jahr neigte sich langsam dem Ende zu. Es war bereits Oktober. Die Tage wurden kürzer, die Nächte länger und auch kälter. Sie befanden sich immer noch im Osten, wo es kälter war als im Westen. Sie entfernten sich von der Stadt und gingen in Richtung Westen, und Hans hielt sich an das, was die Frau ihm gesagt hatte. Er war froh, dass es nicht regnete und die Sonne schien. Vor allem freute er sich, dass Margarete nun gehen konnte, aber sie sprach weiterhin kein Wort mit ihm. Sie wussten nicht genau, wie viele Tage sie gegangen waren. Zwischendurch fanden sie einen Schlafplatz, sei es in einer Scheune oder dichtem Gehölz. Sie wagten es nicht, den Wald zu betreten, aus Angst, sich zu verlaufen oder auf Russen zu stoßen.

Inzwischen wurde Margarete schwach und wollte getragen werden. Beide hatten wieder Hunger und Durst. Plötzlich hörten sie eine Lokomotive. Dieses Geräusch kannten beide aus ihrer Siedlung. Sie gingen etwas schneller, denn Hans dachte, wo eine Lokomotive ist, da ist auch ein Zug, der sie ein Stück weiter nach Hause bringt. Es wurde dunkel, und sie mussten sowieso einen Schlafplatz finden.

Plötzlich hörten sie Menschen und legten sich auf die Erde, wie sie es immer getan hatten. Bei genauem Hinhören erkannten sie, dass es deutsche Männer waren, die sich unterhielten. Sie waren vorsichtig und warteten, bis es ganz dunkel wurde. Hans sagte sich immer wieder: „Ich muss tapfer sein!" Endlich fasste er Mut und ging zu den Männern. Diese sahen erschrocken die Kinder an. "Den abgemagerten Jungen können wir gebrauchen, aber das Mädchen, was machen wir mit ihr?", so dachten sie. Sie fragten dann, woher sie kämen und wohin sie wollten. Hans erzählte ihnen, ohne Angst, was sie hören wollten, auch dass seine Schwester krank sei, aber nicht, dass sie Typhus habe. Sie versprachen ihm, zu helfen, und er fühlte sich sicherer und nicht mehr allein.

In dieser Nacht musste er an seinen Bruder Rudolf denken. Wie mochte es ihm gerade ergehen? Er konnte nicht einschlafen. Margarete schlief schon. Als die Männer es merkten, wie er sich immer wieder von einer Seite auf die andere drehte, stupsten sie ihn an und erzählten ihm von ihrem Plan. Sie wussten, dass bald ein Zug kommen würde, mit dem sie weiterfahren könnten. Einer von ihnen machte sich eine Zigarette an, zog kräftig daran und bot Hans diese an, mit den Worten, "Hast du schon einmal geraucht?" Hans musste verneinen, nahm aber trotzdem einen Zug, hustete und ihm wurde schlecht. Weil er nichts im Magen hatte, konnte er sich auch nicht übergeben. Die Männer merkten es und gaben ihm ein Stück Brot. Als er gegessen hatte, durfte er noch mal einen Zug nehmen. Es handelte sich um einen kleinen Stummel, denn inzwischen hatten die drei Männer weiter geraucht. Hans fand Gefallen am Geschmack der Zigarette und sagte es auch den Männern. Diese sagten ihm, wenn er die Gelegenheit habe, solle er rauchen, denn dann würde er den Hunger nicht mehr so verspüren. Hans konnte sich das nicht vorstellen.

Bevor Hans einschlief, schweiften seine Gedanken und Sorgen nochmals um seinen Bruder, weit weg von ihm und seiner Schwester. Seine Sorgen waren berechtigt.

Rudolf wurde aus dem Lager von einem Bauer abgeholt, um dort zu arbeiten, damit er zu Essen bekommt. Als dieser an dem Hof ankam, traf er auf eine Frau, die ihn feindselig anschaute und sagte: „Ehe du etwas zu essen bekommst, musst du viel arbeiten!" Rudolf war schon daran gewöhnt, kaum etwas zu essen. Trinken konnte er aus dem Brunnen, der mit einer Pumpe versehen war. Es vergingen einige Tage. Rudolf bekam aber immer noch nichts zu essen, obwohl er fleißig mitgeholfen hatte. Bei der Obsternte durfte er dann endlich Obst essen. Er aß die Äpfel sehr schnell und gierig. Ihm wurde mit einem Mal sehr schlecht, und er musste sich übergeben. Der Bauer und seine Frau lachten darüber.

In der Nacht, in seinem Bett aus Stroh und einer Decke zum Zudecken, aber ohne Kissen, wurde es ihm abermals schlecht, und er hatte Durchfall. Hinzu kam auch noch, dass er urinieren musste. Ihm war bewusst, dass er bestimmt eine große Strafe bekommen würde. Aber was sollte er tun? Sich ausziehen und frische Kleidung anziehen? Das ging nicht, weil er keine andere Kleidung hatte, nur das, was er am Körper trug. Er konnte nicht mehr schlafen und musste weinen. Dabei rief er nach seiner Mutter.

Am nächsten Morgen, als die Frau das Lager von Rudolf sah, rief sie den Bauern herbei. Dieser packte Rudolf an den Armen und schleifte ihn auf den Hof, wo er einen Stock fand. Mit diesem Stock schlug er mehrmals kräftig auf den mageren Körper des Jungen ein, der vor Schmerzen schrie. Endlich hörte der Bauer auf. Dann hob er Rudolf von der Erde auf und warf ihn in den Trog, aus dem die Kühe tranken. Nachdem er ihn dort hin und her geschwenkt hatte, zog er ihn heraus und verkündete: „Glaube nicht, dass du andere Kleidung bekommst. Diese soll an deinem Körper trocknen, und ab sofort schläfst du draußen im Freien!"

An diesem Tag erlosch in Rudolf ein Teil seines Lebens. Er hatte aufgehört zu denken und zu fühlen. Ihm war alles egal; er wollte nur noch sterben. An seine Eltern und Geschwister dachte er nicht mehr. Wenn es dunkel wurde, begab er sich vom Hof in den Hühnerstall, wo es wenigstens etwas wärmer war. Ab und zu fand er dort ein Ei, weil die Hühner erst am Morgen legten. Mit einem spitzen Stein schlug er auf die flache Seite des Eies, um die Flüssigkeit zu trinken.

Gelegentlich wagte er sich auch nachts in den Kuhstall, obwohl es sehr riskant war. Sobald eine fremde Person den Stall betrat, begannen die Kühe zu muhen, und der Bauer wäre sofort zur Stelle gewesen. Doch Rudolf hatte Glück. Er näherte sich einer Kuh, streichelte sie und spürte ihre Wärme, die ihm etwas Geborgenheit gab. Da er kein Gefäß hatte, trank er direkt aus dem Euter. Er legte sich auf das Stroh; die Milch und die Wärme der Kuh machten ihn für einen Moment froh.

Seine Kleidung bestand nur aus Hose und Hemd. Keine Unterwäsche, keine Schuhe und keine Strümpfe mehr. Um seine Füße hatte er sich Teile vom Unterhemd gewickelt, die jedoch immer wieder herunterrutschten. Bei einer Kornernte hatte er sich dann die „Lappen" mit Strohhalmen festgewickelt.

Die Bauern behandelten Rudolf wie einen Sklaven. Wenn er sich ab und zu etwas von der Ernte nahm, taten sie so, als hätten sie nichts gesehen. Doch wehe, Rudolf hätte versucht, ins Haus zu gehen – dann hätten sie ihn totgeschlagen. Für sie war er kein 13-jähriger Junge, der angemessene Nahrung für sein Wachstum brauchte, sondern ein „Störfaktor".

Die Russen kamen gelegentlich vorbei, und der Bauer musste von seiner Ernte, Milch und wenn er geschlachtet hatte, auch Fleisch abgeben. Auch die Russen waren für den Bauern ein großes Ärgernis. Wenn sie kamen, machte Rudolf immer einen großen Bogen um den Bauern, aus Angst, Schläge zu bekommen. So vergingen Tage und Wochen, ohne dass er ein Zeitgefühl entwickelte. Er dachte nicht mehr an seine Eltern und Geschwister, sondern versuchte instinktiv zu überleben.

Aber Hans hatte an Rudolf gedacht, bevor er bei seiner Schwester einschlief. Sie deckten sich immer noch mit der Decke aus dem Krankenhaus zu. Am Morgen sagte einer der Männer: „Heute müssen wir uns etwas zu Essen besorgen." Er fragte Hans, ob er mitmachen würde. Hans willigte ein, hatte jedoch wegen seiner Schwester Bedenken. Es wurde vereinbart, dass einer bei seiner Schwester bleiben würde. Sie befanden sich in einer kleinen Stadt, deren Häuser noch nicht von den Bomben zerstört worden waren. Die Gefahr ging nicht von den Einheimischen aus, sondern von den überall präsenten Russen. Es war beobachtet worden, wie sie Frauen aus den Häusern zerrten, die laut schrien. Jeder Versuch von Hilfe seitens der Männer endete mit sofortiger Erschießung. Die Menschen hatten kaum Nahrung, da sie fast alles den Russen abgeben mussten. Deshalb versteckten sie viel in ihren Kellern, und auch die Männer waren sich dessen bewusst.

Sie warteten, bis es dunkel wurde, und dann machten sich zwei der Männer mit Hans auf den Weg. Hans wurde ein Seil um den Körper gewickelt, mit dem ihn einer der Männer festhalten konnte, während er durch ein Kellerfenster kletterte. Das war jedoch schwieriger als gedacht, da die meisten Kellerfenster fest verschlossen waren. Schließlich fanden sie ein Haus, bei dem Hans das Fenster leicht aufdrücken konnte. Hier zeigte sich, warum sie Hans mitgenommen hatten: Trotz seines jungen Alters war er groß und schlank. Er rutschte in den Keller hinab, wobei ihn die Männer am Seil festhielten. Dort unten fand er Eingemachtes und sogar ein Stück Schinken – eine große Freude. Hans packte die Lebensmittel in seinen Rucksack und wurde dann wieder heraufgezogen. Es musste schnell gehen.

Währenddessen wurde der Mann, der bei Margarete geblieben war, unruhig. Auch er fürchtete, von den Russen entdeckt zu werden. Während er wartete, sprach Margarete unterbrochen. Sie erzählte ihm, dass Hans sie angelogen habe, indem er behauptete, ihre Mutter sei gestorben und sie müssten in ein Heim. Hans wolle nach Hause, aber sie wolle zurück ins Krankenhaus, wo sie ein Bett und regelmäßige Mahlzeiten habe. Der Mann wusste nicht, wie er darauf reagieren sollte.

Endlich kehrten Hans und seine Freunde zurück und sie konnten das Essen aufteilen. Hans erfuhr nichts von dem, was Margarete dem Mann erzählt hatte. Später erfuhren sie, dass am nächsten Morgen ein Güterzug in den Westen fahren sollte. Was dieser Zug transportierte, wussten sie nicht, aber sie wussten, dass sie nicht lange schlafen konnten.

Am frühen Morgen, als es noch dunkel war, hörten sie die Lokomotive. Hans' Herz begann schneller zu schlagen. Einer der Männer, der sich mit Zügen auskannte, schlich sich zum Rangierbahnhof. Dort hörte er russische Stimmen und wusste, dass Vorsicht geboten war. Plötzlich vernahm er auch deutsche Worte. "Ich muss versuchen, an ihn heranzukommen", dachte er. Nach einer Weile gelang es ihm, Kontakt zu einem deutschen Soldaten in Gefangenschaft aufzunehmen. Er erfuhr von ihm, dass dieser Zug in den Westen fuhr, und dass er bereit sei, ihnen zu helfen. Doch als der Soldat erfuhr, dass es sich um drei Männer und zwei Kinder handelte, wurde er unruhig und bekam Bedenken. Die Vorstellung, die Verantwortung für so viele Personen zu übernehmen, erschreckte ihn besonders, da er wusste, dass die Männer aus russischer Gefangenschaft geflohen waren. Er fürchtete, dass sie alle sofort erschossen werden könnten. Aber was sollte mit den Kindern geschehen? Obwohl er ein ungutes Gefühl hatte und am liebsten sein Versprechen zurücknehmen würde, sagte er schließlich: "Binden Sie die Kinder an sich und kommen Sie erst aus dem Versteck, wenn der Zug anfährt."

Alle waren aufgeregt, besonders Hans. Es war nicht nur die Freude darüber, dass sie nun schneller nach Hause kommen würden, sondern auch die große Angst, entdeckt zu werden. Denn in die Hände der Russen zu fallen, hätte ihren sicheren Tod bedeutet.

Endlich war es so weit. Sie hörten, wie sich der Zug in Bewegung setzte. Zwei der Männer hatten Hans und Margarete an den Körper gebunden. Nun hieß es, in geduckter Haltung sehr schnell zum fahrenden Zug zu laufen. Sie erreichten ihn! Der Mann, der allein war, sprang zuerst auf einen halbleeren Waggon und zog die anderen mit den Kindern hinein. Man musste sich vorstellen, der Zug fuhr, wenn auch nicht sehr schnell, aber es lagen dicke Schottersteine neben den Gleisen. Es bestand die Gefahr auszurutschen, denn sie hatten keine festen Schuhe an. Doch nun waren sie in dem Waggon angekommen, wo sich Bretter aus verschiedenen Holzarten befanden. Sie atmeten schwer. Nach einer Weile hatten sie sich etwas beruhigt. Margarete und Hans wurden losgebunden. Sie redeten nicht mehr. Hans nahm seine Schwester in den Arm und merkte, dass sie sich nicht mehr bewegte. Er schüttelte sie und rief ihren Namen. Einer der

Männer erkannte die Situation, nahm sie von Hans fort, legte sie auf die Bretter und drückte mehrmals kräftig auf ihren Brustkorb. Dann öffnete er ihren Mund und blies mehrmals seinen Atem hinein. Da erwachte Margarete und schaute mit großen Augen um sich. Sie spürte, dass sie sich auf einem fahrenden Zug befand, und fragte: „Fahren wir jetzt nach Hause?" Sie konnten nichts sagen, sondern nickten nur mit dem Kopf. Alle dachten: "Dieses Mädchen muss ärztlich behandelt werden." Sie wussten, dass noch eine gefährliche Aufgabe auf sie wartete, und hofften, dass sie dem Westen ein Stück näher kommen würden. Vor Erschöpfung schliefen sie schließlich ein.

Glücklicherweise hielt der Zug an einem Fluss, wo er nicht weiterfahren konnte, weil die Brücke zerstört war. Hans und Margarete wurden erneut an die Männer gebunden. Bevor der Zug zum Stillstand kam, sprangen sie herunter. Es wäre zu riskant gewesen, weiter mitzufahren. Alles verlief gut, obwohl einer der Männer hinkte. Er hatte sich beim Sprung den Fuß verstaucht. Zum Glück schien nichts gebrochen zu sein, dachte er. Nun mussten sie wieder ein Versteck finden. In dem Ort gab es noch viele unbeschädigte Häuser. Sie versuchten, in eines einzubrechen, und hatten Glück! Sie fanden ein zweistöckiges Haus, das unbewohnt aussah. Im Keller versteckten sie sich, während einer von ihnen das Haus inspizierte. Hans war bereit, sich das Haus anzusehen. Mutig stieg er die Treppe nach oben. Die erste Wohnung war leer, ohne Möbel, alles schmutzig, und die Wasserleitungen und Waschbecken waren aus den Wänden gerissen. Er wollte schon zurückgehen, als er eine Stimme hörte, die fragte: "Wer ist da?" Er folgte der Stimme nach oben und sah eine ältere Frau. Als sie Hans erblickte, erschrak sie, da sie nicht wusste, ob es ein Mädchen oder ein Junge war. Die Haare waren lang, die Kleidung schmutzig und zerrissen, und er war furchtbar abgemagert. Sie sagte: "Ich bin Frau Lehmann. Komm mit in meine Wohnung. Ich habe nicht viel, aber du kannst dich bei mir waschen und bekommst Kleidung von mir!" Was sollte Hans machen? Er konnte unmöglich den Männern etwas sagen. Aber er erzählte Frau Lehmann, dass seine Schwester unten im Keller versteckt hatte. Sie erschrak und sagte: "Hole sie herauf. Ich werde euch beiden helfen!"

Hans lief die Treppe hinunter, erzählte den Männern, was er erfahren hatte, und sagte: „Ich versuche etwas Essbares für euch zu bekommen!" Die Männer waren einverstanden und ließen Hans und Margarete nach oben gehen. Als Frau Lehmann Margarete sah, erschrak sie noch mehr als bei dem Anblick von Hans; denn sie sah mehr tot als lebendig aus. Stellenweise hatte sie schon keine Haare mehr auf dem Kopf. Als sie in der Wohnung waren, bekam Hans schon einmal eine Scheibe Brot. Nun kümmerte sich Frau Lehmann erst einmal um Margarete. Sie machte warmes Wasser auf dem Ofen, der eine wohlige Wärme von sich gab und Hans sehr vertraut war. Margarete wurde ausgezogen. Ihre Kleidung kam in den Ofen, worüber Hans sehr erschrocken war. Eine Zinkwanne wurde mit warmem Wasser gefüllt. Frau Lehmann hob die abgemagerte Margarete in die Wanne und wusch sie mit Kernseife, nicht nur den Körper, sondern auch die Haare. Alles ging sehr schnell. Nachdem sie in ein Badetuch eingewickelt war, wurde sie in das große Bett gelegt. Margarete weinte nicht und ließ alles über sich ergehen.

Sie nahm einen Kessel, füllte ihn mit Kartoffeln und stellte diesen zum Kochen auf den Herd. In der Zwischenzeit schüttete sie noch warmes Wasser zu dem Badewasser und sagte zu Hans, er solle sich ausziehen und in die Wanne steigen. Er sträubte sich zuerst, war dann aber froh, nach so langer Zeit endlich zu baden. Frau Lehmann ging ins Schlafzimmer und ließ Hans allein. Kurze Zeit später kam sie wieder heraus und brachte für Hans eine Hose, ein Hemd, Unterwäsche, Socken und sogar ein paar Schuhe mit den Worten: „Diese Sachen sind von meinem Sohn, der aber nicht mehr lebt. Das kannst du alles haben!" Seine Kleidung wurde ebenfalls verbrannt. Inzwischen waren die Kartoffeln gar. Sie wurden gepellt und in Milch mit der Gabel gestampft. Damit wurde Margarete gefüttert, denn sie war nicht mehr in der Lage, allein zu essen. Hans bekam davon auch etwas. Er fühlte sich sehr wohl. Er hatte neue Kleidung an, die ihm wohl noch etwas zu groß war, und ein warmes Essen in sich. Er war glücklich und dachte gleichzeitig an die Männer, denen er diesen Zustand zu verdanken hat. Er war jedoch so müde, dass er auf dem Stuhl einschlief. Frau Lehmann legte ihn zu seiner Schwester ins Bett. Sie schaute auf die beiden und dachte: „Sie dürfen bei mir bleiben, und wenn es sein muss, für immer!" Dann wäre sie nicht mehr allein, da ihr Mann und ihre beiden

Kinder, die im gleichen Alter waren, von den Russen getötet worden waren. Während sie darüber nachdachte, klopfte es vorsichtig an ihrer Tür. Die Russen konnten es nicht sein, denn sie würden nicht klopfen, so dachte sie und machte die Tür auf. Vor ihr stand ein Mann im mittleren Alter, schmutzig und zerlumpt, und fragte nach etwas zu Essen. Frau Lehmann gab ihm die restlichen gekochten Kartoffeln mit den Worten: „Mehr habe ich nicht!" Der Mann nahm sie dankend an und ging hinunter. Es war einer von den drei Männern. Sie wussten nun, dass die Kinder bei dieser Frau gut aufgehoben waren.

Als der nächste Tag begann, hatten Hans und seine Schwester viele Stunden geschlafen. Frau Lehmann hatte in der Nacht, während die Kinder schliefen, für Margarete ein paar Kleider von ihrer Tochter passend geändert. Margarete konnte wieder ein Kleid und saubere Wäsche anziehen. Zum Essen gab es wieder Kartoffeln mit Milch, für Hans sogar eine dünne Scheibe Speck. Als Hans aus dem Fenster schaute, sah er, dass sie in derselben Stadt waren, wo sie vor ein paar Monaten noch mit ihrer Mutter gewesen waren. Er wusste, da ist ein Fluss, da müssen wir rüber. Ist da auch noch eine Brücke? Er dachte auch an die Männer und wollte gerne wissen, wo sie waren. Er fragte Frau Lehmann, ob er mal nach draußen gehen dürfte. Sie erlaubte es ihm. Als er unten im Keller ankam, waren keine Männer mehr da! Hans geriet in Panik. Wo sind die Männer? Nach draußen wagte er sich nicht. Also ging er wieder nach oben. Frau Lehmann merkte sofort, dass Hans irritiert war, und fragte ihn, was ihn bedrückte. Zuerst wollte er nichts sagen, aber dann erzählte er stockend, was sie beide erlebt hatten. Nun würden sie sich auf dem Weg nach Hause befinden. Er erzählte auch von den Männern, die ihm geholfen hatten. „Ich will dir auch helfen", sagte sie und war etwas traurig, weil sie nun wusste, dass sie diese Kinder nicht behalten konnte. Hans fragte, ob sie sich noch etwas bei ihr ausruhen dürften, besonders seine Schwester. Sie war froh und versprach ihm, dass sie so lange bleiben dürften, wie sie möchten. Frau Lehmann schnitt den beiden erst einmal die Haare, und Margarete bekam eine schöne Mütze auf den Kopf, um ihre kahlen Stellen zu bedecken.

Es vergingen 14 Tage. Inzwischen hatte Frau Lehmann herausbekommen, wie die Kinder über den Fluss kommen könnten. Es gab keine Brücke mehr. Die Amerikaner hatten eine Behelfsbrücke gebaut, um mit ihren Fahrzeugen, von einem Ufer zum anderen zu kommen. Sie durfte aber nicht von den Russen benutzt werden. Wenn es sich um einen Transport handelte, wurde dieser nur von den Amerikanern hin und her gefahren. Darin sah Frau Lehmann eine Chance für die Kinder, auf die andere Flussseite zu kommen. Dort wären sie bei dem Amerikaner gut aufgehoben. Das wusste sie. Sie beobachtete, wie dieser Handel vonstattenging und sah, wie ein Russe mit einem Amerikaner verhandelte. Als der Russe dann fort war, ging sie zu dem Amerikaner und fragte ihn, ob er auch zwei Kinder, die in den Westen nach Hause wollten, mitnehmen könnte. Sein Deutsch war sehr schlecht und es gab Schwierigkeiten, ihm die Sachlage zu erklären. Sie versuchte es auf Russisch und da konnte er verstehen, um was es ging. Er verneinte zuerst. Dann erzählte Frau Lehmann, dass sie die Kinder vor den Russen gerettet hätte und sie nun unbedingt nach Hause wollten. Dabei schaute sie den Amerikaner flehend an. Dieser sagte: „Okay, sind die Kinder auch gesund?" Sie bejahte, wobei sie mit dem Kopf, auf und ab nickte. Er gab dann einen Tag und die genaue Uhrzeit an, sie sollte dann mit den Kindern an der gleichen Stelle stehen, wo sie sich im Moment befinden würden. Frau Lehmann ging glücklich nach Hause.

Nun war es so weit. Margarete hatte sich etwas erholt und Hans war stark genug, um die Heimreise fortzusetzen. Er wusste von diesem Tag an, dass es Menschen gibt, die helfen. Es war für ihn eine neue Erfahrung. Nun war er gespannt, wie die Amerikaner, die er noch nie gesehen hatte, als Menschen sind.

Pünktlich stand Frau Lehmann mit den zwei Kindern am Fluss und konnte die Tränen nicht zurückhalten. Sie hatte die beiden fest an der Hand und wollte sie am liebsten nicht mehr loslassen. Sie hörten Motorengeräusche. Es war dunkel und sie konnten nichts erkennen. Nun löste sich Hans von der Hand von Frau Lehmann und nahm fest die Hand von seiner Schwester. Er wusste instinktiv, dass er nun wieder für sie sorgen musste. Margarete wollte nicht und weigerte sich. Sie wollte bei Frau Lehmann bleiben. Sie aber sagte ihr, sie sollte doch mit ihrem Bruder gehen, denn bald kämen sie nach Hause, wo sie doch sicherlich auch gerne hinmöchte. Margarete dachte, da ist sicher auch meine Mutter und nahm die Hand von Hans.

Der Jeep kam mit einem Schwung von der Behelfsbrücke und hielt kurz vor ihnen an. Hans staunte! Er hatte noch nie einen Jeep gesehen. Über den Amerikaner war er erstaunt, der sah genauso aus wie ein Deutscher, nur dass er eine andere Uniform trug. Als der Amerikaner ausstieg, wies er die Kinder an, sofort in den Jeep zu steigen. Zuvor hatte er sie gründlich betrachtet und festgestellt, dass sie gesund aussahen. Da es schon kühl war, war Hans nicht überrascht, Margarete mit einer Mütze zu sehen. Nun blieb nicht viel Zeit für Abschiede von Frau Lehmann. Hans bedankte sich höflich bei ihr, und Margarete winkte ihr zu. Auch Frau Lehmann bedankte sich beim Amerikaner, bevor sie auf die Behelfsbrücke fuhren, die aus befestigten Brettern bestand. Sie winkten einander lange zu, bis sie in der Dunkelheit nicht mehr zu erkennen waren. Die beiden saßen nun verängstigt im Jeep. Sie hörten das Wasser gegen das Auto schlagen, und Hans fragte sich besorgt, was passieren würde, wenn der Wagen ins Wasser fiel. Er konnte schwimmen, aber was ist mit Margarete? Dabei sah er den Amerikaner an, der jedoch nicht die Gedanken des Jungen erraten konnte. Er sprach etwas auf Amerikanisch, doch Hans verstand nichts.

Es dauerte nicht lange, bis sie am anderen Ufer ankamen. Sofort kamen weitere Soldaten herbei, die sich alle um die Kinder kümmern wollten. Hans hörte, wie einer von ihnen Deutsch sprach. Er kam auf sie zu, nahm sie bei der Hand und führte sie in ein Zelt, wo sie erst einmal Essen und Trinken bekamen. Die Kinder konnten vor Staunen kaum den Mund schließen, als sie das Zelt betraten. Es war fast so groß wie ein kleines Haus, jedoch aus gelblich-braun gemustertem Zeltstoff. Es gab Weißbrot, Schokolade, Orangen und Bananen - Dinge, die sie noch nie zuvor in ihrem Leben gesehen hatten. Die Schokolade war quadratisch und nicht länglich. Der Soldat sagte: „Ihr könnt nun essen und trinken, so viel ihr wollt!"

Sie begannen mit dem Weißbrot und probierten dann die Schokolade. Die Orangen nahmen sie in die Hand und wollten hineinbeißen, doch der Soldat, der sie die ganze Zeit beobachtet hatte, nahm sie ihnen ab und zeigte ihnen, dass man die Schale entfernen musste, bevor man die Frucht essen konnte. Als sie schließlich die saftigen Orangen kosteten, waren sie begeistert von ihrem süßen Geschmack. Auch wie man die Bananen richtig aß, wurde ihnen gezeigt. Als sie dann etwas trinken wollten, schüttete der

Soldat ihnen ein Getränk in Blechtassen. Nachdem sie es probiert hatten, spuckten sie es aus. So etwas hatten sie noch nie getrunken. Es war dunkel und sehr süß. Sie baten stattdessen um Wasser, das sie auch bekamen. Nachdem sie alles probiert hatten und überraschenderweise nichts davon erbrochen hatten, zeigte der Soldat ihnen, wo sie schlafen konnten. In dem Zelt mit zwei richtigen Betten waren sie froh, endlich zur Ruhe zu kommen.

Bevor Hans einschlief, dachte er daran, wie schön es hier war mit dem leckeren Essen, aber sie mussten weiter. Der Weg war noch weit. Die Tage wurden kürzer und kälter, und das Jahr neigte sich dem Ende zu. Hans nahm sich vor, zu Weihnachten zu Hause zu sein. Hoffentlich würde es klappen, dachte er und schlief ein.

Am nächsten Tag konnten sie wieder so viel essen, wie sie wollten, und es gab auch eine warme Suppe. Sie konnten nicht erkennen, welche Art von Suppe es war, aber sie schmeckte ihnen gut. Wenn die Soldaten nicht hinsahen, steckte Hans alles Essbare in seine Hosentasche. Er sagte zu Margarete, sie solle es auch tun, aber sie zögerte. Für sie fühlte es sich wie stehlen an, während Hans es als "organisieren" bezeichnete. Schließlich konnte auch sie nicht widerstehen und versteckte eine kleine Tafel Schokolade in ihrer Kleidung.

Am nächsten Tag sagte Hans: „Wir müssen weiter, am besten, wenn es dunkel ist!“

Als sie in ihren Betten lagen, flüsterte Hans Margarete ins Ohr, was er vorhatte. Sie mussten erst einmal aus dem Zelt. In ihren Taschen befanden sich Orangen, Weißbrot und Schokolade. Als sie draußen waren, erschraken sie, als sie überall Soldaten sahen und das Zeltlager hell beleuchtet war. Hier konnten sie nicht einfach so herausgehen. Hans hatte eine Idee und fragte einen Soldaten nach dem Weg zur Toilette. Da sie nichts verstanden, deutete Hans auf sein Hinterteil und hopste dabei auf und ab. Der Soldat verstand und zeigte mit der Hand in eine Richtung. Nun waren sie weiter vom Zelt entfernt und sahen ein kleines Holzhäuschen mit einem Herz an der Tür – das musste die Toilette sein. Sie gingen dorthin und betraten das Häuschen. Als sie wieder draußen waren, trafen sie erneut auf Soldaten. Dieses Mal sollte Margarete etwas unternehmen, um aus dem Lager zu gelangen. Sie sprachen mit den Soldaten, die lachten, weil sie nichts verstanden. Doch Margarete wiederholte beharrlich dasselbe und zeigte nach draußen. Die beiden nahmen sich an der Hand und versuchten den Soldaten zu vermitteln, dass sie nur spazieren gehen wollten. Die Amerikaner verstanden zwar nicht, was die Kinder sagten, aber sie wussten, was sie vorhatten. Sie lachten und deuteten ihnen an, nach rechts zu gehen. Im Grunde war es ihnen recht, wenn die Kinder das Lager verließen.

Es war noch dunkel, aber der Mond schien hell, und sie konnten erkennen, wo sie waren. Der Weg führte immer geradeaus, ohne Häuser und Menschen. Die beiden waren erleichtert, aus dem Lager herauszukommen. Hans blieb stehen und sagte: „Wir haben keine Decke, um uns in der Nacht zuzudecken." Gott sei Dank hatten sie warme Kleidung an, und sie dachten, dass sie es schon schaffen würden. Hans dachte an die Menschen, die ihnen geholfen hatten, und war überzeugt, dass ihnen auch wieder geholfen werden würde. Zu Gott zu beten kannten sie nicht, das hatten ihre Eltern nie mit ihnen gemacht.

Als der lange Weg zu Ende war, fanden sie eine Stelle, wo sie sich hinlegen konnten, um etwas zu schlafen. Wie sehr vermissten sie die Betten der Amerikaner. Als der Tag anbrach, aßen sie das erste Mal von ihren Hamsterbeständen. Es ging dann weiter, und sie mussten noch mehrmals einen Schlafplatz suchen. Bei Regen hatten sie das Glück, eine Scheune zu finden. Es gab noch sehr viel Landwirtschaft. Bald hatten sie keinen Proviant mehr, obwohl sie sehr sparsam damit umgegangen waren. Margarete wurde wieder schwächer und wollte getragen werden.

Dann hörten sie wieder eine Lokomotive und beeilten sich, dort hinzukommen. Es war wieder ein Rangierbahnhof. Hans musste eine Person finden, die ihm sagen konnte, wohin der Zug fuhr. Sie warteten einen Abend ab, und es erschienen Menschen, die ebenfalls mit dem Güterzug fahren wollten. Sie wussten auch, dass dieser Zug mit Kohle beladen war. Für Hans war das egal, Hauptsache, sie kamen weiter. Angst vor den Russen brauchte er nicht mehr zu haben, und er war nicht allein. Man sagte ihnen, dass es sehr schwierig wäre, auf die Waggons hochzukommen. Man versprach den beiden, dass man ihnen helfen würde, denn sie waren die einzigen Kinder. Nun mussten sie nur noch jemanden finden, der ihnen erlaubte, auf den Waggons mitzufahren. Auch da hatten sie Glück, einen Mann zu finden, der es tolerierte, dass sie mitfahren konnten, sogar in einem Zug, der in Richtung Heimat fuhr.

Der Zug kam, und man half den Leuten in die Waggons, die mit Kohle beladen waren. Hans und Margarete blieben immer dicht beieinander und landeten dann auch auf einem Kohlenberg. Der Zug setzte sich in Bewegung. Aber wie weit, fragte sich Hans. Sie wussten nicht, wie lange der Zug fuhr. Die meisten schliefen vor Erschöpfung ein, nur Hans nicht. Die Erde, auf der sie in der letzten Woche manchmal geschlafen hatten, war oft sehr hart, aber die Kohle schmerzte sogar. Das Einzige, was er spürte, war Wärme, die scheinbar von der Kohle ausstrahlte. Seine Schwester lag auf ihm und konnte dadurch einschlafen. Überlegen konnte er nicht, denn er wusste nicht, was passieren würde, wenn der Zug anhalten würde.

Als einer der anderen Passagiere aufwachte, fragte Hans ihn, ob sie ein bestimmtes Ziel hätten. Als er hörte, dass sie nach Köln wollten, schlug sein Herz gewaltig. Köln, die Stadt, war nicht weit von ihrer Siedlung. Er fragte den Mann, ob sie sich ihnen anschließen dürften. Dieser nickte und erzählte, dass er aus Ostdeutschland komme, dass er seine Frau und Kinder durch die Russen verloren habe, und dass er zu seiner Schwester nach Köln wolle.

Hans war froh, dass er diesen Mann kennengelernt hatte. Inzwischen fuhr der Zug langsamer, und die Leute wussten, dass er bald anhalten würde. Die meisten von ihnen waren schon mit solchen Gütertransporten gefahren und kannten diese Art der Reise. Sie wussten auch, dass es verboten war, aber es wurde oft toleriert, besonders wenn es sich um Familien mit Kindern handelte. So gab es eine gute Chance, zumal sie nun auch eine Person kannten, die ihnen helfen würde. Der Mann sprang zuerst hinunter und half den beiden. Er nahm Hans und Margarete an die Hand, und sie entfernten sich von dem Zug. Die anderen folgten ihnen. Es war früh am Morgen, und niemand wusste, wo sie sich befanden. Sie mussten über die Gleise hinweggehen. Manche waren zerstört, und man sah auch

Bombeneinschläge, tiefe Krater, in denen sie verweilten, um auf den nächsten Transportzug zu warten und weiterzufahren.

Die Jacken und Decken wurden ausgeklopft, um den Ruß loszuwerden. Hans bekam auch eine Decke und war darüber sehr erfreut. Ihm fiel auf, dass es keine Frauen unter den Flüchtlingen gab. Wenn dem so gewesen wäre, hätte sich vielleicht eine von ihnen um Margarete kümmern können, dachte er. Nun saßen sie da, und alle verspürten Hunger. Einer schlug vor, Essen zu besorgen, und ein anderer bot sich an, mitzukommen. So machten sie sich auf den Weg und kehrten nach einer Stunde zurück. Sie hatten nicht viel, denn das meiste hatten sie schon unterwegs aufgegessen. Zuerst gaben sie den Kindern etwas Brot und sogar einen Apfel. Hans und Margarete waren sehr froh und dankbar darüber.

Es verging ein ganzer Tag. Hier und da hörte man Männer, die sich etwas zuriefen, aber keine Lokomotive war zu hören. Es verging wieder eine Nacht. Am frühen Morgen hörten sie eine Lokomotive. Sie sahen, dass diese ein paar Waggons vor sich her schob. Mit was wurden sie beladen, fragten sie sich. Sie stellten fest, dass es keine Kohlewaggons waren, sondern geschlossene Waggons. Einige waren offen, und man konnte Militärfahrzeuge der Amerikaner darin sehen. Sie wussten, dass diese von den Amerikanern bewacht wurden. Die Leute verhielten sich ruhig in ihren Gräben und warteten ab. Hans machte den Vorschlag, zu den Amerikanern zu gehen, da er sie schon einmal kennengelernt hatte und bestätigen konnte, dass sie sehr nett waren. Er wollte schon gehen, aber die Männer hielten ihn zurück mit den Worten: "Bleib hier, wenn sie uns entdecken, dann müssen wir in Gefangenschaft!" Der Mann, der ihm zuvor seine Hilfe angeboten hatte, wiederholte nochmals: "Bleib bitte hier!" Daraufhin blieb er dann zurück. Es wurde wieder Nacht, und der Zug setzte sich in Bewegung. Plötzlich sah man zwei Personen aus ihren "Löchern" herausspringen, sie liefen dem Zug nach und sprangen auf den letzten Waggon auf. Es waren die beiden Männer, die das Essen besorgt hatten. Sie schienen bereits Erfahrung mit den Zügen zu haben.

Am nächsten Morgen erklärte sich der Begleiter von Hans und Margarete bereit, Essen zu besorgen. Er wusste, wo Amerikaner waren, und dort gab es zu Essen. Hans wollte mitgehen, aber er konnte seine Schwester nicht zurücklassen. Sie zogen sich in die Minenlöcher zurück und warteten auf Essen und Trinken; denn sie hatten Hunger und Durst. Es wurde Mittag. Hans schaute nach der Sonne und wünschte sich so sehr nach Hause. Tränen liefen ihm über das schmutzige Gesicht. Es fing an zu regnen, und sie legten sich auf den Rücken und ließen den Regen in ihre offenen Münder tropfen. Dass ihre Kleidung nass wurde, störte sie nicht. Es wurde Nachmittag, und der Mann kam immer noch nicht zurück. Als es dann dunkel wurde, wusste Hans, dass er nicht mehr zurückkommen würde. Was sollte er tun? Er hatte schon zuvor bemerkt, dass die anderen Männer kein Interesse an ihnen zeigten. So konnte er keine Hilfe von ihnen erwarten. Also musste er wieder selbst überlegen, wie es weitergehen sollte. Das Einzige, was er wusste, war, dass die Züge alle in Richtung Westen fuhren.

Er hatte Glück, dass am nächsten Tag wieder ein Zug kam. Hans nahm allen Mut zusammen und wandte sich direkt an die Männer, die für die Waggons verantwortlich waren. Sie zeigten Mitleid, besonders als sie sahen, dass Hans seine Schwester über seine Schulter trug. Sofort wurde ihnen eine Stelle im Zug gezeigt, wo sie sich hinsetzen konnten. Man gab ihnen sogar während der Fahrt etwas zu Essen und zu Trinken und saubere Decken. Ohne diese Hilfe hätten die beiden den Weg nach Hause wohl nicht überlebt. Wie lange sie über Brücken und durch Orte, in denen sie nur Trümmer sahen, gefahren waren, wusste Hans nicht mehr. Er war so schwach, und Margarete war mehr tot als lebendig. So kamen sie schließlich in Köln an. Sie sahen nur kaputte Häuser, aber der Kölner Dom stand noch. Das gab Hans so viel Auftrieb, dass er dachte: "So wie der Dom steht, so aufrecht werde ich nach Hause gehen."

Inzwischen befanden sich sein Vater Edmund und sein Bruder Philipp in ihrem verwüsteten Haus. Edmund wusste, dass seine Frau Helene verstorben war und Margarete im Krankenhaus lag. So hatte man ihn durch das Rote Kreuz informiert. Er wusste jedoch nicht, wo Hans und Rudolf waren. Es waren noch zwei Tage bis Weihnachten. Edmund und sein Bruder planten, sich nach Weihnachten um die drei Kinder zu kümmern und sie nach Hause zu holen. Elfriede und Helga waren bei ihrem Großvater, der inzwischen eine andere Frau geheiratet hatte.

Es war wieder Heiligabend 1945 in der kleinen Siedlung. Edmund war traurig, und sein Bruder musste ihn trösten. Er war froh, dass seine Familie komplett zusammen war; denn sie hatten den Krieg in einem kleinen Dorf in der Eifel überstanden. Als Soldat musste er wegen einer körperlichen Behinderung nicht dienen. Danach hatte er ein noch gut erhaltenes Haus in der Siedlung gefunden, worin er nun mit seiner Familie lebte. Philipp wollte nach Hause zu seiner Familie gehen, als es an der Tür klopfte.

Edmund öffnete die Tür und sah einen schmutzigen Jungen in gebückter Haltung vor sich stehen. Es schien, als hätte er einen Sack auf dem Rücken. Er bekam einen Schreck und rief seinen Bruder herbei. Philipp erkannte Hans an seinen Augen, bevor er seine Stimme hörte, die "Papa" sagte. Alles geschah sehr schnell. Sie nahmen Hans das Bündel ab und entdeckten, dass es Margarete war. Da kamen Edmund die Tränen, und er war dankbar, dass sein Bruder bei ihm war. Hans brach zusammen und rührte sich nicht mehr. Margarete ebenfalls nicht. Doch sie waren erleichtert, dass sie noch atmeten.

Philipp holte seine Frau, und gemeinsam zogen sie ihnen die schmutzigen Sachen aus. Dann wuschen sie sie mit warmem Wasser und wickelten sie in warme Tücher, die zuvor auf dem Ofen gelegen hatten. Schließlich tränkten sie ihre Lippen mit warmem Tee. Edmund, Philipp und seine Frau Käthe handelten schnell. Sie gaben den Kindern alle zwei Stunden warmen Tee.

An diesem Abend empfanden sie alle, dass es wirklich ein Heiliger Abend war. Edmund betete normalerweise nicht zu Gott. Aber als Hans und Margarete in den Betten lagen, betete er doch: "Lieber Gott, wenn es dich gibt, hilf mir, Rudolf zu finden, und mach Hans und Margarete wieder gesund!"

3. Kapitel „Heimkehr der Kinder"

Das Jahr 1946 hatte begonnen. Edmund und sein Bruder Philipp fassten den Entschluss, zu Beginn des Jahres gemeinsam nach Ostdeutschland zu reisen, um Rudolf abzuholen. Edmund hatte von der Stadt Hagenow die Nachricht erhalten, dass seine Frau auf dem dortigen Friedhof begraben sei. Ihr Ziel war es nun, diesen Ort aufzusuchen, in der Hoffnung, dort auch Hinweise auf den Aufenthaltsort von Rudolf zu erhalten. Zunächst war es für Edmund jedoch vorrangig, dass Hans und Margarete wieder zu Kräften kamen.

Über eine Woche lang wurden sie mit Tee, Zwieback und einer aus Knochen gekochten Brühe, ergänzt durch täglich ein Ei, ernährt. Langsam erholten sie sich. Ausreichender Schlaf, nun wieder in echten Betten möglich, trug wesentlich zu ihrer Genesung bei. Bei Margarete begannen die kahlen Stellen am Kopf wieder Haare zu zeigen. Edmund war erleichtert, da beide wieder Farbe im Gesicht zeigten und versuchten, aufzustehen und das Haus zu erkunden.

Hans versprach seinem Vater, beim Wiederaufbau des Geschäfts und des Hauses zu helfen, sobald er wieder kräftiger sei. „Werde erst einmal gesund!", erwiderte sein Vater. Auch Margarete machte erste Gehversuche, um das Haus zu erkunden, wobei sie immer wieder nach ihrer Mutter fragte. Tante Käthe, Philipps Ehefrau, nahm sie auf den Schoß und erklärte ihr sanft, dass ihre Mutter nun im Himmel sei. Margarete wollte daraufhin nach draußen, um den Himmel und somit ihre Mutter zu sehen, doch man hielt sie zurück, da ihre Gedanken noch sehr verwirrt waren. Tante Käthe plante, ihr später alles genauer zu erklären und hielt es für angebracht, dass Margarete ärztlich betreut wird, was sie auch Edmund gegenüber äußerte.

Das Rote Kreuz, zu dieser Zeit sehr aktiv, bot nicht nur Unterstützung für Frauen, die ihre Männer vermissten oder um deren Schicksal bangten, sondern kümmerte sich auch um Kinder, die ihre Eltern oder ein Elternteil verloren hatten. So kam es, dass Vertreter des Roten Kreuzes bei Edmund erschienen und vorschlugen, Margarete in eine Klinik zu bringen. Beim

Anblick des abgemagerten Mädchens erkannten sie sofort, dass sie nicht nur körperlich, sondern auch seelisch in einem sehr schlechten Zustand war. Hans sollte ebenfalls mitgenommen werden, wehrte sich jedoch dagegen. Das Rote Kreuz akzeptierte seinen Wunsch und sorgte dafür, dass Margarete in eine geeignete Klinik kam, wo sie von einem Krankenwagen abgeholt wurde. Ihre erste Frage war: „Sehe ich jetzt meine Mutter?", doch sie erhielt keine Antwort, da man wusste, dass Psychologen in der Klinik sie behutsam über den Tod ihrer Mutter aufklären würden.

Nachdem Edmund die Gewissheit hatte, dass Hans und Margarete gut versorgt waren, machte er sich mit Philipp auf den Weg nach Ostdeutschland. Die Personenzüge waren wieder in Betrieb, doch wo Brücken fehlten, musste der Zug Umwege fahren. Teilweise wurden die Passagiere auch mit Bussen zum nächsten Bahnhof gebracht, was die Reise auf fast drei Tage ausdehnte. In Hagenow angekommen, stießen sie jedoch auf Schwierigkeiten. In der von Russen geführten Stadtverwaltung gab es zwar Dolmetscher, aber niemand konnte ihnen Auskunft darüber geben, auf welchem Bauernhof sich Rudolf befand.

Sie fanden den Friedhof und auch das Grab ihrer Frau, das lediglich mit einer Nummer versehen war. In diesem Moment konnte Edmund die Tränen nicht mehr zurückhalten. Vor dem Grab stehend, wurde ihm schmerzhaft bewusst, dass seine Frau tatsächlich nicht mehr lebte. Er wurde von Schuldgefühlen geplagt, überzeugt davon, dass er für ihren Tod verantwortlich war. Auch sein Bruder war zutiefst erschüttert. Gemeinsam legten sie Blumen auf das schlichte Erdgrab.

Anschließend suchten sie die Friedhofsverwaltung auf, um zu erfragen, ob es möglich sei, das Grab mit Pflanzen zu verschönern und ein Kreuz mit dem Namen seiner Frau darauf anzubringen. Edmund erkundigte sich nach den Kosten für diese Gedenkmaßnahmen und hinterließ den geforderten Betrag bei der freundlichen und zuvorkommenden Verwalterin, die versprach, seinem Wunsch nachzukommen.

Während des Gesprächs kam das Thema auf seinen Sohn, der auf einem Bauernhof untergebracht war. Edmund äußerte den Wunsch, ihn nach Hause zu holen, und fragte, ob sie wüsste, wo dieser Bauer zu finden sei. Die Verwalterin erinnerte sich daran, dass es nur noch einen Bauern gab, der einen Jungen bei sich hatte. Sie merkte an, dass dieser Bauer keinen guten Ruf genoss. Sie gab Edmund und seinem Bruder eine Wegbeschreibung zum Hof des Bauern, woraufhin sie sich umgehend und mit eiligen Schritten auf den Weg machten.

Nun erlebten Edmund und Philipp etwas, was sie nie vergessen werden. Es war alles ruhig, als sie ankamen. Edmund rief den Namen des Bauern, den er von der Frau erfahren hatte. Es trat ein Mann, mit einer finsteren Miene auf den Hof. Er fragte mit harter Stimme, was sie wollten, es gäbe hier nichts zu essen! Rudolf hatte die Stimme seines Vaters gehört und kam langsam und zögernd aus dem Stall. Edmund erblickte einen abgemagerten schmutzigen Jungen, mit langen Haaren, die im Gesicht hingen und dachte, ist das Rudolf?? Er rief seinen Namen, und der Junge kam langsam auf die beiden zu. Mit leiser Stimme sagte er: „Ich bin es, Rudolf!" Edmund straffte sich, in ihm sammelte sich eine große Wut, als er sah, was man seinem Sohn angetan hat. Er zog seinen Gürtel aus. Philipp wusste, was jetzt geschah und er nahm Rudolf in seinen Arm. Edmund ging nun auf den Bauern zu und schlug mit aller Kraft auf ihn ein. Dieser schrie und schützte seinen Kopf mit seinen Händen. Edmund hätte ihn totgeschlagen, wenn sein Bruder ihn nicht zurückgehalten hätte. Er hörte auf zu schlagen. Er gab ihn noch einen Tritt, mit den Worten: „Das ist die Strafe dafür, wie schlecht du meinen Sohn behandelt hast!" Er forderte dann noch von dem Bauern, ein Fuhrwerk mit Pferd, damit er seinen Sohn ins Krankenhaus bringen konnte.

Während der Fahrt, Philipp hatte Rudolf auf seinen Schoss genommen, sprach dieser kein Wort. Im Krankenhaus wurde er gebadet, untersucht und er bekam die Haare geschnitten. Außer einer Unterernährung, konnten die Ärzte keine Krankheit bei ihm feststellen. Das wäre ein Wunder, meinten die Ärzte, als sie von Edmund erfahren haben, wie es dem Jungen ergangen wäre.

Sie konnten mit leichter Kost und Proviant für sie selbst wieder nach Hause fahren. Auf der Fahrt nach Hause, sprach Rudolf kein Wort; denn er war es nicht mehr gewohnt zu reden. Er schaute nur aus glanzlosen Augen seinen Vater und seinen Onkel an. Ab und zu aß er ein wenig, dann legte er sich zurück und schlief ein. Der Zug war voll mit Menschen besetzt und daher sehr lebhaft. Aber Rudolf schlief trotzdem. Es vergingen wieder ein paar Tage, bis sie zu Hause ankamen. Unterwegs musste Edmund an Hans denken. Dieser konnte sicherlich nicht so bequem nach Hause gefahren sein. In ihm stieg Stolz und Bewunderung für seinen Sohn auf, so dass sich seine Brust wölbte.

Zu Hause angekommen, begrüßte Hans seinen Vater und konnte es kaum erwarten, seinen Bruder zu sehen. Als er Rudolf erblickte, stockte ihm der Atem. Er hatte erwartet, im Vergleich zu Rudolf kräftig und gesund auszusehen, doch was er vor sich sah, war erschreckend. Nun, da er sich selbst etwas kräftiger fühlte, dachte Hans, dass er nicht nur seinem Vater, sondern auch seinem Bruder so gut wie möglich helfen würde. Er ging zu seinem Vater und teilte ihm mit, dass Rudolf noch nicht wusste, dass ihre Mutter verstorben war, und bot sich an, es ihm zu sagen. Die eigene Trauer hatte Hans noch nicht vollständig verarbeitet, und der Anblick seines Bruders machte ihm das Ausmaß ihrer Verluste erst richtig bewusst.

Er zog sich in das Zimmer zurück, das er bald mit Rudolf teilen würde, ließ sich aufs Bett fallen und weinte bitterlich. Die Tränen halfen ihm, seinen Schmerz und die schrecklichen Erlebnisse zu verarbeiten. Der Zustand seines Bruders verdeutlichte ihm, welches Elend das vergangene Fluchtjahr über sie gebracht hatte. Nachdem er aufgehört hatte zu weinen, dachte er: „Wenn ich diese Strapazen überstanden habe, dann werde ich mein Leben mit meinen 16 Jahren sicherlich meistern."

Etwa vier Wochen später kehrte Margarete nach Hause zurück. Sie sah wieder aus wie ein zwölfjähriges Mädchen, was Hans sehr freute. Sie stellte keine Fragen mehr nach ihrer Mutter und sprach nach wie vor sehr wenig. Als sie Rudolf sah, erschrak sie, obwohl er inzwischen schon etwas besser aussah und wieder Farbe im Gesicht hatte. Die Fürsorge, die ihm zuteilwurde, auch von Frauen aus der Siedlung, die ihn noch als kleines Kind kannten, hatte seine Genesung unterstützt. Sie behandelten ihn mit großer Zärtlichkeit, trugen ihn ins Bett und fütterten ihn. Rudolf genoss die ihm entgegengebrachte körperliche Wärme und wollte das Bett nicht verlassen, um diese Geborgenheit so lange wie möglich zu spüren.

Plötzlich verspürte Rudolf ein tiefes Verlangen nach seiner Mutter. „Wo ist meine Mutter?", fragte er mit belegter Stimme – seine ersten Worte seit langer Zeit. Er wiederholte die Frage mehrfach. Die Frauen überlegten, wie sie es ihm schonend beibringen könnten. Doch Rudolfs geschärftes Gespür und Instinkt ließen ihn die Wahrheit ahnen: „Meine Mutter ist tot!", stellte er klar fest. Die Frauen waren bestürzt und wollten ihn trösten, doch Rudolf zeigte keine emotionale Reaktion; es schien, als wären alle Gefühle in ihm erloschen.

Als sein Vater erfuhr, dass Rudolf nun von dem Tod der Mutter wusste, wollte er ihn tröstend in die Arme nehmen, eine Geste der Zuneigung, die er zuvor nie gezeigt hatte. Doch Rudolf entzog sich und suchte die Nähe seines Bruders. Die Brüder umarmten sich, und Rudolf bemerkte die Tränen seines Bruders. Nun wollte er von Hans wissen, wie und wann ihre Mutter gestorben war.

Hans erzählte von der Krankheit ihrer Mutter und dass sie im August 1945 im Krankenhaus verstorben war. „Nun ist Mutter schon fünf Monate tot und wurde ganz in der Nähe beerdigt, wo du dich aufgehalten hast", offenbarte Hans. Diese Nachricht verursachte einen tiefen Schmerz in Rudolfs Herzen, und zum ersten Mal seit langem begann er zu weinen. Genauso wie bei Hans nahmen ihm die Tränen den Schmerz.

In der kleinen Siedlung begann allmählich wieder ein Anschein von normalem Leben. Die Häuser, die die Bombenangriffe überstanden hatten, wurden erneut bezogen. Viele Frauen waren zu Witwen geworden, da ihre Männer im Krieg gefallen waren. Einige Männer befanden sich noch in Gefangenschaft, und ihre Frauen lebten in der Ungewissheit, ob sie jemals zurückkehren würden. Aufgrund der großen Inflation wurde die Reichsmark stark entwertet. Lebensmittel konnten nur mit Lebensmittelmarken erworben werden, deren Anzahl so begrenzt war, dass sie sorgfältig eingeteilt werden mussten. Familien mit kleinen Kindern erhielten mehr Marken, was ihnen ein wenig Erleichterung verschaffte. Ein Garten zu besitzen, wurde als großes Glück betrachtet.

Deutschland war in eine britische, französische, amerikanische und russische Zone aufgeteilt. Die Kontrollmächte bestimmten über das Geschehen im Land. Die Deutschen hatten nach ihrer Niederlage im Krieg kaum noch Mitspracherecht; sie mussten die Konsequenzen tragen und dafür bezahlen. Die Stimmung unter den Menschen war von Apathie geprägt, und sie folgten den Anweisungen, die an sie gerichtet wurden.

Der Wunsch, zur Normalität zurückzukehren, war dennoch stark. Die Bewohner bemühten sich, ihre Häuser zunächst bewohnbar zu machen. Sie reparierten die Schäden, indem sie Steine aus den Trümmern sammelten, um Löcher in den Wänden zu schließen. Mangels Mörtel griffen sie auf dünne Latten zurück, die sie an den Wänden befestigten, damit die Steine Halt fanden. Nägel und andere brauchbare Gegenstände fanden sie noch in den Kellern.

Mit Unterstützung seines Bruders und Hans machte Edmund sein Haus und vor allem das Geschäft wieder betriebsbereit. Die Menschen aus der Siedlung waren darauf erpicht, mit ihren Lebensmittelmarken einzukaufen. Als schließlich alles vorbereitet war, brachte ein Lieferwagen Mehl, Zucker, Salz in Säcken, Wurst in Stangen, sowie Butter, Margarine und Käse in Stücken. Mangels eines Kühlschranks wurden diese Lebensmittel in einer großen Blechkiste im Keller gelagert. Nun konnte der Verkauf beginnen. Hans und Margarete, die wieder gesund waren, halfen ihrem Vater.

Es war Ostern, und die Leute in der Siedlung konnten wieder backen. Sie hatten Eier von ihren Hühnern und Fleisch von ihren Kaninchen. Margarete äußerte den Wunsch, zur Kommunion zu gehen, obwohl sie bereits 12 Jahre alt war – üblicherweise ging man mit 10 Jahren. Während ihres Krankenhausaufenthalts wurde sie von katholischen Nonnen betreut, die täglich mit ihr beteten und ihr erklärten, dass ihre Mutter nun nicht mehr auf Erden, sondern bei Gott im Himmel war. Die Kommunion, bei der sie den Leib Gottes in Form einer Hostie empfangen würde, war ihr daher besonders wichtig. Sie hoffte, auf diese Weise auch eine Verbindung zu ihrer Mutter herzustellen – ein Gedanke, den sie für sich behielt. Edmund stimmte zu und begann sich zu fragen, ob es vielleicht doch einen Gott gab, der seinen Kindern zur Seite stand. Rudolf hingegen brauchte noch Zeit, denn er sprach kaum.

In Edmunds Haus wurde Ostern gefeiert und eine Woche später die Kommunion. Margarete trug ein weißes Kleid, das die Frauen aus der Siedlung für sie genäht hatten. Ihre schwarzen Haare prangten in voller Pracht, gekrönt von einem bunten Kranz auf ihrer hochgesteckten Frisur. Sie wirkte wie eine Braut. Ihre Augen strahlten vor Glück, in dem Bewusstsein, nun Gott in sich zu tragen und einen Teil ihrer Mutter bei sich zu haben.

Die Familie sah, wie glücklich Margarete aussah, und freute sich mit ihr. Für die Menschen in der Siedlung war es eine Zeit des Tauschhandels. Einige hatten Wertsachen versteckt oder vergraben, die sie nun hervorholten, um sie gegen Kleidung oder Möbel einzutauschen.

Nach Ostern nahm der Schulunterricht für die Kinder wieder seinen Lauf. Da die Volksschule zerstört worden war, errichtete man eine Holzbaracke, die allerdings nur Platz für drei Klassenzimmer bot. Hans musste sein achtes Schuljahr wiederholen. Er war stets ein guter Schüler gewesen und nahm die Wiederholung positiv auf, zumal ihm sein Vater versprochen hatte, dass er bei einem guten Zeugnis einen Beruf in Süddeutschland erlernen und weiterhin eine höhere Schule besuchen dürfe.

Rudolf, der nach wie vor nur wenig sprach, konnte zusammen mit Hans in einem Klassenzimmer unterrichtet werden, das auch für das siebte Schuljahr vorgesehen war. Leider saß er nicht neben seinem Bruder, sodass Hans ihm nicht heimlich helfen konnte, wenn der Lehrer Fragen stellte. Die Schularbeiten erledigten sie jedoch gemeinsam. Auch Margarete kehrte zur Schule zurück und kam in die sechste Klasse, allerdings in ein anderes Klassenzimmer, sodass sie nicht mit ihren Brüdern zusammen war.

Mit der Zeit kehrte ein gewisser Grad an Normalität zurück. Die Kinder begannen wieder draußen zu spielen, besonders gerne in den Trümmern, wo sie oft nützliche Dinge entdeckten. Obwohl es ihnen von den Eltern aufgrund der Einsturzgefahr verboten wurde, wagten sie sich mit großer Vorsicht in die Trümmer, vor allem in die Keller, da dort immer etwas Brauchbares zu finden war. Das Auffinden von Spielsachen stellte für die Kinder immer einen besonderen Glücksfund dar.

Edmund war erleichtert, dass seine drei älteren Kinder nun wieder gesund waren, zur Schule gingen und langsam heranwuchsen. Doch die Frage, wie es ohne seine Frau Helene weitergehen sollte, beschäftigte ihn zunehmend. Er dachte oft an sie und vermisste ihre Anwesenheit schmerzlich. Erst jetzt wurde ihm vollends bewusst, welch enorme Leistung sie für die Familie erbracht hatte und wie geschickt sie den Haushalt und alles Weitere gemanagt hatte. Nun lag die Verantwortung für das Geschäft, den Haushalt und die Kinder allein bei ihm. Ihm wurde klar, dass er nicht nur eine Partnerin, sondern auch eine Mutter für seine Kinder brauchte, denn auch Elfriede und Helga sollten schließlich wieder nach Hause kommen und nicht dauerhaft beim Großvater und dessen neuer Frau bleiben.

Ein weiteres Weihnachten war vergangen, und die Lebensumstände in ganz Deutschland blieben schwierig. In Dörfern und kleinen Ortschaften kam man mit Lebensmitteln noch relativ gut zurecht, doch in den Städten war die Situation anders. Für die Reichsmark bekam man kaum noch etwas. Preise, die heute noch bei 100 Reichsmark lagen, verdoppelten sich bis zum nächsten Tag. Frauen, die nähen konnten, trennten ältere Kleidungsstücke auf und schneiderten daraus Neues für ihre Kinder und sich selbst. Auch alte Pullover wurden aufgetrennt und zu neuen Pullovern, Mützen oder Handschuhen verstrickt. Man versuchte, aus der Not eine Tugend zu machen und unterstützte sich gegenseitig.

In den Städten gestaltete sich das Leben noch härter. Die Menschen lebten in ihren beschädigten Häusern und mussten, sofern verfügbar, mit dem Zug oder Fahrrad aufs Land fahren, um bei Bauern Lebensmittel zu besorgen. Jedoch gaben die Bauern ihre Ware nicht umsonst her. Die Städter mussten Schmuck oder andere wertvolle Gegenstände im Tausch gegen Kartoffeln und Eier abgeben. Viele halfen auch bei der Ernte und konnten dafür einen Teil der Ernte mit nach Hause nehmen.

Die Besorgung von Lebensmitteln war jedoch nicht ohne Risiken. Man musste vorsichtig sein, damit die mühsam erworbenen Vorräte nicht gestohlen oder mit Gewalt abgenommen wurden. Die Züge waren häufig so überfüllt, dass man sich draußen an Fenstern und Türen festhalten musste, eine gefährliche Situation. Trotz der Gefahren nahmen die

Menschen diese Strapazen auf sich, um sich und ihre Kinder ernähren zu können.

Hans hatte sein achtes Schuljahr mit einer guten Note abgeschlossen und stand nun vor der Möglichkeit, seine Ausbildung zum Feinmechaniker in Süddeutschland zu beginnen. Edmund jedoch schlug vor, dass Hans bis zum Frühjahr warten sollte, da zu diesem Zeitpunkt eine Währungsreform erwartet wurde. Mit der neuen Währung ließe sich Hans' Ausbildung besser finanzieren. Hans war mit dieser Entscheidung einverstanden, vor allem weil er seit seiner Rückkehr nach Hause regelmäßig von Albträumen heimgesucht wurde. Er wachte oft auf, in der Befürchtung, von den Russen entdeckt worden zu sein. Anschließend verspürte er starken Hunger und ging in die Küche, um etwas zu essen.

Rudolf, der in seinem eigenen Zimmer schlief, unterbrach ebenfalls häufig Hans' Nachtruhe mit seinen Schreien. Hans kümmerte sich dann um seinen Bruder, der am ganzen Körper zitterte. Meistens konnte er Rudolf mit einem Glas Milch beruhigen, ein Rat, den er von einer Frau aus dem Ort erhalten hatte.

Tagsüber unterstützte Rudolf seinen Vater im Geschäft, der nichts von den Albträumen seiner Söhne wusste. Hans nahm Gelegenheitsjobs bei der Eisenbahn an, denn dort wurden dringend Arbeitskräfte benötigt. Margarete übernahm, soweit es ging, die Haushaltsführung. Das Kochen teilten sich Edmund und seine Schwägerin, die Frau seines Bruders. Sie brachte Margarete auch das Nähen und Stricken bei. In der Nacht wurde Margarete oft wach und wollte zu Hans ins Bett kriechen. Wenn ihr Vater dies bemerkte, hielt er sie davon ab, indem er sie hochhob und zurück in ihr Bett legte. Dabei drückte er sie jedoch kein einziges Mal an sich, streichelte sie oder sprach beruhigende Worte. Er war solche Zärtlichkeiten nicht gewohnt, da er sie von seinen eigenen Eltern nie erfahren hatte. Margarete musste dann weinend in ihrem Bett einschlafen. Die drei Kinder vermissten ihre Mutter sehr und litten unter der fehlenden emotionalen Unterstützung, die sie zur Verarbeitung ihrer schlimmen Erlebnisse benötigten.

Mit dem Frühling und nach Ostern kam in Deutschland eine gravierende Veränderung: die Einführung der Deutschen Mark. Plötzlich war es wieder möglich, einzukaufen. Über Nacht füllten sich die Geschäfte mit Kleidung, Schuhen und allem, was zum Leben benötigt wurde. Die Menschen waren erleichtert und optimistisch, dass es nun aufwärts gehen würde. In den Lebensmittelgeschäften waren keine Marken mehr nötig, die zuvor in große Bücher eingeklebt worden waren, um die Einkäufe zu dokumentieren. Diese Bücher dienten als Nachweis für die Geschäftsinhaber, die damit Ware einkaufen konnten.

Rudolf hatte die Schule abgeschlossen und wollte bei der Eisenbahn als Heizer anfangen. Obwohl es eine schwere Arbeit war, versprach sie gutes Geld. Er fühlte sich körperlich bereit für diese Tätigkeit. Sein Onkel Wilhelm, ein Bruder seines Vaters, der aus der Gefangenschaft zurückgekehrt war und bei der Bahn als Angestellter arbeitete, nahm sich Rudolfs an. Wilhelm war einer der zwei Brüder, die den Krieg bei der Marine überlebt hatten. Rudolf fühlte eine stärkere Verbundenheit zu seinem Onkel als zu seinem Vater und durfte von ihm "Rudi" genannt werden.

Im Jahr 1948 gab es in Westdeutschland erhebliche positive Entwicklungen. Die Züge verkehrten wieder regelmäßig und pünktlich. Deutschland war zu dieser Zeit bereits geteilt in West- und Ostdeutschland. Der östliche Teil stand unter kommunistischer Führung der Sowjetunion. Der Ansatz im Osten, das Land mit „eigenen Händen" wieder aufzubauen, klang zunächst vielversprechend, erwies sich jedoch als äußerst schwierig. Die Unterstützung durch die sowjetischen Kommunisten blieb aus; stattdessen wurden den Menschen Ressourcen entzogen, die für ihren eigenen Nutzen wichtig waren.

Im Gegensatz dazu erhielten die Menschen im Westen Unterstützung von den Amerikanern, was dazu führte, dass sie nahezu über Nacht alles Notwendige kaufen konnten. Diese Hilfe war jedoch nicht kostenlos. Die Westdeutschen mussten für die erhaltene Unterstützung entweder durch Arbeitsleistung oder finanzielle Mittel aufkommen, ähnlich einem Kredit, der mit Zinsen zurückgezahlt werden muss.

Die Teilung der Hauptstadt Deutschland in einen westlichen und einen östlichen Teil stellte ein besonderes Problem dar. West-Berlin musste mittels amerikanischer Flugzeuge versorgt werden, die umgangssprachlich als

„Lebensmittelbomber" bezeichnet wurden. Diese Flugzeuge, ursprünglich für Bombenabwürfe konzipiert, warfen nun Lebensmittel ab, was mit erheblichen Risiken verbunden war. Die Lebensmittel wurden während des Flugs abgeworfen und später an die Bewohner des westlichen Stadtteils verteilt. In späterer Zeit etablierte sich eine Versorgung West-Berlins per Zug oder Lkw. Es gab eine Vereinbarung, die es den Amerikanern erlaubte, durch den sowjetisch besetzten Teil Deutschlands zu fahren.

Deutschland war gespalten, und die Menschen akzeptierten die neue Realität. Ihnen war bewusst, dass sie den Krieg verloren hatten und dankbar sein mussten, überlebt zu haben. Die Kontrolle über die Zukunft Deutschlands lag nun in den Händen der Siegermächte Russland, England, Amerika und Frankreich.

Die Gefangenen begannen nach und nach aus der russischen Kriegsgefangenschaft zurückzukehren. Deutschland hatte zu dieser Zeit einen Bundeskanzler namens Konrad Adenauer, der Verhandlungen mit den Sowjets führte. Die genauen Bedingungen dieser Verhandlungen und was Deutschland dafür aufgeben musste, blieben unklar. Nach bis zu fünf Jahren in Gefangenschaft kehrten diese Soldaten, die einst unter Hitler gekämpft hatten, traumatisiert nach Hause zurück. Ihre Familien, insbesondere Frauen und Kinder, standen oft vor der Herausforderung, die veränderten Männer und Väter wiederzuerkennen. Nicht alle Männer kehrten zurück; trotz umfangreicher Nachforschungen des Roten Kreuzes blieben viele vermisst. Über Jahre hinweg hielten einige Frauen die Hoffnung aufrecht, dass ihre Männer eines Tages heimkehren würden, was in seltenen Fällen auch tatsächlich geschah.

Hans konnte nun für ein Jahr nach Süddeutschland gehen. Es war für ihn eine Herausforderung und der Beginn eines neuen Lebenswegs. Er wollte so sein wie andere Jungen seines Alters, die oft fröhlich waren und viel lachten – Hans hingegen hatte das Lachen verlernt.

In Süddeutschland angekommen, wurde ihm ein Schlaf-Wohnraum zugewiesen, der ihm gut gefiel. Der Ort lag in der Nähe von München und war von den Bombenangriffen verschont geblieben. Dort gab es eine Werkstatt, in der er zum Feinmechaniker ausgebildet werden sollte, allerdings musste er für die höhere Schule nach München pendeln, was dank einer guten Busverbindung kein Problem darstellte. Sein Vater überwies ihm regelmäßig Taschengeld, während Schul- und Lehrgeld direkt an die Institution gezahlt wurden.

Als Hans das erste Mal ein großes Glas Bier trank, schlief er daraufhin schnell ein, ohne Albträume, und fühlte sich am nächsten Morgen ausgeruht. An den Wochenenden konsumierte er manchmal zwei bis drei Gläser. Die Jungen, die er kennenlernte, sprachen einen Dialekt, was anfangs Verständigungsschwierigkeiten mit sich brachte, doch bald entwickelte sich eine Freundschaft. Sie alle lernten denselben Beruf und verbrachten die Abende gemeinsam, wobei oft mehr Geld für Getränke als für Essen ausgegeben wurde. So kam es, dass Hans gegen Monatsende kein Taschengeld mehr hatte, jedoch immer noch genug, um Zigaretten zu kaufen. Diese dämpften seinen Hunger, eine Erfahrung, die ihm zeigte, dass die Männer, die ihm dies rieten, Recht hatten. Für ihn war wichtig, dass er jede Nacht durchschlafen konnte.

Hans war ein guter Schüler und lernte sein Handwerk als Feinmechaniker hervorragend. Sein Lehrmeister war streng, aber gerecht – eine Strenge, die Hans von seinem Vater kannte. Überraschend besuchte ihn sein Vater an einem Wochenende. An diesem Wochenende trank Hans kein Bier und rauchte nicht. Die beiden sprachen nicht viel; Hans antwortete lediglich auf die Fragen seines Vaters. Im Sommer, während der Ferien, sollte Hans nach Hause kommen. Doch warum freute er sich nicht darauf? Er sah keinen Grund, nach Hause zu fahren. War es, weil er etwas Neues kennengelernt hatte? Er war sich unsicher.

Nach seinem Besuch bei Hans entschied Edmund, Elfriede zurück nach Hause zu holen, um Margarete Gesellschaft zu leisten, da sie ihren Bruder vermisste. Elfriede hatte bei ihrem Großvater gelebt, einem sehr strengen Mann, und war glücklich über die Aussicht, wieder nach Hause zu kommen. Besonders vermisste sie ihre Mutter und freute sich darauf, wieder bei ihrer Schwester zu sein, die sie stets beschützt und mit der sie gespielt hatte. Nun, mit zehn Jahren, war Elfriede zwar kein kleines Kind mehr, ihre Zuneigung zu ihrer älteren Schwester blieb jedoch stark.

Edmund plante auch für Elfriede die Teilnahme an der Kommunion, welche der Großvater mit seiner neuen Frau organisierte. Die Feier war bescheiden, mit nur wenigen Geschenken und Gästen. Elfriede durfte zwei Schulfreundinnen einladen. Der Abschied vom Großvater und seiner neuen Frau fiel ihr etwas schwer, nicht jedoch der von ihrer Schwester Helga, mit der sie sich nicht besonders gut verstand. Die einzige Sache, bei der die Schwestern harmonierten, war das gemeinsame Singen. Ihre Stimmen klangen wunderbar zusammen und selbst der Großvater war begeistert, wenn er sie hörte. Bei der Verabschiedung bedauerte er, dass er ihre Stimmen nicht mehr hören würde.

Zuhause angekommen, musste Elfriede sich an ihre neue Schule in einer Baracke gewöhnen, was ihr anfangs fremd vorkam, da die Schule im Dorf unbeschädigt und größer war. Sie war erleichtert, wieder bei ihrer Schwester Margarete zu sein. Die Schwestern teilten sich ein Zimmer. Elfriede wurde nachts oft durch Margaretes Weinen wach, wusste aber nicht, warum sie weinte. In solchen Momenten legte sie sich zu Margarete ins Bett und kuschelte sich an sie. Dann schliefen sie gemeinsam wieder ein. Edmund war aus diesem Grund erleichtert, dass Elfriede wieder zu Hause war.

Nun machte Edmund sich Sorgen um Rudolf, der mittlerweile allein in einem Zimmer schlief. Hans hatte ihm von Rudolfs Albträumen erzählt, allerdings nicht von seinen eigenen. Rudolf war jedoch so erschöpft von seiner Arbeit als Heizer, dass er abends sofort einschlief und die ganze Nacht durchschlief. Lediglich am Wochenende wurde er von Albträumen geplagt. Auch Rudolf lernte das Biertrinken am Wochenende schätzen, was ihm gut gefiel. Mit 16 Jahren begann er, Freunde zu treffen, darunter auch Mädchen, die ihn sehr mochten. Seine gelockten Haare und seine schöne Stimme verschafften ihm viele Sympathien. Das Singen nahm er erst wieder auf, nachdem er begonnen hatte, am Wochenende Bier zu trinken. Sein Onkel Wilhelm förderte ihn zusätzlich, indem er ihn ermutigte, ein Instrument zu spielen. Rudolf begann, Klavierunterricht zu nehmen, den sein Onkel finanzierte.

Seinem Vater erzählte Rudolf nichts davon. Das Verhältnis zwischen Vater und Sohn drohte zu zerbrechen. Ein ähnliches Problem bestand auch bei Hans. Sie waren zwar physisch zu Hause, aber fühlten sie sich auch zu Hause? Ohne ihre Mutter und mit einem Vater, der nie tröstende Worte fand und weiterhin alles bestimmte. Beide Jungen machten ihren Vater für alles verantwortlich, was ihnen widerfahren war. Ob diese Anschuldigungen berechtigt waren, wussten sie zu diesem Zeitpunkt nicht. Niemand konnte sie trösten, denn sie sprachen mit niemandem über ihre schrecklichen Erlebnisse. Sie hofften, dass die Erinnerungen irgendwann einfach aus ihrem Gedächtnis verschwinden würden.

So entwickelten sich die Söhne von Edmund, jeder auf seine Art. Hans brauchte mehr seinen Verstand. Rudolf vertraute seinem Gefühl. Wenn er einen Rat brauchte, ging er zu seinem Onkel Wilhelm.

Das Geschäft von Edmund florierte, und er begann über eine neue Frau und Mutter für seine Kinder nachzudenken. Im nächsten Jahr, wenn Helga 10 Jahre alt sein würde, plante er, auch sie nach Hause zu holen. Bis dahin wollte er eine Frau gefunden haben, die bereit wäre, die Rolle der Mutter für seine Kinder zu übernehmen. Margarete sollte mit 15 Jahren eine Haushaltsschule besuchen, sodass nur noch Helga und Elfriede von der neuen Frau versorgt werden müssten. Das war Edmunds Plan, doch er fragte seine Kinder nicht nach ihren Wünschen. Was die Zukunft bringen würde, konnte er zu diesem Zeitpunkt nicht wissen.

Er gab eine Annonce in der Zeitung auf, in der stand: „Geschäftsmann mit 5 Kindern sucht eine fleißige Frau, die bereit ist, mit einem 49-jährigen Mann Geschäft und Haushalt zu führen." Bald darauf erhielt er eine Antwort von einer Frau aus Westdeutschland, die ursprünglich aus Ostdeutschland stammte. Sie war bereit, Edmund und seine Familie in ihr Leben zu integrieren, ohne zu ahnen, welche Schwierigkeiten dies mit sich bringen würde. Für die Kinder und die Bewohner der Siedlung war sie eine fremde Person.

Als das Jahr 1948 zu Ende ging, heiratete Edmund eine Frau namens Lisbeth. Die Hochzeit wurde lediglich im engsten Kreis gefeiert. Nach einiger Zeit wurden Hans, Rudolf, Margarete und Elfriede von ihrem Vater aufgefordert, Lisbeth als „Mutter" anzusprechen. Sie schauten zu ihrem Vater, der zur Bestätigung nickte. Ihnen blieb keine Wahl – sie wurden nicht gefragt, ob sie das wollten oder nicht. Elfriede war froh und dachte bei sich: „Jetzt habe ich wieder eine Mutter." Hans hingegen überlegte: „Ich werde sowieso das tun, was ich möchte, sobald ich mit meiner Lehre fertig bin. Die 'neue Mutter' wird mir dann nichts mehr vorschreiben können." Rudolf empfand nichts; er fühlte sich ohnehin nicht mehr als Teil der Familie. Margarete war bestürzt und dachte: „Selbst wenn sie als Mutter bezeichnet werden möchte, wird sie niemals meine Mutter sein." Die wahren Gedanken der Kinder waren nach außen hin nicht erkennbar. Edmund war zufrieden, da er keine Einwände von ihnen vernahm. Lisbeth war sich der kommenden Schwierigkeiten und Herausforderungen, die auf sie zukommen würden, noch nicht bewusst.

Als Weihnachten näher rückte, zeigten die Kinder wenig Begeisterung, das Fest mit der neuen Mutter zu feiern. Edmund jedoch war entschlossen, dieses Weihnachten besonders schön zu gestalten, um seiner neuen Frau zu zeigen, was für ein guter Ehemann und Vater er sein konnte. Sein Geschäft bot alle Möglichkeiten, ein gelungenes Fest zu organisieren. So lud er seinen Bruder Philipp mit dessen Frau Käthe und deren vier Kindern ein. Der älteste Sohn trug ebenfalls den Namen Hans, und die beiden Hans waren gleich alt. Dazu kamen noch Peter und Elli sowie der jüngste Sohn Willi. Diese Familie sollte Edmunds neue Frau kennenlernen. Als die Kinder davon erfuhren, stimmten sie zu, Weihnachten doch gemeinsam zu feiern.

Während der Vorbereitungen stellten sowohl Edmund als auch Margarete fest, dass Lisbeth weder das Talent hatte, den Tisch festlich zu decken, noch das Essen schmackhaft zuzubereiten. Sie baten daher Tante Käthe um Hilfe, die vermutete: „Das ist bestimmt die Aufregung von Lisbeth, weil für sie noch alles fremd ist." Trotz anfänglicher Schwierigkeiten wurde es ein schönes Weihnachtsfest. Edmund griff wieder zur Mundharmonika und spielte darauf, was ihm und den anderen Freude bereitete. Für ihn war alles in bester Ordnung, und er fühlte sich innerlich zufrieden.

Helga feierte Weihnachten bei ihrem Großvater und dessen Frau, die sie "Tante" nennen sollte, da sie nicht ihre leibliche Großmutter war. Sie saß auf ihrem Schoß, ohne zu ahnen, dass dies ihr letztes Weihnachten bei ihrer geliebten Tante sein würde.

Im Jahr 1944 kam sie gemeinsam mit Elfriede in diesen kleinen Ort. Anfangs fragte sie wiederholt, wann ihre Mutter sie wieder abholen würde. Die Tante versuchte sie mit den Worten "Bald!" zu trösten. Im August 1945 erfuhr Helga dann, dass ihre Mutter verstorben war und nun im Himmel bei den Engeln sei. Dies sollte Trost spenden. Doch für Helga war es kein Trost; sie erkrankte schwer. Sowohl die Tante als auch der Großvater bemühten sich, ihr Trost zu spenden.

Es dauerte eine Weile, bis Helga wieder zu dem fröhlichen Kind wurde, das sie einst war. Dank ihrer lieben Tante, die es verstand, sie mit immer neuen Tätigkeiten abzulenken, etwa indem sie ihr zeigte, wie sie im Haushalt helfen konnte. Dies machte Helga Spaß und lenkte sie ab. Ein Jahr später kam sie in die Schule und war sehr stolz darauf, Schülerin zu sein. Sie lernte schnell und durfte bald auf Anweisung des Lehrers einigen Mitschülern bei den Hausaufgaben helfen. Dabei lernte sie einen Jungen namens Willi kennen. Die beiden spielten oft zusammen, besonders gern im Wald, wo das Klettern auf Bäumen ihnen große Freude bereitete. Im Ort gab es auch einen kleinen Weiher, an dessen Ufer stets ein Boot lag, das, soweit sie wussten, nie benutzt wurde.

Eines Tages beschlossen sie, in das Boot zu steigen. Willi bemerkte, dass es festgebunden war. Sie lösten gemeinsam mit ihren kleinen Fingern einen dicken Knoten, während das Boot hin und her schaukelte. Ohne Angst zu empfinden, genossen sie die Fahrt und paddelten mit den Händen im Wasser, ohne zu merken, wie sie langsam vom Ufer wegdrehten. Als sie schließlich einen Schreck bekamen und in Panik gerieten, begannen sie laut um Hilfe zu rufen. Ihre Rufe wurden gehört, und einige Menschen kamen zum Weiher, wo sie die beiden Kinder mitten auf dem Wasser entdeckten. Was nun? Willis Vater wurde herbeigerufen. Er sprang ins Wasser, erreichte das Boot und zog es schwimmend ans Ufer. Willi weinte aus Angst vor einer Strafe, doch sein Vater umarmte ihn nur fest. Anschließend nahm er Helga an die Hand und brachte sie zu ihrem Großvater, den er gut kannte.

Als sie dann zu Hause ankam, überkam Helga große Angst vor der Reaktion ihres Großvaters, da sie wusste, dass sie etwas Falsches getan hatte.

Nachdem ihr Großvater erfuhr, was passiert war und dass Willi auch dabei gewesen war, schaute er Helga an und sagte: „Du wirst niemals mehr zu dem Weiher gehen und mit Willi darfst du nie mehr spielen!" Daraufhin begann Helga zu weinen, denn obwohl er sie hätte schlagen oder ihr Stubenarrest geben können, war das Verbot, mit ihrem Freund zu spielen, die härteste Strafe für sie.

In der Schule tauschten sie und Willi heimlich Zeichen aus. Ein Zeichen auf den Ranzen bedeutete „Wir sehen uns in der Pause", und die Fäuste aufeinander zu legen hieß „Wir treffen uns im Wald". Alles musste heimlich geschehen, damit niemand davon erfuhr. Helgas Schwester Elfriede war zwar noch da und sollte auf sie aufpassen, aber sie war mit ihren eigenen Freundinnen beschäftigt und achtete nicht auf ihre Schwester. Als Elfriede schließlich von ihrem Vater abgeholt wurde, war Helga erleichtert, nun allein bei ihren Großeltern zu sein. Sie glaubte zu diesem Zeitpunkt, dass sie für immer bei ihnen bleiben würde.

Einige Monate später durfte Helga offiziell wieder mit Willi spielen, nachdem er ihrem Großvater versprochen hatte, gut auf sie aufzupassen. Im Winter machten sie Schlittenfahrten zusammen. Auf geraden Strecken zog Willi Helga, und auf abschüssigen Straßen oder Hängen fuhren sie gemeinsam auf einem Schlitten. Das war ein großes Vergnügen!

Weihnachten stand bevor, und das Haus duftete herrlich nach frisch gebackenen Plätzchen. Nun waren alle Zutaten wieder erhältlich. Helga hätte sehr gerne beim Backen geholfen, doch ihr wurde gesagt: „Die Engel und das Christkind helfen, da dürfen keine Kinder dabei sein!" Sie glaubte es, denn ihr war beigebracht worden, dass Erwachsene nicht lügen und Kinder dies ebenfalls nicht tun sollten. Ostern näherte sich, und am Sonntag nach dem Fest sollte Helga zur ersten Heiligen Kommunion gehen. Das Fest sollte besonders schön für sie gestaltet werden. Helga freute sich darauf, dass ihr Vater kommen würde, wusste jedoch nicht, dass er eine neue Mutter für sie mitbringen und sie für immer mit nach Hause nehmen würde.

Der Weiße Sonntag kam. Helga trug ein schönes weißes Kleid mit einem Schleier, das auch Elfriede bereits getragen hatte. Mittags traf ihr Vater mit dem Zug ein, begleitet von einer Frau. Helga begrüßte ihren Vater, ignorierte jedoch die Frau und fragte nicht nach ihr. Das Fest verlief gut, doch die neue Frau blieb unbeachtet. Am späten Nachmittag folgte noch eine Andacht. Danach wurde Helga das Kleid ausgezogen, und sie war verwirrt. Ihr war aufgefallen, dass ihre Tante den ganzen Tag kaum ein Wort gesprochen hatte. Der Großvater kam mit einem großen Koffer die Treppe herunter, stellte sich vor Helga und verkündete: „Du fährst jetzt mit deinem Vater nach Hause und wirst dort für immer bleiben."

Helga rief nach ihrer Tante, die jedoch nicht zu sehen war; sie saß im Schlafzimmer und weinte. Helga schrie und sträubte sich gegen die Abfahrt, doch es half nichts. Ihr Vater hielt den Koffer mit ihrer Kleidung bereit und forderte sie auf, mitzukommen. Verwirrt und ungläubig folgte sie schließlich ihrem Vater und der unbekannten Frau. Als ihr Vater versuchte, ihre Hand zu nehmen, ballte sie die Faust und steckte ihre Hand stattdessen in die Manteltasche.

4. Kapitel „Selbstständigkeit der Kinder"

Im Jahr 1949 waren alle Kinder wieder im Haus, wo sie gemeinsam mit ihrer Mutter Helene und ihrem Vater Edmund eine glückliche Kindheit verbracht hatten. Bis zur Bombardierung hatten sie eine schöne Zeit, besonders die älteren Kinder. Das Jahr 1949 sollte für die Familie einen Neuanfang darstellen, jetzt, wo alle Kinder wieder zu Hause waren. So hatte Edmund es sich vorgestellt, doch es kam anders.

Seine neue Frau Lisbeth gab sich große Mühe, ihren Mann zufrieden zu stellen, und sie wünschte sich, von seinen Kindern als Mutter anerkannt zu werden. Das jüngste Kind, Helga, schien jedoch Schwierigkeiten zu machen, denn es hatte sie immer noch nicht beachtet. Um ihre Zuneigung zu zeigen, strickte Lisbeth für Helga heimlich einen Pullover mit Blumenstickerei, wenn alle schliefen. Auch für Elfriede strickte sie einen Pullover, ebenfalls mit Blumen bestickt, worüber sich Elfriede sehr freute und „Danke, Mutter!" sagte. Dann gab Lisbeth Helga ihren Pullover mit den Worten: „Der ist für dich, den habe ich für dich gestrickt. Möchtest du nun Mutter zu mir sagen?" Helga betrachtete den Pullover, schaute Lisbeth an und rief aus: „Du bist nicht meine Mutter, du Hexe!" Sie lief weinend zu ihrem Vater. Als er nach dem Grund fragte, schluchzte sie: „Ich will wieder zum Großvater und zur Tante!" Edmund wusste nicht, was vorgefallen war, und versuchte Helga zu trösten, indem er ihr versprach: „In den Sommerferien kannst du wieder zu ihnen fahren." Ihre Geschwister konnten Helga nicht beruhigen. Sie flüchtete in ihr Versteck im Garten hinter dem Kaninchenstall, wo sie mit ihrer Mutter im Himmel sprach und um einen Engel bat, der die „Hexe" wegschicken solle. Sie weinte bitterlich, unfähig zu verstehen, warum alles so anders war. Ihr Vater fand sie erst am Abend, als er das Weinen beim Füttern der Kaninchen hörte.

Vor Helgas Ankunft hatte Edmund ihr im Dachboden ein Schlafzimmer eingerichtet. Dieses Mal trug er sie persönlich ins Bett und machte ihr das Angebot: „Wenn du brav bist und nett zu deiner neuen Mutter, dann bekommst du einen Hund geschenkt."

Der Sommer kam, und Lisbeth gab sich alle Mühe, sowohl eine gute Hausfrau als auch eine geschickte Geschäftsfrau zu sein. Hans und Rudolf waren kaum zu Hause. Margarete hatte ihre Schulausbildung beendet und unterstützte sowohl im Haushalt als auch im Geschäft. Helga mied sie und freute sich auf die Sommerferien, um ihren Großvater besuchen zu dürfen. Sie war überglücklich, besonders weil ihr Vater sein Versprechen gehalten und sie auf der Zugreise begleitet hatte. Während der Fahrt versprach er ihr sogar, dass sie bei ihrer Rückkehr einen Hund bekommen würde.

Elfriede war die Einzige, die ihre neue Mutter akzeptierte. Nach der Schule half sie fleißig im Haushalt. Als Belohnung erhielt sie einen Badeanzug. Es war ein besonders heißer Tag, und die Kinder freuten sich über den Beginn der Ferien. Hans hatte seine Ausbildung abgeschlossen und sollte im Herbst seine Stelle als Feinmechaniker bei der Post antreten. Auch er war motiviert, schwimmen zu gehen. Hans, Margarete und Elfriede machten sich auf zum Baggerloch, das Hans gut kannte. Margarete, die mittlerweile schwimmen konnte, wollte mit Hans ins Wasser. Die Frage war jedoch, was mit Elfriede zu tun sei, die stolz ihren neuen Badeanzug trug, aber nicht schwimmen konnte. Margarete riet ihr: „Bleib ganz am Rand des Baggerlochs, mach dich nass, aber geh nicht ins Wasser. Ich schwimme eine Runde und versuche dann, dir das Schwimmen beizubringen!"

Elfriede saß da, machte sich nass, was ihr gefiel und bei der Wärme guttat. Aber dann ging sie doch ins Wasser, um sich ganz nass zu machen. Wie schön das war, und sie ging immer weiter. Plötzlich spürte sie keinen Boden mehr unter den Füßen und sackte ab. Sie strampelte mit Armen und Beinen. Dabei kam sie mit dem Kopf nach oben und schrie so laut sie konnte. Dann sank sie in die Tiefe. Gut, dass der See von vielen Jugendlichen und Kindern besucht wurde. Sie hörten Elfriede schreien und schwammen sofort zu der Stelle hin, wo Elfriede untergegangen war. Auch Margarete und Hans waren sehr schnell zur Stelle. Hans tauchte und holte Elfriede nach oben. Er legte sie auf den Boden und merkte, dass sie nicht mehr atmete. Da fiel ihm die Situation ein, als einer der Männer durch Drücken auf die Brust geholfen hatte. Das machte er nun auch bei Elfriede. Nach mehrmaligem Drücken japste Elfriede laut und spuckte Wasser aus. Sie atmete danach wieder normal. Inzwischen stand auch Margarete bei der Menschenmenge, die sich sehr schnell gebildet hatte. Alle waren froh, als sie sahen, dass Elfriede wieder atmete, besonders Margarete und Hans. Elfriede musste Hans und Margarete versprechen, nie mehr allein ins Wasser zu gehen, was sie danach auch nicht mehr tat. Sie dachte nur: „Der neue Badeanzug hat mir Glück gebracht!"

1950 begann die Zeit, in der wieder neue Häuser gebaut wurden. Die beschädigten Häuser wurden abgerissen, und an derselben Stelle entstanden neue. Zu dieser Zeit wurde auch ein neues Geschäftshaus errichtet. Für Edmund war das ein großes Ärgernis, da sich die Kundschaft bereits reduziert hatte. Viele Kunden gingen zum Einkaufen in den nächstgelegenen Ort. Andere, die älter waren, ließen sich die Ware liefern. Diese Aufgabe übernahmen Elfriede und Helga. Als Edmund bemerkte, dass die Kundschaft immer weiter abnahm, überlegte er, seinen Laden in eine Drogerie umzuwandeln. Margarete sollte diesen Beruf erlernen und das Geschäft später übernehmen. Sie wehrte sich jedoch dagegen, und Edmund versuchte, sie mit Strenge zu zwingen. Daraufhin verließ Margarete über Nacht das Haus und zog zu ihrer Freundin. Sie hinterließ einen Zettel mit den Worten: „Ich komme nie mehr wieder nach Hause!!" Edmund war wütend, konnte jedoch nichts dagegen unternehmen.

Hans war der Einzige, der wusste, wo Margarete sich aufhielt. Er arbeitete bereits bei der Post und verdiente gutes Geld. Rudolf kümmerte sich nicht darum. Er kam abends nach Hause, legte sich schlafen und ging am nächsten Morgen wieder zur Arbeit, wo er nun zum Lokomotivführer ausgebildet wurde. Helga, die in die 6. Klasse ging, wollte gerne eine höhere Schule besuchen, was ihr Lehrer auch befürwortete. Als ihr Lehrer Edmund darauf ansprach, war dieser jedoch strikt dagegen.

Edmund war frustriert, weil nicht alles so verlief, wie er es sich vorgestellt hatte. Auch seine Ehe entsprach nicht seinen Vorstellungen. Er dachte oft an Helene und wie alles anders und besser wäre, wenn sie noch da wäre.

Lisbeth war zwar fleißig, aber die Feinheiten, die Helene besaß, fehlten ihr. Das hatte auch Helga bemerkt. Deshalb versorgte sie sich selbst und wusch ihre Kleidung selbst. Sie war ständig mit ihrem Hund Fipps beschäftigt, der auch in ihrem Zimmer schlief. Sie hatte nun jemanden, mit dem sie kuscheln konnte, und spürte, dass der Hund sie sehr mochte, da er immer bei ihr war. Er begleitete sie zur Schule und wartete draußen, bis sie wieder herauskam. In den Ferien durfte er sogar mit zum Großvater. Die Freude war immer groß, wenn sie im kleinen Ort war und mit ihrem Freund Willi plaudern konnte. Nur leider waren die Ferien viel zu kurz.

Es war immer ein seltsames Gefühl für sie, wenn sie wieder nach Hause kam. Sie vermisste Margarete, die sie ab und zu getröstet hatte. Aber Rudolf war da, der ihr manchmal übers Haar streichelte, so wie es seine Mutter bei ihm gemacht hatte. Mit Elfriede hatte sie keine enge Beziehung. Elfriede war mit sich selbst beschäftigt und verfolgte ihre eigenen Pläne. Sie wollte nach der Schule keine Lehre machen, sondern direkt in einer Fabrik arbeiten, um Geld zu verdienen. Ihr Ziel war es, möglichst schnell unabhängig zu werden. Edmund spürte, dass seine Kinder ihn als Vater nicht mehr akzeptierten und fragte sich, warum. Er begriff nicht, dass er selbst daran schuld war. Hätte er seine Kinder doch nur gefragt, was sie gerne lernen möchten.

Die Zeit verging. Im Jahr 1952 lernte Rudolf ein Mädchen kennen, das viel lachte. Das gefiel ihm, da er das Lachen verlernt hatte. Da er bei der Eisenbahn bereits als Lokomotivführer arbeitete und das Glück hatte, eine Wohnung von der Eisenbahn zu bekommen, heirateten sie schnell. Zum ersten Mal nach langer Zeit fühlte er sich wieder glücklich.

Im selben Jahr erhielten sie unerwartet die Nachricht, dass Edmund und seine Familie aus ihrem Haus ausziehen mussten, da es abgerissen werden sollte. Irgendwie kam es Edmund gelegen. Was sollte er noch machen? Seine Kinder hatten ihn im Stich gelassen, und ihm war nun alles gleichgültig. Der Familie wurde ein neues Haus angeboten, das groß genug war für ihn, seine Frau Lisbeth, Hans, Elfriede und Helga. Mit 52 Jahren begann für Edmund ein neues berufliches Leben. Er musste einen Raum seines Hauses zur Verfügung stellen, in dem eine Poststelle eingerichtet wurde. So wurde er Postangestellter. Lisbeth konnte als Briefzustellerin bei der Post arbeiten, was ihr besser gefiel als die Arbeit im Geschäft, und sie hatten jeden Monat ein festes Gehalt.

Elfriede arbeitete nun in einer Fabrik nahe der kleinen Siedlung und verdiente ihr eigenes Geld. Was machte Helga? Sie war erneut traurig, da ihr geliebter Hund mittlerweile an Hundestaupe verstorben war. Sie fühlte sich wieder allein, obwohl sie Freundinnen und eine Cousine namens Elli hatte, mit denen sie oft Zeit verbrachte und Ablenkung fand.

Wir schreiben das Jahr 1953. In ganz Deutschland boomte die Wirtschaft. Jeder hatte Arbeit, in den Geschäften konnte man alles kaufen, und es wurden endlich wieder Häuser gebaut, was sehr wichtig war. Menschen, die noch vor Kurzem in „Trümmern" gelebt hatten, konnten nun in Neubauten einziehen. Sogar mit einem eigenen Bad in der Wohnung, was in ihren zuvor zerstörten Wohnungen nicht vorhanden war. Früher musste das Bad gemeinsam mit allen Bewohnern des Hauses geteilt werden, genau wie die Waschküche.

Das Entsetzen in Deutschland war groß angesichts der Berichte über die Vernichtung der Juden. Es war bekannt, dass Juden – darunter Geschäftsleute, Ärzte, Lehrer, Säuglinge und Kleinkinder – aus ihren Wohnungen geholt wurden. Sie wurden mit Lastwagen abtransportiert, doch niemand wusste genau, wohin. Es gab Soldaten an der Front, die Zeugen wurden, wie Frauen, Männer und Kinder erschossen wurden. Sie waren gezwungen, diesen Schießbefehl auszuführen, da andernfalls auch ihr Leben in Gefahr gewesen wäre. Dies wurde auf Befehl Hitlers durchgeführt. Zusätzlich existierten Lager, in denen Juden verhungerten oder getötet und anschließend verbrannt wurden.

Diese unmenschlichen Taten wurden den Menschen im Kino gezeigt. Vor dem Hauptfilm gab es eine Wochenschau, in der man die furchtbaren und für den menschlichen Verstand kaum zu fassenden Ereignisse sehen konnte. Es war grauenhaft zu beobachten, wie willkürlich Männer, Frauen mit Kleinkindern und junge Menschen, nur weil sie jüdischen Glaubens waren, vernichtet wurden. Man konnte nicht begreifen, wie ein Regime zu solchen Taten fähig war. Man fragte sich, was geschehen war. Es gab einen Krieg, den Deutschland begonnen hatte, und bei dem viele Menschen ihr Leben verloren. Das war bereits eine Tragödie. Aber die Vernichtung? Niemand wusste eine Antwort. Trotz allem ging das Leben für diejenigen, die den Krieg überlebt hatten, weiter. Die Menschen blickten hoffnungsvoll in die Zukunft, auch in der kleinen Siedlung.

Rudolf und Käthe, so hieß seine Frau, bekamen eine Tochter, die sie Jutta nannten. Beide waren sehr glücklich. Besonders Rudolf. Sie waren nun eine kleine Familie und hatten eine schöne Wohnung. Endlich konnte Rudolf wieder lachen und auch singen, wenn er seine kleine Tochter in seinem Arm hatte.

Hans hatte eine gute Position bei der Post inne. Er verdiente gut und könnte eigentlich zufrieden sein. Doch war er es nicht; er fühlte sich unglücklich. Um alles zu vergessen, versuchte er, sich beim Biertrinken abzulenken, wie schon in seiner Lehrzeit. Jeden Abend nach dem Dienst ging er in eine Wirtschaft und trank einige Biere. Dabei spielte er gerne Skat, was ihm Unterhaltung bot und ihm half, später im Bett gut einzuschlafen. Morgens jedoch war er hellwach und konnte seiner Arbeit sehr gut nachgehen.

Was machte Margarete? Sie wohnte bei einer Freundin und war froh, nicht mehr zu Hause zu sein. Weil sie ein gutes Aussehen hatte, waren ihre Chancen groß, eine gute Arbeit zu bekommen. So hatte sie eines Tages Glück, in einem großen Kaufhaus eine Stellung zu bekommen. Zuerst einmal war es eine leichte Tätigkeit. Dabei entdeckte sie, dass sie eine kreative Begabung hatte und bewarb sich für die Dekorationen in den Schaufenstern. Ihr Chef war begeistert und stellte sie für diese Tätigkeiten ein. Sie war glücklich, endlich konnte sie etwas machen, was ihr Spaß machte und wobei sie auch noch gut verdiente. Sie reifte zu einer jungen Frau heran und fing an, die Vergangenheit hinter sich zu lassen. Es dauerte nicht lange, da bekam sie, wegen ihres guten Aussehens, Angebote als Fotomodell. Nun begann eine Zeit für Margarete, die sie nur aus Filmen kannte, mit Kameras und sehr schöner Kleidung. Es war berauschend für sie. Sie vergaß ihr Elternhaus und ihre Vergangenheit und lebte nur noch in der Gegenwart. Hans ihr Bruder war sehr stolz auf sie und berichtete seinem Vater darüber. Dieser war jedoch enttäuscht und es schmerzte ihn sehr, so sehr, als hätte er eine Tochter verloren. Er musste versuchen, diesen Zustand zu ändern.

Elfriede, die in einer Fabrik beschäftigt war, fühlte sich wohl. Sie konnte sich neue Kleidung leisten, ins Kino gehen und tanzen. Bei diesen Gelegenheiten traf sie auf Jungen ihres Alters. Mittlerweile 16 Jahre alt, schätzte sie diese neuen Bekanntschaften sehr, vor allem, wenn die Jungen älter waren und ihr Komplimente machten. Ein Kuss erfüllte sie mit Glück, da sie dadurch eine Zärtlichkeit erlebte, die ihr bis dahin fehlte. So kamen immer wieder neue romantische Verwicklungen zustande. Hans, der die Verantwortung für seine Geschwister ernst nahm, berichtete dies ihrem Vater Edmund. Edmund handelte erneut unüberlegt. Anstatt zunächst das Gespräch mit Elfriede zu suchen, verlangte er, dass sie direkt nach der Arbeit heimkehren müsse. Es kam zu keinem Dialog, sondern zu einem direkten Verbot, sich jemals wieder mit Jungen zu treffen. Zudem erklärte er: „Du wirst heiraten, sobald ich einen passenden Mann für dich gefunden habe." Elfriede weinte bitterlich und sah keine Möglichkeit, sich zu wehren.

Elfriede fand es unerträglich, so weiterzuleben, und entschied sich, heimlich Treffen mit Jungen zu arrangieren. Es dauerte nicht lange, bis Hans sie dabei erwischte, wie sie einen Jungen küsste. Da er die Ansichten seines Vaters teilte, glaubte er, das Richtige zu tun. Er packte sie am Arm, zerrte sie ohne ein Wort nach Hause. Die folgenden Ereignisse waren äußerst bedrückend. Edmund griff erneut zum Gürtel und versetzte Elfriede solch heftige Schläge, dass sie vor Schmerz laut aufschrie. Helga, die zufällig zu Hause war, wurde Zeugin dieser Bestrafung. Sie flehte ihren Vater an: „Hör auf, hör auf!" Als er schließlich innehielt, lag Elfriede weinend am Boden, der Rücken blutig geschlagen. Helga kniete sich hin, umarmte ihre Schwester und versuchte, ihr Trost zu spenden, während sie selbst ebenfalls weinte. Sie konnte nicht verstehen, warum Elfriede diese Schläge bekommen hatte. Elfriedes Tränen galten nicht allein den körperlichen Schmerzen; ein tiefer seelischer Schmerz quälte sie ebenso. Sie vermisste ihre Mutter, die ihr Leid gemildert hätte. Von ihrer Stiefmutter erwartete sie kein Mitgefühl. Was nun geschehen würde, stand in den Sternen.

Helga versorgte mit Salbe ihre Wunden am Rücken. Beide sprachen kein Wort. Sie hätte so gerne erfahren, warum Elfriede diese Schläge bekommen hatte. Es war Wochenende und Hans war zu Hause. Sie nahm allen Mut zusammen, um ihn zu fragen, warum Elfriede diese Schläge bekommen hätte. Seine Antwort: „Elfriede hat sich mit Jungen herumgetrieben!" „Herumgetrieben" was bedeutet das, wollte Helga fragen, aber sie fragte nicht. Es war in diesem Hause nicht möglich, miteinander zu reden. Daher wusste sie, dass niemand aus der Familie, ihr eine Antwort geben würde. So lebte jeder für sich in dem neuen Haus, wo man sich ohne Wärme und freundliche Worte begegnete. Auch Lisbeth, war nicht in der Lage, mit ihrem Mann, über die Probleme der Kinder zu reden. Sie hätte bestimmt ein paar gute Tipps gehabt, aber er wollte mit ihr nicht darüber reden, besonders was Elfriede anbetraf. Sie fühlte sich allein. Niemand war da, der sie tröstete oder ihr die Liebe gab, die sie brauchte. Sie hatte viele Bekanntschaften gemacht, wo sie immer dachte, man würde sie lieben. Aber bei den Jungen, ging es nur um Sex. Daher ist es nie zu einer festen Bindung gekommen. Hätte sie doch die richtige Liebe gefunden, dann wäre sie nicht in diesem traurigen Zustand.

Helga konnte die schlechte Atmosphäre im Haus nur ertragen, weil sie immer wieder zu ihrem „Versteck" ging, um mit ihrer Mama zu sprechen. Sie bekam wohl nie eine Antwort, war aber danach zufriedener. Sie besuchte ihren Bruder Rudolf, mit dem kleinen Baby, was sie dann ab und zu einmal spazieren fahren durfte. Ebenso ihren Onkel Philip und Tante Käthe. Sie erzählten von ihrer Mutter und sie lauschte ihren Worten und konnte nie genug hören.

Das Jahr 1954 begann, und mittlerweile hatte Edmund für Elfriede einen passenden jungen Mann gefunden. Sein Name war Klaus, er war fünf Jahre älter als sie und hatte eine gut bezahlte Anstellung bei der Eisenbahn. Zudem verfügte er über eine eigene Wohnung. Für Edmund schien Klaus der ideale Schwiegersohn zu sein. Klaus zeigte großes Interesse an Elfriede, jedoch teilte sie seine Begeisterung nicht. Das Hochzeitsdatum wurde für das nächste Jahr angesetzt.

Edmund und Klaus kamen überein, dass sie sich treffen sollten, um einander besser kennenzulernen. Für sie beide schien alles in bester Ordnung, und sie waren der Ansicht, dass dies eine solide Basis für eine Ehe sei. Elfriede jedoch empfand die Situation als bedrängend und fühlte sich zu etwas gedrängt, was bei ihr eine innere Abwehr hervorrief. Trotz Klaus' Versprechen, dass sie nach der Hochzeit nicht mehr zu arbeiten brauchte, da er genug Geld verdienen würde, besserte sich Elfriedes Empfinden nicht. Im Gegenteil, es entwickelte sich sogar eine Aversion gegenüber Klaus.

Hans, Rudolf, Margarete, Lisbeth und Helga fanden Klaus sehr nett, gutaussehend und sympathisch. Sie gaben das zum Ausdruck. Aber Elfriede reagierte nicht auf ihre Geschwister und ihre Empfindungen änderten sich nicht. Bei diesem Kennenlernen war Margarete das erste Mal wieder zu Hause. Ihr Vater hätte zu diesem Zeitpunkt Gelegenheit gehabt, seine Tochter zu fragen, warum sie vor langer Zeit das Haus verlassen hatte. Aber es geschah nichts! Kein Gespräch, keine herzliche Begrüßung. Vater und Tochter waren wie zwei Fremde, die sich nicht kannten. Edmund hatte sich doch vorgenommen mit Margarte zu sprechen. Aber er konnte es nicht!

Sie verspürte keinen Schmerz in ihrer Seele, sondern sogar Hass, weil sie erfahren hatte, was mit Elfriede passiert ist. Sie war nun froh, dass ihre Schwester bald nicht mehr zu Hause war. Sie nahm Elfriede in den Arm und sagte ihr: „Sei froh, dass du einen guten Mann bekommst, du bist bald aus diesem Haus heraus und kannst eine Familie gründen!" Auch diese Worte machten Elfriede nicht zufriedener. Niemand erkundigte sich nach ihren Gedanken oder Gefühlen. Elfriede grübelte: Ihr Verstand riet ihr, Klaus zu heiraten, aber was sagte ihr Herz dazu? Über Liebe und Herzschmerz wurde so oft in Filmen und Romanen gesprochen. Doch was bedeutet Liebe wirklich? Sie konnte ihr Herz nicht fühlen.

Margarete konnte über Liebe sprechen, denn sie hatte einen Mann kennengelernt. An den Wochenenden ging sie mit einer Freundin tanzen, was Anfang der 50er Jahre wieder möglich war. Dabei traf sie auf Anton. Sie tanzten miteinander und flirteten ein wenig. Anton wollte sie gerne näher kennenlernen, doch zunächst zeigte Margarete kein Interesse. Ihr Beruf nahm sie so sehr in Anspruch und erfüllte sie, dass sie kein Bedürfnis verspürte, eine Beziehung einzugehen. Dennoch trafen sie sich mehrmals freundschaftlich in dem Tanzlokal, bis plötzlich der Funke übersprang. Es entwickelte sich eine feste Beziehung. Bei Anton lernte Margarete die Liebe kennen. Er wusste immer, die richtigen Komplimente zu machen. Zärtlichkeiten, Streicheleinheiten, Küsse und Umarmungen bereicherten ihre Beziehung. Margarete empfand Liebe und konnte diese auch erwidern. Das Paar war sehr glücklich miteinander.

Die Eltern von Anton waren sehr religiös und wünschten sich für ihren Sohn eine gute und gläubige Frau. Sie besaßen ein großes Hotel und einige Grundstücke und waren somit wohlhabend. Daher hatten sie die Möglichkeit, ihren einzigen Sohn, studieren zu lassen. Obwohl Anton noch studierte, waren die Aussichten gut, dass er eines Tages ein wohlhabender Mann sein würde. Zu diesem Zeitpunkt dachten die beiden noch nicht an die Zukunft; sie waren einfach glücklich, und Antons Eltern akzeptierten Margarete. Ihrem Vater erzählte sie nichts von ihrem Glück, lediglich Hans, Rudolf und Elfriede wurden eingeweiht. Helga hingegen wurde nichts gesagt; Margarete meinte, sie sei noch zu jung dafür.

Im Jahr 1954 verließ Helga die Volksschule. Sie war 15 Jahre alt und noch sehr unbefangen. Sie wusste noch nicht, wie es draußen in der Welt aussah. Was sollte sie nun beruflich machen? Sie wollte weiterhin eine Schule besuchen, denn Lernen machte ihr Spaß. Doch wieder war es ihr Vater Edmund, der die Entscheidungen traf. Er verfügte, dass Helga zu den Nonnen geschickt werden sollte, um Haushaltsführung und Handarbeiten zu erlernen – eine Ausbildung, die er selbst finanzieren musste. Ohne Widerworte folgte Helga seiner Anweisung und besuchte für ein Jahr eine Nonnenschule.

Dort sollte sie zuerst die Fußböden, mit den Händen und auf Knieen rutschend, säubern. Das gefiel ihr gar nicht und sie wehrte sich, indem sie weinend sagte: „Ich komme morgen nicht mehr!" Die Nonnen wussten, dass sie Schwierigkeiten mit ihrem Vater bekommen würden und beeilten sich, ihr eine neue Beschäftigung zu geben. Nun durfte sie den Nonnen beim Kochen zuschauen. Das machte Helga Spaß und sie freute sich beim Gemüseputzen zu helfen. Auch durfte sie abschmecken. Sie beobachtete jeden Handgriff der Nonnen und merkte sich, was sie an Zutaten und Gewürzen an die Speisen machten. Sie bekam auch eine Schürze, die viel zu groß für sie war. Sie lernte sehr schnell und führte auch ein Koch-Backbuch, in welches sie die Speisen und Kuchen eintrug, die sie zusammen mit den Nonnen zubereitet hatte. Nach wenigen Monaten merkten die

Nonnen, dass Helga sehr begabt war und immer großes Interesse zeigte. Sie wollte Lernen, das war ihr Ziel.

Anschließend wechselte Helga in die Nähstube, wo nicht nur die Gewänder der Nonnen, sondern auch zivile Kleidung wie Röcke, Mäntel und Blusen gefertigt wurden. Für Helga öffnete sich damit eine neue Welt. Das Einzige, was sie bis dahin konnte, war Strümpfe stopfen – eine Fähigkeit, die sie von ihrer Großmutter oder Tante erlernt hatte. Helga war überglücklich, denn sie konnte nun Fähigkeiten erlernen, die ihr später von Nutzen sein würden.

Auch in der Nähstube lernte Helga sehr schnell. Während der Arbeit sang sie oft, was bei den Nonnen für Freude sorgte. Zunächst durfte sie nur zugeschnittene Teile zusammenreihen, aus denen dann ein Kleid, Mantel, Rock oder eine Jacke entstehen sollte. Sie beobachtete die Anproben und sah, wie mit Stecknadeln manche Teile enger gesteckt wurden. Manchmal wurde ein gut erhaltenes Kleidungsstück hereingebracht, das sie auseinandertrennen sollte, um daraus ein anderes Kleidungsstück zu nähen. Diese Arbeit empfand Helga als mühsam und sie mochte sie nicht besonders. Wenn sie dann auf dem Stuhl saß und nicht sang, erkannten die Nonnen ihre Unzufriedenheit. Sie trösteten sie mit den Worten: „Helga, trennen ist das Los der Erde, denn getrennt muss alles werden!" Bei diesen Worten musste Helga das erste Mal traurig an ihre Mutter denken.

Der nächste Schritt war die Arbeit an einer Nähmaschine, die mit einem Tretpedal bedient wurde. Das Treten setzte ein kleines Rad in Bewegung, welches die Nadel auf und ab bewegte, um eine Naht zu nähen. Dies stellte für Helga eine große Herausforderung dar. Sie bekam einen niedrigen Hocker, damit sie das Pedal erreichen konnte, und durfte dann kleinere Stücke zusammennähen. Es war nicht einfach; die Nähte waren oft wellenförmig. Dann musste sie wieder trennen. Aber Helga war entschlossen zu lernen und machte dank ihres starken Willens schnell Fortschritte.

Helga genoss die Zeit des Lernens bei den Nonnen sehr. Sie erhielt zwar kein Gehalt, aber dafür wurde ihr ein leckeres Mittagessen bereitgestellt. Von ihrem Vater bekam sie monatlich ein wenig Taschengeld, das sie jedoch kaum ausgab, außer vielleicht für einen gelegentlichen Kinobesuch.

Die Kleidung wurde ebenfalls von ihrem Vater finanziert; im Frühjahr, Sommer und Winter bekam sie nur das Nötigste. Dieses Mal hatte der Vater mit der Entscheidung für Helgas Weiterbildung eine gute Wahl getroffen, auch wenn Helga glaubte, dass es die Führung ihrer Mutter war, die sie auf diesen Weg brachte. Für Helga war es ein Segen.

In Deutschland verbesserte sich der Lebensstandard der Menschen zunehmend. Autos wurden nun auch für den Privatgebrauch angeschafft, allerdings nur von denen, die es sich finanziell leisten konnten.

Edmund war nach wie vor als „Postbeamter" tätig und arbeitete von zu Hause aus. Er hatte es recht komfortabel und musste keine körperliche Arbeit verrichten. Seine Frau Lisbeth musste hingegen jeden Morgen schon um 7 Uhr bei der Hauptpost sein, um die Briefe und Päckchen nach Bezirken und Straßen zu sortieren. Anschließend brachte sie diese zu den Empfängern. Trotz der Nutzung eines Fahrrads war die Arbeit für sie beschwerlich, da sie die schwere Tasche von Haus zu Haus schleppen musste. Am Nachmittag hatte sie ihre Aufgaben erfüllt, nachdem sie Briefe, Päckchen und auch Geldbeträge ausgeliefert hatte. Hin und wieder kam es zu einem kleinen Plausch mit den Empfängern, und sie erhielt ab und zu Trinkgeld, was sie sehr zu schätzen wusste.

Eines Tages merkte Lisbeth, dass sie in anderen Umständen war. Edmund war nicht begeistert. Das ruhige Leben würde vorbei sein, denn ein Kind bringt Unruhe und kostet Geld. Er dachte, ich lasse erst einmal alles auf mich zukommen und dann werde ich Entscheidungen treffen.

Seinen Plan, seine Tochter Elfriede zu verheiraten, hatte er erfolgreich umgesetzt. Die Hochzeit fand im engsten Familienkreis statt. Eine Wohnung stand bereit, sodass das junge Paar direkt nach der Trauung einziehen konnte. Helga hatte nun zwei verheiratete Geschwister. Ihren Bruder Rudolf besuchte sie häufig. Mittlerweile hatten Rudolf und seine Frau ihr zweites Kind bekommen, einen Jungen namens Thomas. Rudolf zeigte sich erneut als stolzer und glücklicher Vater. Er arbeitete inzwischen als Lokführer und fuhr Züge durch ganz Deutschland, was für ihn eine große Ehre darstellte, da die meisten seiner Kollegen lediglich im Gütertransport eingesetzt wurden.

Bei ihren Besuchen fiel Helga auf, dass Rudolfs Frau Käthe meist nur auf dem Stuhl saß, während Rudolf sich um die Hausarbeit kümmerte. Er sorgte sogar für die Verpflegung der Kinder und wechselte deren Windeln. Helga war der Meinung, dass dies eigentlich Aufgaben der Hausfrau seien. Als sie Rudolf eines Tages darauf ansprach, erklärte er: „Ich mache das gerne, und es bereitet mir Freude. Manchmal möchten die Kinder auch nur von mir betreut werden!" Zudem erwähnte er, dass Käthe genug zu tun habe, wenn er unterwegs sei. Helga konnte das nicht nachvollziehen, besonders weil sie wusste, dass Rudolf auch nachts arbeiten musste. Sein Dienstplan variierte ständig, je nachdem, ob die Züge morgens, mittags oder abends fuhren. Schlaf fand er oft wenig, vor allem tagsüber, wenn die Kinder ihn beanspruchten. „Ist das wirklich gut so?", sinnierte Helga besorgt über ihren Bruder.

Sie verglich die Situation mit der ihrer anderen Geschwister: Hans, der regelmäßige Arbeitszeiten hatte und am Wochenende frei war, dann aber in die Kneipe ging, um Bier zu trinken und Skat zu spielen. Elfriede, die verheiratet war und nicht arbeiten musste. Sie selbst und Margarete gingen Arbeiten nach, die ihnen Freude bereiteten. Dies teilte sie Rudolf mit, der daraufhin sagte: „Dabei kann ich meine Vergangenheit vergessen." Helga verstand nicht, was er damit meinte, denn sie wusste nichts von seiner „Vergangenheit" – ebenso wenig wie von der von Hans und Margarete. Sie war noch zu jung, um zu erfahren, was in den Jahren passiert war, als sie bei ihrem Großvater gelebt hatte. Keines ihrer Geschwister, insbesondere ihr Vater, hatte ihr davon erzählt.

Ihre Schwester Elfriede besuchte Helga auch sehr oft. Sie wollte wissen, ob sie glücklich ist und ob sie einen guten Mann hätte oder ob sie bald ein Kind bekommen würde. Aber ihre Fragen wurden ausweichend und emotionslos beantwortet. Helga hatte das Gefühl, dass ihre Schwester nicht glücklich war, und das machte sie etwas traurig. Sie stellte keine Fragen mehr.

Das Jahr 1956 hatte angefangen. Inzwischen haben Edmund und Lisbeth einen Sohn bekommen. Peter wurde er genannt. Helga war froh, nun hatte sie einen kleinen Bruder. Er war ein schöner Junge und er hatte die bräunliche Haut, wie sie Helga nach ihrer Geburt hatte. Edmund war inzwischen informiert, woher diese Hautfärbung kommt. Er hatte einen Mann kennen gelernt, der die Herkunft der Menschen erforschte. Eines Tages ging er mit Helga zu diesem Mann und der schaute ihr mit einer Lupe in die Augen. Er konnte mit Sicherheit sagen, dass die Vorfahren aus Lappland kommen müssten. Edmund war erstaunt und auch froh, das nun zu wissen. Er hatte einen nordischen Namen und wusste, dass seine Vorfahren aus Norwegen nach Deutschland ausgewandert sind. Helga war zu diesem Zeitpunkt noch sehr klein und konnte es nicht mehr wissen.

Im Haus von Edmund und Lisbeth lebten nun neben dem neuen Familienmitglied Peter auch Hans, der bereits 27 Jahre alt war und noch keine Freundin gefunden hatte, sowie Helga. Sie widmete sich liebevoll ihrem kleinen Bruder Peter, den sie sehr ins Herz geschlossen hatte. Wenn er abends nicht einschlafen konnte, setzte sie sich an sein Bettchen und sang ihm etwas vor, woraufhin er stets einschlief. Eines Abends, als ihre Cousine Elli kam, um sie zum Kinoabend abzuholen, musste Helga zunächst ihren Bruder in den Schlaf singen. Nachdem sie fertig war, bemerkte sie, dass nicht nur Peter, sondern auch Elli eingeschlafen war. Helga weckte sie, und beide verließen lachend das Haus.

Diese Zeit war für Helga sehr erfüllend. Ihr Vater hatte ihr eine Nähmaschine geschenkt, sodass sie nun eigene Kleider nähen konnte, wofür sie den Stoff von ihrem Taschengeld bezahlte. Sie fühlte sich glücklich und dankte den Nonnen für ihre Fähigkeiten. Mit 17 Jahren suchte sie nach einer Möglichkeit, mehr Geld zu verdienen, und bewarb sich bei verschiedenen Firmen als Näherin. Da die Arbeit jedoch sehr eintönig war, fand sie diese nicht befriedigend. Schließlich entdeckte sie eine Stelle in einer Firma, die Leder verarbeitete – eine völlig neue Erfahrung für Helga. Begeistert begann sie dort zu arbeiten, interessiert an allem Neuen, das sie lernen konnte. Doch machte sie bald eine schmerzhafte Erfahrung: Beim Nähen mit Leder, das sich schwieriger verarbeiten ließ als Stoff, rutschte ihr einmal der Zeigefinger unter die Nadel, die diesen durchbohrte. Helga schrie auf und zog instinktiv den Fuß vom Pedal. Zum Glück, denn sonst hätte die Nadel den Finger erneut durchstochen. Der Chef wollte sie zum Arzt schicken, doch Helga lehnte ab, da sie ihre Arbeit nicht unterbrechen wollte. Es schmerzte zwar sehr, doch es trat nur ein Tropfen Blut aus dem Finger.

Am nächsten Tag litt Helga noch immer unter starken Schmerzen im Finger. Der Chef sagte zu ihr: „Du siehst gut aus und hast eine tolle Figur. Heute Nachmittag präsentiere ich eine Kollektion meiner Lederkleidung, und du wirst das Model sein!" Helga war zunächst schockiert, denn sie hatte so etwas noch nie zuvor gemacht. Eine erfahrene Dame nahm sich ihrer an und erklärte ihr geduldig und freundlich, was zu tun war. Es ging um Lederjacken, Mäntel und einen Rock, der noch auf Helgas Maße angepasst werden musste. Als am Nachmittag die Kunden eintrafen, war Helga nervös, doch sie dachte an ihre Schwester, die bereits Modelerfahrungen hatte, und schöpfte Mut. Sie wurde geschminkt, eine für sie völlig neue Erfahrung. Ihr langes Haar, das sie normalerweise zu einem Pferdeschwanz gebunden trug, sollte offen bleiben. Helga tat, was die erfahrene Dame ihr geraten hatte, und erntete Applaus von den Kunden. Der Chef war mit dem Ergebnis sehr zufrieden; die Vorführung wurde ein großer Erfolg. Für Helga war es ein unvergessliches Erlebnis!

5. Kapitel „Alexanders Familie"

Alexander wohnte mit seiner Familie in einem Vorort von Köln, nicht weit entfernt von der kleinen Siedlung. Sie wohnten in einer schönen Wohnung, die vom Großvater, der ebenfalls Alexander hieß, eingerichtet worden ist.

Das Jahr 1938 hatte begonnen. Alexander, 3 Jahre alt, sollte genau wie sein Bruder Helmut, der bereits 6 Jahre alt war, nach Ostern in die Schule kommen. Er freute sich darauf, denn endlich würde er lesen lernen und somit viele Bücher verschlingen können. Seine Mutter Barbara bewunderte die Einstellung ihres Sohnes und sagte: „Deine Einstellung ist vorbildlich, denn damit wirst du einmal ein kluger Mann!" Diese Meinung teilte auch sein Vater Paul, der in jenem Jahr seinen Meistertitel als Schreiner erlangte. Er fertigte einen Schrank an, der Teil seiner Meisterprüfung war. Sein Vater, also der Großvater von Alexander und Helmut, betrieb eine Schreinerei mit rund 200 Angestellten. Trotz der geringen Größe erhielt das Unternehmen gute Aufträge von der damaligen Regierung unter Hitler. Paul, der in der väterlichen Schreinerei tätig war, strebte die Meisterprüfung an, um später das Unternehmen zu übernehmen. Alles schien gut zu laufen, doch die Zukunft sollte Veränderungen bringen.

Zu Ostern erhielt Helmut von seinem Großvater einen hochwertigen Schulranzen, den besten, den man zu dieser Zeit erhalten konnte, sowie neue Kleidung. Er war stolz und dankbar, einen so großzügigen und liebevollen Großvater zu haben. Alexander hingegen hielt sich von seinem Großvater fern. Wenn seine Mutter ihn fragte, warum er den Raum verließ, sobald der Großvater kam, antwortete er: „Ich mag den Opa nicht, er ist immer so laut!" Seine Lautstärke war der Arbeit in der großen Schreinereihalle geschuldet, wo er, um über das Geräusch der Sägen und Schleifmaschinen hinweg verstanden zu werden, laut sprechen musste, wenn er seinen Angestellten Anweisungen gab.

Im September wurde Paul der Meisterbrief von seinem Vater überreicht. Beide waren sehr stolz, besonders auf den Schrank mit seinen aufwendigen Verzierungen, die sorgfältig mit einem kleinen Meißel eingearbeitet worden waren. Zu Weihnachten beschenkte der Großvater die Kinder großzügig. Unter den Geschenken befand sich für Helmut und Alexander je ein Sparbuch mit einem Guthaben von 100 Reichsmark. Die Absicht war, zu Weihnachten und an Geburtstagen jeweils 100 Reichsmark einzuzahlen. Da sie seine einzigen männlichen Enkel waren, wurden sie besonders reich beschenkt. Das andere Enkelkind, ein Mädchen, wurde in dieser Hinsicht nicht berücksichtigt, da es für den Großvater offenbar weniger Bedeutung hatte.

Mutter Barbara konnte zufrieden sein, aber sie war nicht glücklich mit ihrem Mann. Er war für sie kein „richtiger Mann"! Wie stellst du dir einen richtigen Mann vor, wurde sie von ihren Freundinnen gefragt. Sie wusste es am Anfang der Ehe noch nicht. Als sie dann aber Soldaten sah, die eine Uniform trugen und sehr männlich aussahen, wurden diese mit ihrem Mann verglichen und sie kam zu dieser Einschätzung. Sie fragte ihren Schwiegervater Alexander, warum Paul nicht Soldat wäre. Er wurde wütend und sagte: „Dein Mann wird hier in meiner Schreinerei gebraucht!" Die Zeit verging und die Ehe war nicht mehr so gut, wie sie sein sollte. Helmut und Alexander bekamen das Auseinanderleben ihrer Eltern nicht mit.

Mit dem Jahr 1939 brach eine Zeit großer Veränderungen für die Familie an. Im Spätsommer begann der Zweite Weltkrieg. Paul wurde zum Militär eingezogen und erhielt eine Uniform, was Barbara zu ihrer versteckten Freude erfüllte. Nun war sie allein mit ihren Kindern, was ihr ein Gefühl der Freiheit gab. Doch für Alexander und Helmut war die Situation weniger erfreulich, da sie oft allein zu Hause waren. Helmut, der mittlerweile lesen konnte, verbrachte viel Zeit mit Büchern. Alexander hingegen flehte seine Mutter jedes Mal an, mitkommen zu dürfen, wenn sie das Haus verließ.

Sie erlaubte es manchmal. Barbara genoss ihr Leben, ging mit Freundinnen aus und machte neue Bekanntschaften. Oft waren es Offiziere, die sie traf. Die Uniformen imponierten ihr. Finanziell ging es ihr sehr gut, da sie den Soldatensold ihres Mannes Paul jeden Monat erhielt. Den Kindern fehlte es nicht an Spielsachen, doch diese konnten die Abwesenheit ihrer Mutter nicht kompensieren. Sie waren oft allein zu Hause, manchmal sogar nachts. Alexander litt besonders darunter und saß oft auf der

Fensterbank, blickte aus dem geschlossenen Fenster, in der Hoffnung, seine Mutter kommen zu sehen. Der kleine Junge, gerade mal 4 Jahre alt, fürchtete, seine Mutter könnte vielleicht nie zurückkehren. Sein Bruder Helmut verbrachte viel Zeit bei ihrer Oma mütterlicherseits. Wenn er zu Hause war, lehrte er Alexander das Lesen. Alexander lernte schnell und konnte bald einige Zeilen lesen. Helmut war stolz darauf.

Nun wollte Alexander auch die Uhrzeit lernen. Es war ihm wichtig zu wissen, wann seine Mutter nach Hause kommen würde. Sie musste ihm jedes Mal eine Uhrzeit nennen, daher wurde die Uhr zu einem wichtigen Gegenstand für ihn. Manchmal murrte er: „Zeiger, warum gehst du nicht schneller!"

Eines Tages kam Barbara nach Hause und fand Alexander mit hohem Fieber am Boden liegend vor. Er konnte nicht mehr sprechen. Es war spät, und kein Arzt hatte mehr geöffnet. Sie musste ins Krankenhaus, aber wie? Sie eilte zu ihrem Schwiegervater, der einen Lieferwagen besaß. Helmut war nicht da, also musste sie Alexander kurz allein lassen. Ihr Schwiegervater, der nicht weit weg wohnte, erschrak, als er hörte, dass sein Enkel krank zu Hause lag. Er eilte zu seinem Wagen, fuhr zur Wohnung seines Sohnes, ohne weiter auf Barbara zu achten. Vor dem Haus bemerkte er, dass er keinen Schlüssel dabei hatte und fuhr zurück. Barbara stand weinend da. Ihr Schwiegervater zeigte kein Mitleid, sondern tadelte sie lautstark: „Hast du deine Kinder wieder allein gelassen!" Er nahm ihr den Schlüssel aus der Hand und fuhr hastig zurück, um Alexander ins Krankenhaus zu bringen. Vorsichtig hob er den reglosen Körper seines Enkels auf, wickelte ihn in eine Decke und eilte zu seinem Wagen. Im Krankenhaus angekommen, rief er nach einem Arzt. Dieser diagnostizierte Scharlach und wies Alexander sofort in die Isolierstation ein, da die Krankheit ansteckend ist. Der Großvater versprach, für die beste Medizin und Pflege zu bezahlen. Als der Arzt vorschlug, er solle sich auch untersuchen lassen, entgegnete der Großvater: „Dafür habe ich keine Zeit, mein Arbeitstag beginnt morgen früh um 6 Uhr." Er hinterließ etwas Geld und verließ das Krankenhaus.

Währenddessen wartete Barbara voller Sorge um ihren Sohn und fürchtete sich vor der Verurteilung ihres Schwiegervaters. Als er ankam, teilte er ihr knapp mit, dass der Kleine an Scharlach erkrankt sei, und dass sie ihn nicht besuchen könne. Als er ihr den Schlüssel übergab, starrte er sie feindselig an und nannte sie eine „Hure". Dieses Wort traf sie tief.

Am nächsten Tag machte sie sich zu Fuß auf den Weg ins Krankenhaus, um Näheres über den Zustand ihres Sohnes zu erfahren. Der Arzt teilte ihr dieselben Informationen mit, die er bereits ihrem Schwiegervater gegeben hatte. "Was wird nun unternommen und wie lange muss er im Krankenhaus bleiben?", fragte sie besorgt. Der Arzt erklärte, dass der Aufenthalt im Krankenhaus 14 Tage dauern würde und das Fieber zuerst abklingen müsse. Zur Behandlung würde der Junge in den ersten Tagen in einer Tinktur gebadet.

Anschließend fuhr sie zu ihrer Mutter, wo sich auch Helmut befand, um ihr von Alexanders Zustand zu berichten. Dabei brach sie in Tränen aus. Doch ihre Mutter zeigte kein Mitgefühl, nachdem sie von Helmut erfahren hatte, dass Barbara oft nicht zu Hause war. Sie gab ihrer Tochter sogar die Schuld an der Erkrankung des Jungen. Auf dem Heimweg nahm sich Barbara vor, vorerst das Haus nicht mehr zu verlassen.

Inzwischen hatte der Großvater beim Militär angefragt, ob sein Sohn für 14 Tage freigestellt werden könnte, da sein Enkel im Krankenhaus lag. Einen Tag später kehrte Paul mit Uniform nach Hause zurück. Barbara sah ihn überrascht an und fragte: „Warum bist du hier?" Seine Antwort lautete: „Ich habe erfahren, dass Alexander im Krankenhaus liegt, ich muss ihn sehen!" „Das kannst du nicht", erwiderte sie freundlich und betrachtete ihn genauer. Oh, dachte sie, in Uniform sieht er viel besser aus!

Am nächsten Tag gingen sie gemeinsam mit Helmut zum Krankenhaus. Dort erlaubten die Schwestern ihnen, Alexander vom Hof aus zu sehen. Tatsächlich konnten sie Alexander in seinem Bett am Fenster erblicken und verweilten einen Moment. Als sie gehen wollten, drehte Alexander seinen Kopf zum Hof und entdeckte seine Eltern. Sie konnten ihm nur noch zuwinken, als sie gehen wollten. Doch dann sahen sie, wie er versuchte aufzustehen, um ans Fenster zu gelangen. Sein Gesicht zeigte Anzeichen von

Schreien und Weinen. Für seine Eltern war dies eine schreckliche Situation. Was sollten sie tun? Sie kehrten um, um den Vorfall der Schwester zu melden. Diese reagierte gelassen: „Das ist nicht so schlimm, er wird sich ganz schnell wieder beruhigen." Barbara konnte sich jedoch nicht beruhigen und machte sich große Vorwürfe: „Das bin ich schuld!"

Zurück zu Hause erzählte Paul von seinem Soldatenleben. Er war erleichtert, dass er nicht bei den Soldaten war, die gedrillt wurden. Auch würde er keine Schießübungen machen, und wenn doch, dann nur zur Verteidigung. Er berichtete weiter, dass er bei einer Truppe sei, die für Reparaturen und den Wiederaufbau der Schießstände zuständig sei. Im Moment würden solche in ganz Deutschland von ihrer Truppe aufgebaut. Barbara hörte seinen Erzählungen nur mit halbem Ohr zu.

Die 14 Tage vergingen für Paul sehr schnell, und er konnte sich nun um seinen ältesten Sohn Helmut kümmern. Dieser erzählte ihm begeistert von der Schule und zeigte ihm stolz seine Zeugnisse, in denen überwiegend die Noten "sehr gut" und "gut" standen. Sein Vater lobte ihn und war stolz auf seinen Sohn. Endlich konnten sie Alexander aus dem Krankenhaus abholen. Sie erfuhren, dass alles bezahlt worden war und der Junge wieder vollkommen gesund war. Als Alexander mit einer Schwester aus dem Krankenzimmer trat, wollte seine Mutter ihn sofort in den Arm nehmen. Doch er wehrte sich und sagte: „Geh weg!" Dann ging er auf seinen Vater zu, begrüßte ihn und erklärte: „Die haben mich wegen euch ans Bett gefesselt!" Helmut gab einen erschrockenen Laut von sich. Seine Eltern versuchten, ihn in den Arm zu nehmen, aber er wehrte sich ab und ging allein nach Hause. Paul wollte zurückgehen, um mit den Schwestern zu schimpfen, doch Barbara meinte: „Das ändert nichts!"

Wie konnte sie Alexander wieder trösten, fragte sich Barbara? Paul schlug vor, dass er Freunde in seinem Alter brauchte. Diesen Vorschlag fand Barbara gut. „Wenn das Jahr vorüber ist, werde ich für Alexander Freunde finden. Vorerst werde ich aber zu Hause bleiben."

Zu Weihnachten bekam Alexander eine Dampfmaschine von seinem Großvater, wie er es sich gewünscht hatte. Sein Vater war ebenfalls wieder zu Hause und brachte zwei Kaninchen mit. Er baute auf dem Balkon einen

Stall; denn Holz hatten sie genug aus der Schreinerei. Helmut bekam eine Rechenmaschine, über die er sich sehr freute. Mit ihr konnte man zusammenzählen und auch teilen. Die Kaninchen waren für beide Brüder. Sie bekamen auch Namen: Helmuts Kaninchen hieß Felix und das von Alexander hieß Betty.

Das Jahr 1940 hatte begonnen, und Paul wusste, dass er vorerst nicht mehr nach Hause kommen würde. Es war Krieg, und Frankreich hatte sich ergeben. Nun würde er eine längere Zeit in Frankreich sein. Barbara fand das gut. Sie besaß nun sehr schöne Kleider und Pelzmäntel, aber sie konnte sie nicht tragen, weil sie nicht mehr ausging. Sie hatte auch inzwischen Freunde für Alexander gefunden. Das beruhigte sie, denn sie dachte, dann sei er nicht so allein, wenn sie weg war. Bei diesen Freunden lernte er das kölsche Dialekt, was ihm sehr gefiel!

Helmut hatte inzwischen ebenfalls einen Freundeskreis. Es waren Jungen in seinem Alter, die unbedingt aufs Gymnasium gehen wollten. Das Gleiche strebte Helmut auch an. Er hatte es schon seinem Großvater erzählt, und dieser hatte es befürwortet. Diese Schule zu besuchen, kostete viel Geld, da Bücher und auch der Aufenthalt bezahlt werden mussten. Das konnten sich nur Geschäftsleute erlauben. Helmut erlebte auch, dass die jüdischen Schüler von der Schule herunter mussten. Helmut und seine Freunde konnten es nicht verstehen. Sie wussten schon, dass es Religionsunterschiede gab. Er und seine Familie waren katholisch, und es gab auch eine evangelische Religion. Aber warum war die jüdische Religion anders? Helmut fragte seine Mutter, aber sie konnte keine Antwort geben. Er fragte auch seinen Großvater. Dieser meinte: „Das hat alles seine Richtigkeit!" Er sagte das aus Überzeugung, denn er gehörte einer Hitler-Partei an. Dadurch bekam er vom Militär sehr viele Aufträge. Ob der Entschluss, in diese Partei einzutreten, richtig war, konnte er nicht beantworten, als Helmut ihn danach fragte. Es gab noch viele Fragen, zum Beispiel, warum kleine Kinder, Erwachsene und auch ältere Leute einen gelben Stern auf ihrer Kleidung trugen, auf dem "Jude" stand. Auch diese Frage konnte ihm niemand beantworten. Sogar die Lehrer, die er fragte, wichen aus, indem sie sagten: „Darauf kann und werde ich dir keine Antwort geben!"

Wenn die Erwachsenen mir schon keine Antwort geben können, werde ich einen Jungen fragen, der einen Stern trägt. Die Antwort auf seine Frage war erschütternd! Meine Eltern und ich wollen nach Amerika auswandern, aber wir bekommen nicht die Ausreisebestätigung. Wir müssen hierbleiben und wollen versuchen, mit viel Geld in die Schweiz auszuwandern. Dafür müssen wir jedoch unser ganzes Geschäft verkaufen. „Dann bleibe doch hier!", sagte Helmut. „Wenn wir hierbleiben, werden wir vernichtet! Hitler hat gesagt, dass alle Juden vernichtet werden!" Helmut verstand die Welt nicht mehr! Er fragte sich nur: Warum?? Was haben die Menschen getan? Warum und wofür will man sie bestrafen? So viele Fragen und niemand konnte sie beantworten, selbst der Junge nicht. Er wurde still und sprach kaum noch ein Wort. Er wollte nur noch auf ein Gymnasium gehen und später studieren. Vielleicht könnten die schlauen Bücher seine Fragen beantworten. Es kam jedoch alles anders, als er es gedacht hatte.

Im September 1941 fielen die ersten Bomben auf Köln. Die Luftangriffe, die über Nacht kamen, brachten viel Elend über die Bevölkerung. Häuser und Straßen wurden zerstört. Man verbrachte, auch in der Nacht, viel Zeit in den Bunkern. Bis jetzt war das Haus, in dem die Familie wohnte, noch nicht beschädigt worden. Jedes Mal, wenn sie vom Bunker zurückkamen, waren sie erleichtert, dass es noch stand. Ihre Angst war sehr groß. Sie packten einen Koffer mit wertvollen Sachen. Die Jungen bekamen einen Rucksack, der mit Trinken und warmen Sachen bepackt war, denn es ging auf den Winter zu, und sie selbst hatte immer ihren Pelzmantel an. Die Jungen wollten auch die Kaninchen mitnehmen, aber das ging nicht, weil Tiere im Bunker nicht zugelassen waren.

Alexander war inzwischen 5 Jahre alt, und es gefiel ihm sehr, Soldaten auf der Straße zu sehen. Am liebsten würde er mitmarschieren. Aber Helmut, der mittlerweile 8 Jahre alt war, interessierte sich nicht dafür. Eines Tages, an einem Sonntag, kam die Familie aus dem Bunker und sah, dass in der gesamten Straße kein Haus mehr stand, auch das Haus des Großvaters nicht. Sie beeilten sich über Trümmer und Schutt hinweg zu kommen, der auf der Straße lag, in Richtung Schreinerei, die noch stand. Sie fanden den Großvater mit seiner Frau in der großen Werkstatt und waren froh. Nun wurden Behelfsbetten aufgestellt, die der Großvater organisiert hatte. Es gab auch einen kleinen Ofen, mit dem man Wasser kochen konnte. "Er hatte gut vorgesorgt", dachte Barbara. Alexander war traurig, denn seine Betty, das Kaninchen, war sicher von den Bomben getötet worden. Helmut war es egal. Er war nur traurig, dass seine Schule zerstört worden war.

Es sollte jedoch noch schlimmer kommen. Dadurch, dass die Familie nun keine Wohnung mehr hatte, wurde Paul vom Militär freigestellt. Ein Glück, dass er zu Hause bei seiner Familie war. Ein paar Tage später wurde ihr Ort, weil es dort viel Industrie gab, mit Brandbomben zerstört. Dieses Mal war die Familie nicht im Bunker, sondern in einem Haus, das dem Großvater gehörte. Als die Bomben fielen, spürten sie die Erschütterungen und hofften wieder aus dem Keller herauszukommen. Denn sie hatten Angst, es würde ihnen genauso ergehen wie den Familien, die bei den letzten Bombenangriffen verschüttet wurden und im Keller erstickt sind. Sie saßen zusammengekauert auf der Erde, Sitzgelegenheiten gab es nicht. Die Kinder weinten, und die Mütter konnten sie nicht beruhigen. Sie konnten nur schützend ihre Arme um sie legen. Paul, Barbara, Alexander und Helmut sprachen kein Wort. Aber alle dachten dasselbe: Hoffentlich müssen wir hier im Keller nicht ersticken!

Für die Menschen kam es wie eine Ewigkeit vor, bis die Bombardierung endete. Alle standen auf und drängten zum Ausgang. Sie stießen sich gegenseitig an, und manche fielen zur Erde. Plötzlich verwandelte sich Paul in einen Befehlssoldaten in Uniform und Helm. Er forderte die Leute auf, ruhig zu bleiben und auf ihn zu hören. Etwa 20 Personen, darunter Kinder, blickten zu ihm auf und blieben stehen, einverstanden damit, dass er sie führen sollte. Paul hatte bereits bemerkt, dass der Ausgang verschüttet war. Sie mussten in die andere Richtung. Gemäß Vorschrift gab es in jedem bombensicheren Keller Sand und eine Spitzhacke. Er wusste auch, dass sie sich unter einem Häuserblock an einer Straße befanden. Nun galt es, mit der Spitzhacke die Zwischenmauern aufzuschlagen, um in den nächsten Keller zu gelangen. Paul war jung und kräftig. Es war zwar nicht einfach für ihn, aber der Gedanke, seine Familie zu retten, gab ihm eine gewaltige Kraft.

Plötzlich wusste er nicht mehr, wie viele Wände er durchbrochen hatte. Die Menschen drängten sich durch die Löcher und folgten ihm. Seinem Gefühl nach musste er das Ende der Straße erreicht haben. Bei diesem letzten Mauerdurchbruch kamen ihm einige Menschen entgegen und riefen: "Hier geht es nicht mehr weiter, alles brennt!" Er konnte nur zu ihnen sagen: "In die Richtung, wo sie hinwollen, ist auch alles versperrt. Da können sie nicht durch!" Sie hörten nicht auf ihn und fanden leicht einen Weg durch die geöffneten Mauern. Als sie weitergingen, stieg ein Brandgeruch in die Luft. Paul befahl, stehen zu bleiben, denn er wollte die Lage überprüfen. Tatsächlich brannte das ganze Treppenhaus. Es war unmöglich, durch das Feuer zu gelangen. Er kehrte zurück, nahm seine Familie eng an sich und erklärte den anderen die Situation: "Bleibt hier, die Feuerwehr wird euch herausholen!" Bei diesen Worten glaubte er fest daran, dass es geschehen würde. Er konnte keine Verantwortung mehr für andere übernehmen, sondern nur noch für seine Familie.

Was nun geschah, waren keine Überlegungen, sondern die Handlungen erfolgten instinktiv. Barbara zog ihren Schlüpfer aus, machte ihn voll mit Urin und befahl, unterstützt von Paul, die Jungen sollten es ihnen nachmachen. Alles, was sie an Gepäck hatten, mussten sie unten lassen. Die Kellertreppe bestand aus Betonstein. Auf dieser liefen sie nach oben, Paul voran, hinter ihm die Jungen und zuletzt Barbara. Nun mussten sie durch den brennenden Hausflur. Sie blieben einen Moment stehen und merkten, dass hinter ihnen auch noch einige gefolgt waren. Paul drehte sich zu seiner Familie und sagte mit lauter Stimme: "Da müssen wir durch, bleibt dicht zusammen und nehmt euch an die Hand!" Barbara schrie und weigerte sich. Er wiederholte nochmal: "Wir müssen hier durch und dürfen keine Zeit verlieren, das ganze Treppenhaus wird einbrechen! Nehmt eure Hosen und stülpt sie über den Kopf, damit eure Haare nicht brennen! Ich trage einen Helm." Die Jungen taten es widerwillig. Er nahm Alexander an der Hand, Helmut ergriff die Hand seines Bruders und seiner Mutter. Paul zog seine Familie mit gesenktem Kopf durch das Feuer. Sie spürten die Hitze an ihren Füßen. Dann hörten sie plötzlich die Stimme von Paul: "Sofort hinlegen!" Was sie auch taten, und Paul kontrollierte, ob niemand Feuer gefangen hatte. Alexander weinte, denn er hatte sich bei dem Sturz verletzt. Ihre Kleidung war schmutzig, aber keinerlei Brandschäden. Da war Paul froh und sagte zu Alexander: "Weine nicht, wir leben noch, das ist wichtiger, die Wunde verheilt wieder!" Nun saßen sie in einem Trümmerhaufen und wussten nicht wohin! Die Menschen liefen durcheinander und wussten ebenfalls nicht, wo sie hinsollten. Jeder von ihnen hatte seine Wohnung verloren. So auch Paul mit seiner Familie, die schon längere Zeit keine Wohnung mehr hatten. Großvater hatte nun schon zwei Häuser verloren. "Was sind schon Häuser? Sie sind zu ersetzen, aber die Menschen, die durch die Bomben getötet worden sind, die kann man nicht ersetzen", dachte Paul. Barbara dachte gar nichts. Sie schaute auf ihre Kinder und war froh, dass sie noch lebten. "Das haben wir nur Paul zu verdanken", dachte sie und schaute zu ihrem Mann. Sie sagte: "Ich danke dir, du hast uns gerettet!"

Keine Straße war mehr begehbar. Sie mussten klettern und sahen dabei auch tote Menschen zwischen den Trümmern liegen. Die Kinder erschraken, sie hatten noch nie einen Toten gesehen. Endlich kamen sie an die Schreinerei. Auch diese war zerstört, aber nicht verbrannt. Sie hörten den Großvater schon von weitem, wie er Anweisungen gab. Die Schreinerei war wichtig für die Rüstungsindustrie, daher wurden Großvater sofort nach dem Bombenangriff Zwangsarbeiter (Gefangene Soldaten) zugewiesen. Der große Vorhof war bereits leergeräumt und darauf stand ein großes Zelt. Darin sollten sich sein Sohn mit seiner Familie erst einmal ausruhen und viel trinken. Die Kinder bekamen Milch und Alexander ein großes Pflaster auf seine Kniewunde. Woher hatte der Großvater das alles? Er hatte vorgesorgt, schon nach der letzten Bombardierung. Alles Wichtige deponierte er in einem Raum, der wirklich bombensicher war. Dort konnten er und seine Frau auch hingehen, wenn die Sirenen ertönten. In dem Raum befand sich auch ein großer Tresor, in dem er seine Firmenunterlagen und Geld aufbewahrt hatte. Paul war stolz auf seinen Vater und wollte einmal genauso werden. Aber es kam alles ganz anders. In dem Zelt konnten sie nicht bleiben. Paul musste auch schon wieder zu seiner Truppe. Barbara ging mit ihrem Jungen zu ihrer Mutter. Ihre Schwester wohnte auch schon dort. Es war eine kleine Ortschaft zwischen Köln und dem Bergischen Land, in der noch keine Bomben gefallen waren. Als sie ankamen, bekamen sie erst einmal ein Zimmer für sich. Endlich konnten sie wieder in Betten schlafen und es war warm und geschützt; denn im Zelt war es kalt und sie mussten in Schlafsäcken schlafen. Für Kleidung hatte der Großvater gesorgt.

Helmut war glücklich, als er erfuhr, dass es eine Schule gab. Alexander sollte nach Ostern eingeschult werden, wovon er nicht begeistert war. Es waren noch fünf Monate bis dahin. Doch zuerst kam Weihnachten.

Es gab zwei Familien, mit einer Großmutter in dem Haus. Barbaras Schwester hieß Lieschen und hatte ebenfalls zwei Jungen. Heinz Derick (3 Jahre) und Manfred, der noch ein Baby war. Lieschens Mann hieß Fritz und war kein Soldat. Er arbeitete in einer Fabrik als Ingenieur, die Material für das Militär herstellten. So konnten sie alle Vorbereitungen für das Weihnachtsfest treffen. Es gab keinen Fliegeralarm, keine Bomben, alles war ruhig. Im Haus duftete es nach Plätzchen, Kuchen und Braten. Die Frauen waren beschäftigt und Großmutter kontrollierte, ob sie auch alles richtig machten.

Helmut und Alexander nahmen Heinz Derick an die Hand und gingen mit ihm nach draußen. Sie durften nicht sehen, was ihre Mütter an Vorbereitungen für das Christkind machten. Am späten Nachmittag an Heiligabend gab es die Bescherung. Ein großer Tannenbaum stand hell erleuchtet in der guten Stube. Die Spitze des Baumes erreichte sogar die Decke. Unter dem Baum lagen in einfaches Papier eingepackte Päckchen. Auf ihnen standen mit bunten Buchstaben die Namen der Beschenkten. Zuerst wurde gegessen, dann setzte sich Fritz ans Klavier und spielte Weihnachtslieder. Bis auf die kleinen Kinder sangen alle mit. Endlich durften sich die Kinder ihre Päckchen aussuchen. Helmut, der lesen konnte, sollte sie für die Kleineren aussuchen und gab sie ihnen. Er selbst hatte nur ein Paket. Die Kleineren bekamen jeweils zwei Pakete. Das fand er ungerecht. Barbara bemerkte seinen Unmut, nahm ihn zu sich und sagte: „Ich sehe, du hast ein Buch bekommen. Davon hast du mehr als von ein paar Spielsachen!" Helmut musste seiner Mutter recht geben und war zufrieden. Alexander war traurig, denn er musste an seine Dampfmaschine denken, die von den Bomben zerstört worden war. Der neue Pullover war kein Ersatz. Weihnachten ging schnell vorbei, man konnte nicht mehr so fröhlich sein.

Alle waren bedrückt, weil niemand wusste, wie es weitergehen würde. Bleibt ihr Ort noch von den Bomben verschont, fragten sie sich?

Paul berichtete in seiner Feldpost, dass die deutschen Soldaten nicht nur in Frankreich, Polen, Italien und Skandinavien wären, sondern auch in England und Russland angreifen würden. Daher auch die Bombenangriffe, denn besonders die Engländer, die Hilfe von den Amerikanern bekommen haben, wollten Deutschland vernichten. Er schrieb auch, dass Barbara ihn besuchen kommen sollte. Er wäre an der Mosel stationiert, und sie hätte die Gelegenheit, in einem Hotel zu übernachten. Für sie war das eine willkommene Abwechslung.

Es war Ostern, und Alexander sollte eingeschult werden. Helmut freute sich, dass er wieder in die Schule gehen konnte. Als Alexander mit seiner Mutter am Schulhof ankam, sollte er sich mit anderen Kindern in eine Reihe stellen. Als dann die Lehrerin aus der Schule heraustrat und auf die Kinder zuging, rannte Alexander so schnell er konnte zu seiner Mutter und schrie: „Zu dieser Alten gehe ich nicht!" Er lief so schnell er konnte fort von der Schule. Seine Mutter konnte ihn mit Mühe und Not einholen. Sie war verärgert und fragte: „Was soll das?" „Ich will nicht zu dieser alten Frau, die aussieht wie eine Hexe!" Im Stillen musste sie ihrem Sohn recht geben. Sie selbst hatte sich auch erschrocken, als sie die Lehrerin gesehen hatte. Sie war ganz in Schwarz gekleidet, hatte dunkles Haar, war dünn wie eine „Bohnenstange" und sie trug schwarze hohe Schuhe. Was sollte sie machen? Sie fragte ihre Mutter und Schwester. Sie empfahlen, dass Alexander in die Klasse seines Bruders Helmut gehen sollte. Am nächsten Tag ging sie mit Helmut und Alexander zur Schule. Die Anfrage, ob es möglich wäre, dass Alexander zu Helmut in die Klasse gehen dürfte, wurde genehmigt. Helmut hatte eine junge Lehrerin, und Alexander fand sie sehr sympathisch. Sie durfte sogar Alex zu ihm sagen, so wie ihn seine Freunde nannten. Es dauerte nicht lange, da bekam das 1. Schuljahr eine neue Lehrerin, und Alex konnte nun ins 1. Schuljahr gehen.

Es kamen die Sommerferien. Helmut wollte bei seiner Großmutter und Tante Lieschen bleiben. Am Nachmittag, wenn Onkel Fritz nach Hause kam, freute sich Helmut, denn er erzählte ihm, was er als Ingenieur in seiner Firma machte. Natürlich nicht alles, denn er hatte Schweigepflicht. Er erzählte nur, dass er große Zeichnungen von Maschinen auf Papier machen musste, welche, darüber sprach er nicht. Er sagte, dass es ein Geheimnis wäre. Das fand Helmut noch interessanter.

Barbara fuhr mit Alex, wie er nun immer genannt werden wollte, zur Mosel, um ihren Mann zu besuchen. Sie bekamen ein schönes Hotelzimmer, und Alex sogar einen Helm, damit er immer zur Kompanie seines Vaters durfte. Wenn es hieß: „Alles antreten!" stand der kleine Alex mit den Soldaten stramm in einer Reihe und sagte auch stolz seinen Namen, wenn er an der Reihe war. Es war für ihn wie ein Abenteuer. Die Soldaten mochten Alex und ließen ihn machen, was er wollte. So geschah es, dass er in ein Munitionslager kam und die Handgranaten in die Hand nahm, weil er so etwas noch nie gesehen hatte. Zufällig kam ein Soldat ins Depot, sah den Kleinen mit der Granate in der Hand und ließ einen Schrei: „Lege diese Waffe ganz langsam zur Erde!" Instinktiv wusste Alex, dass er etwas Gefährliches in der Hand hielt, und legte sie wirklich ganz langsam auf die Erde. Von diesem Tag an durfte Alex nicht mehr zu den Soldaten. Sein Vater Paul bekam von seinem Vorgesetzten einen großen Verweis und wurde nach Holland versetzt. Das war noch eine leichte Strafe. Normalerweise wäre das viel härter bestraft worden, denn er hatte die Aufsichtspflicht verletzt.

Für Barbara war der schöne Aufenthalt an der Mosel ebenfalls vorbei. Nun stand ein Besuch in Holland noch aus. Sie dachte sich: „Was für ein Glück, so einen Mann als Soldaten zu haben." Andere Frauen waren froh, wenn ihr Mann ab und zu für kurze Zeit von der Front nach Hause kam. Manche kamen gar nicht mehr nach Hause, weil sie getötet wurden. Das alles wusste sie von den Frauen, die sie im Zug kennengelernt hatte. Die Bomben kamen immer näher an den Ort im Bergischen, wo die Familie wohnte. Sie hatten Angst und wollten auch nach Holland, weil sie wussten, dass dort keine Bomben fielen. Holland war von der deutschen Armee besetzt worden.

Barbara hatte außer ihren beiden Jungen nicht viel Gepäck, weil sie durch die Bombardierung fast alles verloren hatten. Das, was sie besaßen, war die Kleidung, die der Großvater für sie besorgt hatte. Aber ihre Mutter

(Großmutter) und ihre Schwester Lieschen mit ihrer Familie wussten nicht, was sie mitnehmen sollten. Fritz sagte: „Ich bleibe sowieso hier, nehmt nur das Nötigste mit!" Lieschen weinte und sagte: „Aber wenn hier die Bomben fallen, dann könntest du getötet werden!" Fritz entgegnete: „Mach dir um mich keine Sorgen!" Nun packten sie nur das Wichtigste in Koffer. So trug jede der Frauen einen Koffer, und die Jungen bekamen einen Rucksack für ihre Kleidung. Fritz hatte ihnen geraten, abends zu fahren, weil er wusste, dass Züge auch tagsüber von Flugzeugen angegriffen wurden.

Nun begann die Reise. Für Alexander war es aufregend. Er war abenteuerlustig. Helmut dagegen war verärgert, denn er konnte wieder nicht zur Schule gehen. Die Kinder von Lieschen waren noch zu klein, um zu begreifen, was mit ihnen geschah. Manfred, der „Kleinste", wurde abwechselnd von den Frauen getragen, und Heinz Derick hielt die Hand von Helmut ganz fest. Die Züge waren voller Menschen. Der Schaffner sorgte dafür, dass die Mütter mit Kindern einen Sitzplatz bekamen. Alle anderen mussten stehen. Die Luft war stickig, und es durfte kein Fenster geöffnet werden. Es war Nacht, und es durfte auch kein Licht gemacht werden, um von den Flugzeugen nicht gesehen zu werden.

Der Morgen brach an, und sie waren kurz vor Holland. Da ertönte Fliegeralarm. Der Zug bremste plötzlich und unerwartet. Dabei stürzten die Menschen, die im Zug standen, zu Boden, und die Koffer fielen aus den Gepäcknetzen. Es herrschte Panik im Zug. Barbara, die schon viel Trubel hinter sich hatte, wusste, was los war. Sie rief so laut sie konnte: „Wir müssen alle aus dem Zug, denn dieser wird gleich bombardiert!!" Sie nahm ihre Jungen an die Hand und sagte laut zu ihrer Schwester: „Folgt mir und nehmt euer Gepäck mit!" Sie zwängte sich durch die Menschen, die alle in Panik waren. Es gelang ihr nach kurzer Zeit, nach draußen zu kommen. Vor sich sah sie nur ein weites Feld. Sie hörte auch die Flugzeuge. „Schnell, wir müssen uns unter dem Zug verstecken!" sagte sie zu den Jungs. Doch wo waren ihre Mutter und ihre Schwester? Sie rief ihre Namen, bekam aber keine Antwort. Mittlerweile kamen immer mehr Menschen aus allen Abteilen, die vom Schaffner gesagt bekamen: „Schnell unter den Zug!" Endlich sah Barbara ihre Schwester mit dem Kleinen auf dem Arm und ihre Großmutter mit Heinz Derick an der Hand, aber ohne Gepäck. „Schnell, schnell!" rief Barbara und rannte über den Schotter, um noch einen Platz unter dem Zug zu erreichen. Helmut und Alex folgten ihr, mit ihrem Gepäck.

Endlich erreichten sie die Schienen, mussten sich auf den Bauch legen und krochen unter den Zug. Wo waren die anderen, dachte Barbara? Sie konnte nicht weiterdenken, denn sie musste sich die Ohren zuhalten, als der Zug von einem Flugzeug aus beschossen wurde. Die Geschosse schlugen auf den Zug und daneben ein. Es war nur ein kurzer Moment, aber für die Menschen kam es wie eine Ewigkeit vor. Als alles wieder ruhig war, kamen die Menschen wieder aus dem unteren Teil des Zuges herausgeklettert. Als Barbara draußen war, suchte sie ihre Mutter und Schwester und rief ihre Namen. Plötzlich stolperte sie über einen Toten und sah, dass es noch mehr Menschen waren, die von den Schüssen getötet worden waren. Sie hatten es nicht geschafft, unter dem Zug hindurchzukommen. Den Anblick der Toten kannten Barbara und ihre Kinder schon, aber wo waren die anderen? Plötzlich hörte sie ihren Namen, schaute in die Richtung und sah ihre Mutter und Lieschen mit einem schreienden Kind auf dem Arm. Gott sei Dank, dachte sie, es ist ihnen nichts passiert. Ihre Kleidung war schmutzig, und in ihren Gesichtern war große Angst zu sehen. So etwas hatten sie noch nie erlebt. Barbara sagte nur: „Jetzt wisst ihr auch, was ich schon alles durchgemacht habe!"

Der Zug war noch fahrtüchtig. Man konnte die Einschläge der Geschosse sehen, und die Fensterscheiben waren zum größten Teil zerstört. Es dauerte noch einige Zeit, bis die Toten abtransportiert wurden, und dann setzte sich die Fahrt fort. Als sie einstiegen, konnten Lieschen und die Großmutter ihre Koffer nicht mehr finden. Das war zu viel! Sie mussten sich hinsetzen und weinten bitterlich. Barbara konnte sie nicht trösten. Heinz Derick, der seinen Rucksack noch hatte, versuchte seine Mutter zu trösten. Um sie herum saßen noch einige Menschen und weinten. Der Zug setzte sich in Bewegung und fuhr bis nach Blankenheim, so hieß der Ort in Holland, wo Paul stationiert war.

Sie fanden ein Hotel, in dem nur Deutsche wohnten, und bekamen dort ein wunderbares Zimmer mit erstklassiger Bedienung. Es war die Pflicht der Holländer, den Deutschen gegenüber sehr zuvorkommend zu sein. Das

Land war besetzt, und sie mussten sich fügen. Als sie baden konnten und in frisch bezogenen Betten geschlafen hatten, sah die Welt für alle wieder besser aus.

Am nächsten Tag gingen sie zum Anmeldeamt. Dort bekamen sie Gulden und einen Ausweis, mit dem sie als Deutsche besondere Privilegien erhielten. So konnten sie einkaufen und hatten nun alles, was sie brauchten. Das Essen bekamen sie kostenlos im Hotel. Ihre Schrecken hatten sie schnell vergessen. Onkel Fritz bekam nach einer Woche einen Brief, in dem stand, dass es allen gut gehe. Barbara besuchte ihren Mann. Sie hatte Glück, denn ein paar Tage später wäre er schon wieder in Deutschland gewesen. „Die militärische Lage spitzt sich zu", hatte er ihr erklärt, mehr konnte er nicht sagen. Für die Kinder gab es eine Schule. Für alle Beteiligten war es eine schöne Zeit. Kein Fliegeralarm, keine Bomben, alles war ruhig, und sie waren in einem wunderbaren Ort mit vielen Geschäften und einem See, auf dem man mit einem Kahn fahren konnte. Den Aufenthalt in diesem Ort genossen sie einige Monate lang.

1944 wurde Weihnachten im Hotel gefeiert. Sie bekamen sogar Geschenke vom Personal. Es war ein sehr schönes Weihnachtsfest mit einem herrlich geschmückten Baum im Eingangsbereich.

Zwei Monate später bemerkte Barbara, dass die Holländer sehr unfreundlich wurden und sie auch nicht mehr so freundlich bedienten, wie sie es gewohnt waren. Ihre Schwester Lieschen merkte es auch. Sie waren sich einig, dass sie hier weg mussten. Aber wohin? Lieschen schilderte ihrem Mann die Situation und wollte von ihm wissen, wohin sie fahren könnten. Er schrieb, dass im Umkreis von Köln und Westdeutschland die Bombardierung sehr schlimm sei und er fast nur noch in den Bunker müsste. Seine Firma würde auch nicht mehr produzieren. Sie sollten versuchen, in Norddeutschland unterzukommen. Nun wurde schon wieder gepackt. Aber diesmal keine Koffer, es wurde alles in großen Taschen und Rucksäcken verstaut, damit sie flexibler waren.

Das Frühjahr begann, und die Tulpenfelder erblühten. Das war das letzte, was sie von Holland sahen, als sie im Zug saßen, der nach Norddeutschland fuhr. Sie waren sehr still, niemand sprach etwas, auch die Kinder nicht, denn alle dachten an den wunderschönen Aufenthalt in Holland, und niemand wusste, was ihnen noch passieren würde. So schliefen sie ein. Am nächsten Tag kamen sie in einer großen Stadt an. Alle mussten sich dort anmelden, anschließend wurden sie auf kleine Ortschaften verteilt. Ein Bus brachte Barbara, Helmut, Alex, Lieschen und ihre Jungen sowie die Großmutter nach Fredelsloh. Als sie ankamen, war kein Mensch zu sehen. Nach einer Weile erschien ein Mann in Uniform und rief die Namen der Familien auf. Alle stiegen aus und stellten sich in einer Gruppe auf die Straße. Endlich kamen vier Personen aus dem Dorf und gingen zu den vier Familiengruppen. Jeder nahm eine Gruppe mit. Es gab keine Begrüßung, keiner sagte ein Wort. Man folgte den Bauern, jeder zu einem anderen Hof. Kein Mensch war auf den Straßen zu sehen. Barbara dachte: „Wo bin ich hier?" Sie kamen an einem nach Gülle riechenden Hof an. Der Gestank war sehr unangenehm. Dann hieß es auf einmal, dass Ihre Mutter und Schwester mit ihren Kindern in einem anderen Hof müssten. Das war Barbara und auch den Jungen nicht recht, und sie protestierten. Aber es nützte nichts. Sie mussten sich trennen. Das Zimmer, welches sie anschließend bekamen, war klein, und man konnte vom Fenster aus auf den Misthaufen schauen. Morgen werde ich zu dem Uniformierten gehen, dachte Barbara. Hier bleibe ich nicht!

Eine Nacht verbrachten sie noch in dem Zimmer. Am nächsten Tag ging sie zu dem Herrn in der Uniform. Er war ein Gauleiter, so nannte man die Personen, die vom Militär auf das Dorf zu befehligen hatten. Die Bauern mussten das machen, was ihnen befohlen wurde. So ging er mit Barbara, die eine hübsche Frau war, zu dem Bauern und befahl ihm, dass die Familie ein anderes Zimmer bekommen sollte. Sie mussten ihr Schlafzimmer abgeben, und Barbara konnte mit Helmut und Alex dort einziehen. Vor dem Fenster gab es keinen Misthaufen, und es war auch größer und geräumiger. Den Bauern hat das nicht gefallen, und sie ließen ihre Wut meistens an den Kindern aus. Überall, wo sie sich aufhielten, wurden sie weggejagt. Es gab auch keine Milch für sie. Der Bauer putzte seine Stiefel sogar demonstrativ mit Milch. Zu essen gab es nur gekochte Rüben. Eine gewisse Zeit hat Barbara sich das bieten lassen. Dann ging sie wieder zum Gauleiter, zumal sie merkte, dass ihre Kinder Hunger hatten. Er konnte ihr aber diesmal nicht helfen. Das Einzige, was ihnen angeboten wurde, war in einer Großküche essen zu gehen, was sie auch taten. Milch bekamen sie nicht vom Bauer, aber sie konnten sich Milch kaufen.

An dem Tag, als Alex Milch kaufen wollte, hörte er Flugzeuge. Er kannte diese Geräusche ganz genau. Er schaute nach oben und sah den großen Bomber und die kleinen Flugzeuge. Es gab aber keinen Fliegeralarm. Auf einmal sah er, wie sich im großen Flieger eine Luke öffnete und eine Bombe herausfiel. Er ließ die Milchkanne fallen und schrie laut: „Alle hinlegen!" Dabei lag er flach auf der Erde. Niemand kümmerte sich darum. Aber plötzlich hörten sie eine Explosion. Danach erschütterte die Erde. Da waren die Leute doch erschrocken und liefen schnell nach Hause. Auch Alex lief zu dem Bauern, wo seine Mutter und Helmut waren. Als er ankam, sah er Feuer in der Scheune und Schweine, die brennend und quietschend über den Hof liefen. Der Bauer hatte ein Messer in der Hand und stach auf die Tiere ein, bis sie zu Boden fielen. Das Haus war auch zerstört. Das ist die Strafe dafür, weil er und seine Familie so schlecht behandelt worden sind, dachte Alex. Aber der Gedanke war nur kurz, weil es sich fragte: „Wo sind sie?" Er lief so schnell er konnte zu dem Haus und rief seine Mutter, keine Antwort. Nun war er für einen Moment allein. Da fiel ihm seine Großmutter ein, und er lief so schnell er konnte zu dem Hof, wo sie untergebracht waren. Dort angekommen, kam ihm schon seine Mutter entgegen. Sie waren glücklich wieder vereint zu sein. Großmutter kam hinzu und meinte: „Der liebe Gott hat deine Mutter zu uns geschickt, und so ist ihr nichts passiert!"

Am 12. Mai 1945, an Alex' Geburtstag, hieß es im Radio: „Hitler ist tot, der Krieg ist zu Ende!" Oh, wie waren die Menschen froh! Keine Bomben mehr! „Nun können wir endlich nach Hause!" Aber es fuhren keine Züge mehr. Sie mussten noch etwas in dem ungeliebten Ort bleiben. Die Kinder konnten wieder draußen spielen und haben sich den Ort einmal so richtig angesehen. Es gab auch einen Wald in der Nähe. Dort liefen sie hin. Dabei mussten sie über eine große Wiese. Als sie ein Stück gelaufen waren, stockten sie, weil sie Soldaten mit anderen Helmen sahen. Sie kannten nur die Helme von den deutschen Soldaten. Alex wusste sofort, dass es Amerikaner waren. Wie kam er darauf? Seine Mutter hörte täglich einen Sender im Radio, in dem gesagt wurde, wo sich die Amerikaner im Moment aufhielten. Je näher sie an Deutschland herankamen, desto froher waren die Zuhörer, weil sie wussten, dass es das Ende des Krieges bedeutete. Sie wussten auch, dass es verboten war Radio zu hören. Man konnte es nur heimlich machen.

Alex lief schnell zu dem Bauernhof, wo nun alle wohnten, und rief schon von Weitem: „Die Amerikaner sind da!" Barbara, Großmutter, Lieschen und Helmut kamen aus dem Haus und fragten: „Wo sind sie?" Der Bauer kam auch hinzu und ging mit einer Mistgabel in der Hand in die Richtung, aus der Alex hergekommen war. Die Frauen liefen hinterher und wollten ihn aufhalten. Da hörten sie Panzer. Das Geräusch kannte Alex aus der Zeit, als er seinen Vater besuchte. Er ist damals sogar in einem Panzer mitgefahren und wusste, was diese anrichten können. Er nahm seine Mutter an die Hand und zog sie wieder zurück. Beim Zurückgehen hörten sie eine laute Stimme: „Achtung, Achtung, bitte ergeben Sie sich, sollten Sie sich wehren, wird sofort geschossen!"

Der Bauer kam mit der Mistgabel zurück. Der Bauernhof war das erste Wohngebäude an der Straße, in der die Panzer zuerst ankommen würden. Daher holte er ein weißes Betttuch, befestigte es an einem langen Stab und hielt es vom Fenster aus nach draußen. Alle befanden sich im Haus. Man hörte die Panzer anrollen und sah sie auch vorbeifahren. Es war für die Leute im Ort, als ob Ungetüme ankämen. Inzwischen hatten auch schon viele ihre Betttücher aus dem Fenster gehängt. Die Amerikaner erkannten schnell, dass sich der Ort ergeben würde. Deshalb fiel auch kein Schuss.

Das ganze Dorf lief zusammen, alle wollten die Amerikaner sehen, um mit ihnen das Kriegsende zu feiern. Barbara, Helmut, Alex, Lieschen, Heinz Derick und die Großmutter standen alle um den Panzer herum. Alle sprachen durcheinander, aber die Amerikaner verstanden natürlich genauso wenig wie die Einwohner. Auch Jeeps, aus denen Offiziere ausstiegen, tauchten auf. Einer von ihnen konnte auch Deutsch sprechen. Dieser befahl den Leuten sofort in ihre Häuser zu gehen, es kämen gleich Soldaten, die alle Gebäude nach Waffen durchsuchen würden. Erschrocken liefen alle los. Als Lieschen zurück in ihre Unterkunft kam, fand sie ihren jüngsten Sohn Manfred weinend im Bett liegen. Durch die Aufregung hatte sie nicht mehr an ihn gedacht. Sie holte ihn aus dem Bett, drückte ihn an sich und sagte: „Nun fängt ein neues Leben an!" Sie setzte ihn auf den Boden, drehte sich herum und mit einem Mal spürte sie, wie sich ein kleines Händchen an ihrem Rock festhielt. Sie schaute nach unten und sah in zwei leuchtend und lächelnde Augen. Lieschen wollte ihn auf den Arm nehmen, aber er ließ den Rock los und lief allein ein paar Schritte durch das Zimmer. Lieschen rief ihre Mutter und Barbara. Diese kamen und sahen, wie der kleine Manfred mit 2 Jahren durch das Zimmer lief. Alle waren froh und sagten sich: „Ein neues Leben fängt an, und ein kleiner Erdenbürger geht schon auf eigenen Füßen!"

Sie hatten nicht viel Zeit, darüber nachzudenken, da klopfte es laut an der Tür. Sie öffneten, und vor ihnen standen amerikanische Soldaten. Einer von ihnen sagte: „Alle Waffen auf den Dorfplatz legen!" Sie gingen fort, und Alex, der neugierig war, eilte hinter den Soldaten her, um alles zu sehen, was sie machten. Diese kümmerten sich nicht um ihn. Es gab nur vier Bauern im Dorf, die ihre Gewehre auf dem Marktplatz ablegten. Als die Soldaten sahen, dass es nur vier Gewehre waren, wurden sie skeptisch und gingen nun von Haus zu Haus und kontrollierten sehr gründlich. Alex und noch ein paar Jungen in seinem Alter folgten den Soldaten auf Schritt und Tritt. Als sie in einem Haus auf den Speicher gingen, stießen sie auf Gewehre und sogar Handgranaten. Der Eigentümer des Hauses wurde zum Marktplatz gezerrt, an den Händen gefesselt und in den Jeep gezogen, dann fuhren sie mit ihm weg. Niemand wusste, wohin. Danach brachten noch einige Bauern ihre Waffen auf den Dorfplatz. Die Fahnen und Bilder von Hitler wurden auf einen Haufen geschmissen und verbrannt. Es herrschte Unruhe im Dorf, denn niemand wusste, ob nicht doch noch einer festgenommen wurde. Es ging alles sehr schnell und hektisch. Die Amerikaner wollten weiter in den Westen von Deutschland.

Barbara und ihre Familie hatten keine Angst, sie waren sich einig, dass sie so schnell wie möglich nach Hause fahren würden. Deshalb fingen sie an, ihre Taschen und Rucksäcke zu packen. Sie fragten sich, wie es wohl zu Hause aussehen würde. Steht das Haus noch im Bergischen? Von Fritz hatte Lieschen schon lange keinen Brief mehr erhalten, sie machte sich große Sorgen. Genau wie Barbara, auch sie hatte von Paul lange keine

Nachricht mehr bekommen. Nur die Kinder waren froh, als sie hörten, dass sie wieder nach Hause konnten.

Als die Amerikaner weiterfahren wollten, lief Barbara zu einem Lastwagen, um den Soldaten zu fragen, ob er sie mit ihren zwei Kindern in den Westen mitnehmen könne. Sie hatte Glück, denn der Soldat verstand sie und sagte auf Deutsch: „Du kannst mitkommen, ich fahre nach Köln!" Da war die Freude groß. Sie lief so schnell sie konnte zu ihren Kindern, sammelte ihr Gepäck ein, verabschiedete sich noch von ihrer Mutter und Schwester und lief zurück zu dem Lastwagen. Die Kinder, die eigentlich nicht mitfahren durften, sollten in den Lastwagen, der mit einer Plane bespannt war. Sie nahmen ihre Rucksäcke und setzten sich zwischen Kisten auf den Boden. Dort sollten sie sich auch verstecken, falls sie kontrolliert würden. Sie hätten gerne gewusst, was sich in den Kisten befand. Barbara war glücklich, endlich wieder zurück nach Köln zu kommen.

Die Rückreise begann. Barbara fragte den Soldaten, woher er aus Amerika komme. Er erzählte, dass seine Eltern aus Köln kämen und 1920 nach Florida ausgewandert seien. „Meine Eltern haben mit mir Deutsch gesprochen. Beide verstanden etwas vom Kochen und Backen und haben 1925 ein Restaurant eröffnet, das gut florierte." Das alles erzählte er Barbara. Sie wiederum erzählte von sich. Sie brauchten keine Angst mehr vor Bomben zu haben. Als sie durch Städte kamen, sahen sie vereinzelt Menschen in gebückter Haltung durch die Trümmer gehen. Es war schrecklich anzusehen. Barbara dachte, dass es in Köln sicherlich ähnlich aussehen werde. „Wo werden wir wohnen können?" Zu ihrem Großvater wollte sie nicht, aber wohin? Je näher sie dem Westen kamen, desto zerstörter waren die Städte. Es gab kaum noch ein Haus, das vollständig war.

Endlich, nach etwa drei Tagen kamen sie in Köln an. Helmut und Alex saßen inzwischen neben ihrer Mutter. Sie waren froh, dass keine Kontrolle stattgefunden hatte. Als sie Köln sahen, erschraken sie sehr! Was für ein Anblick! Die Stadt mit den wunderbaren Häusern, die mit Stuckarbeiten versehen waren, war nicht mehr da. Einige Ruinen waren noch zu sehen. Aber was erblickten sie noch vollständig: Den Kölner Dom! Er stand noch in voller Schönheit da. Was für ein Wunder, dachten sie. Selbst der amerikanische Soldat dachte das Gleiche, war aber froh, die Stadt zu sehen, in der seine Eltern geboren wurden, auch wenn sie in Trümmern lag. Er kannte noch Bilder von Köln, die seine Eltern ihm gezeigt hatten. Nun müsse er ein Foto von der zerstörten Stadt machen. Bei dem Anblick würden seine Eltern sicher traurig sein. Mit diesen Worten verabschiedete sich der Soldat von Barbara und den Kindern. Sie stiegen aus, und Barbara bedankte sich herzlich für die Fahrt.

Sie setzten sich irgendwo auf einen Mauerrest, und Barbara überlegte, wohin sie gehen könnten. Sie müssten zuerst einmal über den Rhein. Aber wo waren die Brücken? Es gab wohl irgendwo eine Behelfsbrücke, sagte man ihnen. Es wurde dunkel, und sie suchten einen Platz zum Schlafen, den sie in den Trümmern auch fanden. Am nächsten Morgen wollten sie über diese Brücke. Diese Brücke war keine normale Brücke, sondern sie bestand nur aus Brettern, die fest zusammengebunden waren. Als Barbara diese sah, erschrak sie und wollte sie nicht betreten. An den Seiten waren Seile befestigt, an denen man sich festhalten konnte. Inzwischen kamen noch einige andere Personen. Sie hatten Rucksäcke auf ihren Rücken und gingen mutig über die Brücke, obwohl sie hin und her schwankte. Als Barbara das sah, dachte sie, was die können, kann ich auch. Sie fragte Helmut, der ebenfalls Angst hatte und nicht herüberwollte. Aber Alex sagte: „Ich gehe zuerst rüber!" Er machte einen Schritt auf die Bretter. Barbara wollte ihn zurückhalten, aber er ging mutig weiter und hielt sich an den Seilen fest. Nun folgte auch seine Mutter und hinter ihr Helmut. Sie gingen Schritt für Schritt. Unter ihnen plätscherte der Rhein. Nicht daran denken, ins Wasser zu fallen, denn dann wären sie verloren. Nach einiger Zeit kamen sie auf der anderen Rheinseite an. Auch dort war alles zerstört. Ob es noch ein Hotel gab, fragte sich Barbara? Sie mussten irgendwo schlafen und ihre Kleidung wechseln. Sie fanden tatsächlich ein Hotel, in dem nur noch die unteren Zimmer bewohnbar waren. Aber sie waren schon alle besetzt.

Der Inhaber hatte Mitleid und empfahl ihnen, ein Stück weiterzugehen. Dort gab es ein Haus, in dem sie schlafen könnten. Sie fanden es und waren froh, endlich ein Bett zu haben. Sie schliefen dort zu dritt. Wichtig war, dass sie sich waschen und umziehen konnten. Barbara war zuversichtlich und wusste, irgendwie würde es schon weitergehen. Hauptsache keine Bomben mehr!

Am nächsten Morgen fand sie noch ein Päckchen in ihrem Rucksack, das der Amerikaner ihr beim Aussteigen ohne ihr Wissen reingesteckt haben musste. Darin fanden sie ein Stück Weißbrot, eine kleine Dose, die leicht zu öffnen war, und Schokolade. Helmut und Alex freuten sich, als sie die Schokolade sahen. Barbara probierte den Inhalt der Dose. Die Creme schmeckte nach Erdnüssen. Brot mit Erdnussbutter schmeckte ihnen sehr gut. So hatten sie ein gutes Frühstück.

In der Nacht hatte Barbara entschieden, wohin sie gehen würden. Zuerst zum Großvater, um zu erfahren, wo sich ihr Mann befand und ob er überhaupt noch lebte. Dann wollte sie zu einem Bekannten, der früher viele Jahre in Amerika gelebt hatte, ein Haus besaß, in dem er allein lebte und außerdem kein Soldat war. Dieser würde bestimmt noch leben, und dort wären sie gut aufgehoben. Auf diese Idee war sie durch den Amerikaner gekommen, der sie mitgenommen hatte. Von ihrem Schlafplatz hatten sie es nicht mehr weit zu ihrem Großvater. Dieser hatte seine Schreinerei wieder so weit aufgebaut, dass darin produziert werden konnte. Von Paul wusste er nur, dass er in französischer Gefangenschaft war. Sie waren beide froh, dass er noch lebte.

Für Barbara war nun wichtig, ob das Haus ihres Bekannten noch stand. Sie ließ Helmut und Alex bei ihrem Großvater und machte sich auf den Weg. Von der Schreinerei war es nicht weit entfernt. Als sie ankam, sah sie das nur leicht zerstörte Haus. Sie atmete auf und betrat den Hof, als ihr ein Pferd entgegenkam. Sie erschrak, hörte aber die Stimme ihres Bekannten, den sie Jonny nannte. Dieser erkannte Barbara sofort und drückte sie fest an sich. Die Freude war groß, zumal sie nun wussten, dass beide wohlauf waren.

Sie hatten sich viel zu erzählen. Jonny berichtete Barbara, dass er nun Fuhrunternehmer war. Er besaß ein Pferd und eine Karre, mit der er schwerere Transporte für die Leute durchführte. Sein Geschäft florierte gut. Er erzählte auch, dass er kurz vor einer Erschießung gestanden hätte, weil er sich geweigert hatte, Soldat zu werden. Zum Glück konnte er einen amerikanischen Pass vorzeigen, wodurch ihn die deutsche Wehrmacht verschonte. Als Barbara dann fragte, ob sie mit Helmut und Alex bei ihm wohnen dürfte, war er sofort einverstanden. Die Jungen kannte er bereits, und Alex war ihm sogar ein wenig ans Herz gewachsen.

So zogen sie nun bei Jonny ein. Helmut wollte jedoch lieber zu seiner Großmutter ins Bergische, weil er dort auch wieder zur Schule gehen konnte. Inzwischen waren Lieschen und der Rest der Familie aus Fredelsloh zurückgekehrt. Sie hatten das Haus und auch Fritz wohlbehalten vorgefunden und konnten wieder einziehen, als wäre nichts passiert. Helmut durfte deshalb zu seiner Großmutter und war glücklich, mit 12 Jahren endlich wieder eine Schule besuchen zu können. Das Gymnasium hatte er aufgrund der Umstände nicht besuchen können, aber er wusste jetzt schon, dass er den Beruf des Kaufmanns erlernen würde, wie es ihm sein Großvater versprochen hatte.

Was Alex betraf, er hatte kein Interesse am Unterricht teilzunehmen. Aber er musste, denn er hatte mindestens zwei Jahre keine Schule mehr besucht. Barbara meldete ihn an. Seine alte Schule war zerstört, und es gab nun Baracken, in denen die Kinder unterrichtet wurden. Alex kam mit älteren Kindern zusammen, er war der Kleinste, aber dank seines Bruders, der ihm viel beigebracht hatte, der Klügste von ihnen. Der Lehrer bemerkte es sofort und förderte ihn, so gut er konnte. Nach kurzer Zeit durfte er zwei Klassen überspringen und war dann mit 10 Jahren im 4. Schuljahr.

Er war sehr glücklich. Sein Onkel Jonny, wie er ihn nannte, kümmerte sich sehr viel um ihn. Er durfte sogar auf dem Pferd reiten. Einen Sattel gab es nicht, und so schmerzte ihm manchmal sein Hinterteil. Einmal passierte folgendes: Nach der Schule sollte er das Pferd auf die Weide führen, was er aber nicht tat. Stattdessen setzte er sich auf das Pferd. Plötzlich kamen ihm drei Jungen aus seiner Klasse entgegen. Als sie Alex auf dem Pferd sitzen sahen, machten sie so viel Lärm, dass sich das Pferd auf die Hinterbeine stellte, laut wieherte und plötzlich und unerwartet für Alex, im schnellen Galopp Richtung Weide lief. Alex hielt sich an der Mähne fest, damit er nicht vom Pferd stürzte; denn er hatte keine Zügel. Auf der Weide angekommen, kam das Pferd dann endlich zum Stehen. Pferd und Alex atmeten sehr schnell. "Es ist alles noch mal gut gegangen", dachte er.

Doch dann bemerkte er, dass er beim Galopp sein Buch verloren hatte. Das Pferd weidete, und er konnte es für einen Moment allein lassen. Als er den schmalen Weg zurückging, traf er auf die drei Jungen. Er kannte sie mit Namen und sprach sie an: „Was habt ihr euch dabei gedacht, das Pferd so zu scheuchen!" Sie lachten und sagten: „Es hat dir doch Spaß gemacht!" Alex sagte nichts davon, dass er bald vom Pferd gefallen wäre und dass er eventuell hätte tot sein können. Er fragte nur, ob sie ein Buch gesehen hätten. Da sah er, dass einer von ihnen sein Buch in der Hand hatte. Er ging auf ihn zu und wollte ihm das Buch aus der Hand nehmen. Dieser aber hielt es fest und weigerte sich, es ihm zu geben. Da wurde Alex wütend! Er schlug ihn mit der Faust kräftig ins Gesicht, so dass dieser rückwärts hinfiel. Dabei fiel das Buch auf die Erde, er nahm es schnell an sich und lief zurück zu seinem Pferd. Hinter sich hörte er die Jungen schreien: „Du wirst von uns Prügel bekommen!" Es kümmerte ihn nicht, denn er wusste, dass er sich wehren konnte. Diesen Vorfall behielt er für sich, war aber vorsichtig.

Auf dem Schulhof sah er die „Übeltäter", wie er sie nannte, ging ihnen aber aus dem Weg. Nach ein paar Tagen verfolgten sie ihn nach Schulschluss auf dem Weg nach Hause. Kurz vor dem Ziel rief er laut: „Onkel Jonny, hier sind drei Jungen, die wollen mich schlagen!" Jonny, der ein großer kräftiger Mann war, kam mit einem großen Stock angerannt, stellte sich auf die Straße und sagte: „Da kommt mal, ihr Bürschchen!" Die Jungs rannten so schnell sie konnten weg. Er rief noch hinter ihnen her: „Falls ihr Alex etwas antut, komme ich persönlich zu euch, und dann könnt ihr etwas erleben!" Diese Jungen haben später immer einen großen Bogen um ihn gemacht.

Die Zeit verging. Barbara und Alex fühlten sich sehr wohl bei Jonny. An den Wochenenden, wenn keine Transportfahrten anfielen, machten sie mit Pferd und Wagen eine Tour in die Eifel, um beim Bauern Kartoffeln und Fleisch zu kaufen. Es war 1946, und das Geld war nicht mehr viel wert. Aber trotzdem kam man an Waren; man handelte zum Beispiel mit guten Gegenständen, die man noch hatte, und tauschte sie gegen Lebensmittel.

Ab und zu ging Barbara mit Alex zu ihrem Schwiegervater, um zu erfahren, ob er etwas von ihrem Mann Paul gehört hätte. Als sie an diesem Tag ankam, wurde sie sehr unfreundlich empfangen, denn er hatte erfahren, dass sie mit Alex bei einem Mann wohnte und auch mit ihm zusammenlebte. Das gefiel ihm ganz und gar nicht, und er sagte: „Du wirst von mir keinen Pfennig mehr bekommen!" Sie wollte schon gehen, da hörte sie hinter sich eine Stimme, ihren Namen rufen. Sie drehte sich um und sah ihren Mann. Sie erschrak, denn sie hatte ihn zuletzt noch in Uniform gesehen und nun in Zivil. Sein Körper und auch sein Gesicht waren erheblich dicker geworden. Er war nicht mehr der fesche Soldat. Was sollte sie tun? Sie spürte eine Ablehnung gegen diesen Mann und wollte schon wieder gehen, aber die Vernunft siegte. Auch wegen ihrer gemeinsamen Kinder ging sie auf ihn zu und begrüßte ihn freundlich.

Alex kam auch auf ihn zu und begrüßte seinen Vater, als wäre er ein Fremder. „Sehe ich so verändert aus?" fragte er. „Du bist dick geworden!" sagte Alex. Da musste Paul lachen und sagte: „Ich habe es sehr gut bei den Franzosen gehabt! Ich habe für sie viele schöne kleine Schränkchen gebaut! Schau mal, was ich für euch mitgebracht habe!" Er ging zurück ins Haus und brachte ein kleines Schränkchen, in weißem Lack, mit Schubladen. Es hatte die Größe von 25x30 cm. Es sah sehr schön aus. Es sollte ein Schmuckkästchen sein. Aber Barbara hatte kein Schmuck mehr. Sie würde Handarbeitsmaterial hineinlegen. Dieses Schränkchen sollte sie noch bis ins hohe Alter behalten!

Inzwischen hatte er bereits von seinem Vater erfahren, dass seine Frau mit einem anderen Mann zusammenlebte. Darüber wollte er gerne mit seiner Frau reden. Er hatte längst bemerkt, besonders wenn sie bei ihm zu Besuch war, dass sie für andere Soldaten mehr Interesse zeigte als für ihn. Er hatte es nur deshalb geduldet, weil er von seinen Kameraden immer hörte: „Hast du aber eine hübsche Frau!" Das machte ihn sehr stolz. Nun war er wieder zu Hause und freute sich sehr darüber. Aber wie hatte sie ihn empfangen, so als wäre er ein Fremder. Oh, das hatte sehr wehgetan.

Sie unterhielten sich noch über belanglose und uninteressante Dinge, als er dann plötzlich zu Barbara sagte: „Komm, wir gehen ins Haus, ich muss mit dir reden!" Alex rief nach seiner Mutter, doch diese sagte ihm, er solle zum Großvater gehen, denn sie ahnte, warum Paul mit ihr reden wollte. Sie hatte sich schon längere Zeit damit beschäftigt, sich von Paul scheiden zu lassen. Nun war sie gespannt, was Paul ihr zu sagen hatte. Stockend und langsam fing er an, ihr zu erzählen, dass er schon längere Zeit gemerkt hätte, dass sie ihn nicht mehr liebte und es deshalb besser wäre, wenn sie sich trennten. Sie fragte nur: „Wie stellst du dir das denn vor? Wer soll für die Kinder finanziell aufkommen?" „Ich werde schon für meine Kinder sorgen. Ich werde bei meinem Vater in der Schreinerei arbeiten und Geld verdienen! Du gehst deinen Weg und ich gehe meinen Weg. Scheiden lasse ich mich aber nicht!" Barbara war erschrocken über so viel Mut und Ehrlichkeit. Es blieb ihr nichts anderes übrig, als das zu akzeptieren. Immerhin bekam sie Geld von ihm und konnte mit ihren Kindern leben. Eigentlich konnte sie froh sein, dass Paul das Wort ergriffen hatte, denn wenn sie von Scheidung gesprochen hätte, dann würde sie kein Geld von ihm bekommen, so dachte sie, als sie ihren Sohn rief.

Sie gingen zurück zu Jonny, der sich schon Sorgen machte, weil sie so lange fortgeblieben waren. Barbara erzählte ihm alles, und er war darüber erleichtert. Er fühlte sich nun verantwortlich für Barbara und ihre Söhne. Er hatte immer schon eine Familie haben wollen, und nun hatte er eine. Es begann eine neue Zeit für die neue „Familie". Er verkaufte sein Grundstück, sein Pferd und sein Transportmittel, denn er wollte in der Eifel ein Haus kaufen, das noch fertig gebaut werden musste. Das Haus war im Rohbau, hatte aber bereits ein Dach. Nun fehlten nur noch Fenster. Da wäre Paul der richtige Mann für den Fenstereinbau, dachte Jonny. Er sagte es Barbara, die erschrak, weil sie ihren Mann nie fragen würde. Nun begab sich Jonny zu der Schreinerei, in der Paul mit seinem Vater arbeitete, um ihn zu fragen, ob er für sein Haus Fenster einbauen würde. Leider traf er ihn nicht an und wollte wieder gehen. Er traf Paul auf der Straße und erzählte ihm von seinem Anliegen. Dieser sagte: „Natürlich kann ich dir die Fenster einbauen, ich mache es aber nicht umsonst!" „Was willst du dafür haben?" fragte er. „Ich möchte, dass du dich von Barbara trennst!" Oh, das hatte Jonny nicht erwartet. Er ging, ohne ein Wort zu sagen. Zu Hause erzählte er Barbara, was Paul gesagt hatte. Wie sollte es nun weitergehen? Es war schon November, und es wurde kalt. In diesem Haus ohne Fenster zu wohnen, war unmöglich! Jonny versuchte wieder, sein Pferd und seinen Karren zu bekommen, was ihm auch gelang, nur leider musste er mehr bezahlen, als er dafür bekommen hatte. Aber es war egal, nun konnte er wenigstens Fenster und eine Tür kaufen, transportieren und alles selbst einbauen.

Helmut war immer noch bei seiner Großmutter und Tante. Es gefiel ihm dort, und er wollte nicht mehr zu seiner Mutter zurück. Alex war froh, bei seinem Onkel Jonny zu bleiben. Morgens fuhr er Alex mit seinem Gefährt zur Schule, und mittags holte er ihn wieder ab. Es war immer eine lange Strecke. Er durfte das Pferd, das nun ein Geschirr anhatte, mit den Zügeln lenken. Es machte ihm großen Spaß. Nach der Schule half er seinem „Onkel", die Fenster und die Haustür einzubauen. Er beobachtete ihn und staunte über seine Kraft und die Muskeln, die er hatte. So wollte er auch einmal werden. Seine Mutter behalf sich unterdessen und kochte mit Propangas. Sie war nicht glücklich, das merkte Jonny, und beeilte sich, dass er die untere Etage wenigstens zum Wohnen fertig bekam. So kam Weihnachten, die Fenster und Haustür waren eingebaut, und sie wollten dieses Fest sehr schön feiern. Er holte aus dem Wald einen Tannenbaum, der bis zur Decke reichte, die allerdings noch nicht verputzt war. Aber es gab einen Holzfußboden, auf den Jonny ganz stolz war. Geheizt wurde mit Propangas. Der Baum wurde mit viel Lametta behangen, Kugeln gab es keine, aber sie hatten Wachskerzen.

Sie standen vor dem Baum und freuten sich, als die Kerzen brannten. Jonny legte einen Arm um Barbara und drückte sie fest an sich, mit dem anderen Arm umarmte er Alex. Dieser war inzwischen 10 Jahre alt und fühlte sich schon erwachsen. Als sie so vor dem Baum standen, klopfte es an der Tür. Sie erschraken, denn sie hatten niemanden erwartet. Als Jonny die Tür öffnete, stand Paul davor. Er erschrak und fragte ihn: „Wie bist du hierhergekommen, es gibt doch keine Bahnverbindung?" Paul antwortete: „Zu Fuß?!" Da staunte Jonny und bat ihn herein. Paul begrüßte Barbara sehr reserviert. Er überreichte ihr ein Kuvert und sagte: „Das ist für meine Kinder." „Meine Kinder" betonte er besonders. Dann übergab er Alex ein großes Paket, das er aus einem Sack herausholte. Alex war gespannt. Er riss das Papier auf und stieß einen kleinen Schrei aus. Was er sah, war eine Ziehharmonika, die er sich schon immer gewünscht hatte. „In dem Kuvert ist auch Geld für dich, damit du Unterricht nehmen kannst", sagte er zu Alex. Dieser sagte: „Danke Papa!" Paul war sehr gerührt, weil er von Alex Papa genannt wurde. Er blieb noch eine Weile, ohne viel zu reden.

Nachdem er einen Schnaps getrunken hatte, machte er sich wieder auf den Weg nach Hause, für den er mindestens drei Stunden brauchte. Er wollte die Landstraße gehen, in der Hoffnung, dass ein Auto käme, um ihn mitzunehmen.

Das Frühjahr kam, und Jonny wollte weiter an seinem Haus bauen. Es war 1948, das Geld war nichts mehr wert. Er hatte schon viele wertvolle Sachen gegen Baumaterial getauscht. Es sah nicht gut aus, sie hatten auch kaum etwas zu Essen. Barbara war sehr unzufrieden, konnte aber Jonny keinen Rat geben, wie es weitergehen sollte. Daher fuhren sie mit Pferd und Wagen ins Bergische zu ihrer Mutter, Schwester und ihrem Sohn Helmut. Dieser freute sich noch nicht einmal, als er seine Mutter sah. Eine kurze Begrüßung, und weg war er wieder. Ihre Mutter konnte sich denken, warum sie gekommen war. Sie unterhielten sich darüber, dass es bald neues Geld geben würde, und alle wären froh darüber. Über die Trennung von Paul wurde nicht gesprochen. Dann aßen sie noch eine kräftige Suppe und bekamen auch noch selbst gebackenes Brot, Schinken und den Rest der Suppe mit. Damit hatten sie vorerst für ein paar Tage zu Essen.

Endlich gab es neues Geld! Jonny und Barbara wunderten sich, dass man nun wieder alles kaufen konnte. Aber was nützte das, 50 Deutsche Mark, die jeder bekam, waren schnell ausgegeben. Durch die Kinder bekam Barbara 150 DM. Das reichte gerade mal für ein paar Monate. Hinzu kam, dass Paul ihr kein Geld mehr gab, daher fuhren sie zu ihm.

Sie fanden ihn nicht in der Schreinerei. Ihr Schwiegervater, der Großvater ihrer Kinder, kam auf sie zu, sah Alex, fragte ihn, ob er auch zur Schule gehen würde und ob er auch rechnen könne, woraufhin dieser nickte. Weiterhin sagte er: "Wenn du aus der Schule kommst, dann kommst du zu mir in die Lehre!" Alex schaute ihn an und schüttelte verneinend mit dem Kopf. Diese Worte schockierten ihn so sehr, dass er nichts sagen konnte. Er wusste aber, dass er niemals zu seinem Großvater, vor dem er förmlich Angst hatte, in die Lehre gehen würde.

Nun wandte er sich an Barbara und fragte sie, was sie hier wollte. „Ich möchte Paul sprechen!" sagte sie. „Der arbeitet nicht mehr bei mir, ich habe ihn herausgeschmissen, er ist zu faul zum Arbeiten!" Das war ein

Schock für Barbara. Daher kein Geld mehr, dachte sie. „Wo kann ich ihn sehen", fragte sie. „Er wohnt bei einer Frau in der Vitostraße!" Dabei drehte er sich um und ließ sie einfach stehen.

Sie fanden Paul in der genannten Straße. Barbara erschrak, als sie ihn sah. Er hatte stark abgenommen, aber seine Augen zeigten Willensstärke. „Du willst Geld haben!" sagte er zur Begrüßung. „Ja", sagte sie. „Ich habe noch keine deutsche Mark, ich will mich selbstständig machen! Wenn du zu mir ziehst, wirst du sehen, dann geht es uns gut!" Barbara traute ihren Ohren nicht, schaute Jonny an und dieser schüttelte mit dem Kopf, er glaubte ebenfalls nicht so richtig daran. Aber Paul wiederholte seine Worte nochmals. Als Alex hörte, dass es kein Geld von seinem Vater gab, wusste er auch, dass sein Ziehharmonika-Unterricht nicht mehr stattfinden konnte, und er war sehr traurig darüber, denn er war von seinem Lehrer gelobt worden und es machte ihm großen Spaß.

Sie fuhren wieder zurück ins Bergische. Barbara war ruhig. In ihrem Kopf schwirrten die Gedanken. Soll ich nun zu Paul zurück? Wer ist diese Frau? Was wird Jonny sagen, wenn ich wieder zu Paul zurückgehe? Sie ließ einen großen Seufzer von sich. Jonny ahnte, was Barbara dachte, und sagte kein Wort. Auch Alex sprach kein Wort. Er dachte: Was werde ich nach der Schule machen, soll ich überhaupt in eine Lehre gehen? Bis dahin sind noch ein paar Jahre, dachte er.

Es dauerte nicht lange, da verließ Barbara tatsächlich die „Baustelle", so nannte sie das Haus. Jonny konnte sie nicht zurückhalten. Alex war froh, wieder in den Ort zu kommen, in dem einmal ihre schönen Wohnungen waren und er seine Freunde und sogar eine Freundin hatte. Nun konnte er wieder mit ihnen in den Trümmern spielen. Es war für die Kinder das reinste Vergnügen. Es gab in den Kellern, die man begehen konnte, sogar noch gut erhaltene Gegenstände wie Matratzen, Stühle und Decken, woraus sie sich eine gemütliche Ecke machten. Sie fanden sogar einen Koffer mit Frauenkleidern. Die Mädchen waren ganz begeistert. Ihre Mütter könnten aus diesen Sachen wieder neue Kleidung nähen. Sie machten sich einen Spaß daraus, Kleider aus dem Koffer anzuprobieren, tanzten und lachten dabei. Darunter war noch gut erhaltene Kleidung, und sie freuten sich darauf, bald ein neues Kleid zu haben. Manche Jungen hatten

Zigaretten und es wurde natürlich geraucht. Es war so richtig gemütlich, in der Hand eine Zigarette und im Arm seine Freundin. Licht hatten sie nicht, aber dafür hatten einige eine Taschenlampe. Bei Bedarf wurde sie angemacht, um zum Beispiel auf die Armbanduhr zu schauen, die allerdings nur wenige trugen.

Nun war Alex in seinem Element, aber dieses Vergnügen dauerte nicht lange an. Eines Tages kamen Lastwagen, um die Trümmer wegzufahren. Jeder, der arbeitsfähig war, musste mithelfen, die Trümmerteile auf die Transporter zu laden. Auch Frauen meldeten sich, denn sie bekamen Geld dafür. Auch Barbara war dabei. Als Alex das sah, meldete er sich sofort, um seiner Mutter zu helfen. Seine Freunde halfen ebenso mit. Es war Schwerstarbeit, und sie mussten viel Staub schlucken. Aber sie hielten durch und waren täglich dabei. Es wurden Feldflaschen mit warmem Tee verteilt, was ihnen die Arbeit erleichterte. Zuerst wurden die Hauptstraßen von Trümmern befreit. Darunter war auch ihre kleine Hütte. Zuvor waren sie in eine kleinere Straße umgezogen und hatten es sich dort gemütlich gemacht. Es wurden sogar Kerzen besorgt, die das Ganze noch gemütlicher machten. Bald wurden aber auch diese kleinen Straßen mit Baggern geräumt. Schnell mussten die Jungen und Mädchen wieder ihre Hütte räumen. Aber wohin? Es gab nur noch Ruinen, die man aber nicht betreten durfte. An diesen hingen große Schilder, auf denen "Betreten verboten" stand. Sie ahnten, dass nun ihre schöne Zeit vorbei war.

Bald begannen die 50er Jahre. Die Männer hatten alle Arbeit. Man konnte wieder einkaufen. Was tat sich bei Barbara und Paul? Sie waren wieder zusammen, aber im ständigen Streit. Die Selbstständigkeit sah so aus: Morgens schlief er lange, zum Mittag ging er dann los, um Aufträge zu holen. Natürlich durften es nur Kleinigkeiten sein, wie kleine Reparaturen. Es gab sehr viel zu reparieren. Jeder versuchte aus seinem kaputten Haus ein wohnliches Zuhause zu machen. Wer mauern konnte, hatte sich aus den Trümmern Ziegelsteine herausgesucht, den Zement abgeklopft, und so konnte man wieder eine neue Mauer bauen. Alles, was aus Holz war, dafür wäre Paul zuständig gewesen. Aber er war zu bequem dafür. Darum hatte sein Vater ihn auch aus seiner Firma entlassen. So kam es, dass er nur wenig Geld nach Hause brachte. Manchmal auch nur Essbares.

Barbara dachte sehr oft an Jonny und zog Vergleiche. Jonny war fleißig, hatte aber kein Geld, weil er nie einen Vorgesetzten haben wollte. Paul könnte Geld haben, war aber zu bequem, um zu arbeiten!

Was sollte sie tun? Sie musste einen Mann finden, der arbeitete und Geld verdiente. Zur gleichen Zeit kam Alex aus der Schule und wollte Designer werden. Zu seinem Großvater wollte er nicht in die Lehre gehen, obwohl sein Vater ihm mehrmals geraten hatte. Er fand eine Lehrstelle in einer kleinen Firma, die Möbel herstellte und Dekorationen in großen Gebäuden machte, besonders wenn es Ausstellungen auf Messegeländen gab. Daran hatte Alex großes Interesse.

Nun musste er immer früh aufstehen und manchmal bis spät abends arbeiten. Es machte ihm großen Spaß, und er lernte sehr viel. Sein Meister war sehr zufrieden mit ihm. Am Wochenende traf er sich immer noch mit seinen Freunden. Diese erzählten ihm, dass sie in einer großen Firma arbeiteten und viel Geld verdienten. Manche hatten sogar schon ein Motorrad. Alex war ein wenig neidisch, denn er verdiente nicht so viel Geld. Daher fragte er seinen Meister nach einer Gehaltserhöhung. Dieser sagte ihm: „Du bist ein Lehrling, und Lehrlinge bekommen kein höheres Gehalt!" Was sollte er tun? Er hatte schon bemerkt, dass seine Mutter sehr unzufrieden war, und er konnte seinen Vater nicht verstehen. Jeder konnte doch in dieser Zeit viel Geld verdienen, es wurde überall gebaut, und Handwerker wurden dringend gebraucht. Seine Mutter wollte er nicht fragen, daher beschloss er, mit Onkel Jonny zu sprechen.

Ein Freund von ihm hatte ein Motorrad, und diesen fragte er, ob er mit ihm in die Eifel fahren wollte. Er war einverstanden, und sie fuhren zusammen dorthin. Als sie am Haus ankamen, hoffte Alex, ein fertiges Haus vorzufinden. Aber es hatte sich nichts verändert, es sah genauso aus wie beim letzten Besuch. Alex klopfte an der Tür, aber niemand öffnete. Er klopfte erneut, doch wieder kam niemand.

Nun wurde Alex unruhig und schaute sich im Garten um. Er bemerkte, dass dort gearbeitet worden war. Der Garten, der bei ihrem letzten Besuch voller Unkraut war, war nun wunderbar angelegt, mit Rosen, Sträuchern und Gemüsepflanzen. Es gab sogar einen gepflasterten Weg. Alex staunte und dachte: Das hätte meiner Mutter sehr gefallen. Er wollte schon wieder nach Hause fahren, als er Personen sah, die in der Nähe ein neues Haus bauten. Er ging zu ihnen und fragte, ob sie Jonny kannten. Sie nickten und sagten, dass er vor etwa einer Woche einen Unfall gehabt und im Krankenhaus sei. Es gab nicht viele Krankenhäuser in der Nähe, also beschloss er, sofort dorthin zu fahren.

Nun war er froh, seinen Freund bei sich zu haben. Sie fuhren schnell, für Alex zu schnell, zurück nach Köln in den Vorort, wo sie auch wohnten. Es gab zwei Krankenhäuser, ein evangelisches und ein katholisches. In das katholische Krankenhaus, das von Nonnen geführt wurde, wäre Jonny nie gegangen. Also fuhren sie sofort zu dem evangelischen Krankenhaus. Dort fanden sie Jonny. Als er ihn sah, erschrak er, denn er hatte stark abgenommen, war unrasiert, und seine Augen lagen tief in den Augenhöhlen. Er war nicht mehr der gutaussehende Mann, den er kannte und bewunderte.

Jonny erkannte Alex sofort und sagte: „Da bist du ja, mein Junge!" Seine Augen strahlten, als er hinzufügte: „Du willst sicher wissen, warum ich hier liege." Alex nickte, unfähig zu sprechen, denn er hatte einen dicken Kloss im Hals. Also erzählte Jonny alles sehr schnell, wie ein Wasserfall. Alex konnte nur herausnehmen, dass er am Haus von der Leiter gestürzt war, sich einige Frakturen sowie innere Verletzungen zugezogen hatte und dass einige Organe nicht mehr richtig funktionieren würden.

Nun trat Alex an sein Bett und drückte ihm ganz fest die Hand, schaute ihn an und sagte: „Onkel Jonny, du wirst wieder gesund! Ich habe deinen Garten gesehen, der ist wunderbar, und das Haus wirst du auch noch großartig fertig bauen!" Darauf antwortete Jonny: „Mein Junge, ich werde nicht mehr arbeiten können, bald bin ich nicht mehr in dieser Welt!" Alex drückte seine Hand noch fester, Tränen traten in seine Augen. „Sei nicht traurig, mein Junge!" sagte Jonny und wollte, dass Alex gehen sollte. Dieser war sehr traurig und kam nicht mehr dazu, ihn zu fragen, was er in seiner beruflichen Zukunft tun sollte. Es verging noch einige Zeit, bis er sich entschloss, etwas anderes zu machen.

Zu dieser Zeit war seine Mutter zu einer Freundin gezogen. Nun wohnte er nur noch mit seinem Vater zusammen. Alex fühlte sich frei und mit 16 Jahren schon sehr erwachsen. Er konnte nun machen, was er wollte, und traf sich nach wie vor mit seinen Freunden. Eines Tages vermisste er seinen Freund mit dem Motorrad und fragte, ob die anderen wüssten, wo er sei. Ihre Antwort schockierte Alex. Er hatte einen tödlichen Unfall mit seinem Motorrad gehabt. Mit dem Motorrad, auf dem er noch vor Kurzem mitgefahren war. Er musste sofort nach Hause, um das Ganze zu verarbeiten. Durch den Tod seines Freundes musste er an seinen Onkel denken und ging am nächsten Tag ins Krankenhaus, um ihn zu besuchen. Als er ankam, lag er nicht mehr auf der Station, sondern war in der Zwischenzeit verstorben. Nun hatte Alex zwei Tode zu betrauern. Er fuhr zu seiner Mutter, um ihr vom Tod seines Onkels zu berichten. Sie war nicht einmal erschrocken und schon gar nicht traurig darüber. Stattdessen erzählte sie, dass sie einen neuen Freund habe und sie bald heiraten würden. Alex gab dazu keinen Kommentar und schüttelte nur den Kopf.

Wie schnell sich alles ändern kann, dachte er, und fuhr wieder zu seinem Vater. Es dauerte eine Weile, bis sich Alex ein wenig beruhigt hatte. An einem Sonntagnachmittag traf er ein Mädchen, das sich vor ihn stellte und sagte: „Erkennst du mich nicht?" Alex schaute und erkannte seine Freundin aus den „Kellerhütten". Sie hatte sich zu ihrem Vorteil verändert. Sie hatte seine Größe, blondes Haar und leuchtende blaue Augen, die ihn strahlend anschauten. Sie lachte und sagte: „Weißt du noch, wie wir uns geküsst haben?" „Ja," sagte er und konnte sich noch genau erinnern. Von da an sahen sie sich fast täglich. Sie suchten sich eine Stelle, wo sie für sich waren. Sie kannten diesen Vorort und die Orte, wo sie ungestört waren. Nun kamen sie sich näher und wurden ein Paar, das sich sehr liebte, besonders von Gundas Seite, so hieß das Mädchen. Sie empfahl Alex, in einer großen Firma zu arbeiten, wo er viel Geld verdienen würde. Dann hätten sie genug Geld und könnten heiraten. Aber vom Heiraten war Alex noch sehr weit entfernt. „Da habe ich schlechte Erfahrungen mit meinen Eltern gemacht," dachte er, nahm sie in den Arm und drückte sie fest an sich. Es dauerte nicht lange, da bewarb sich Alex bei einer Firma, die ihn auch wegen seiner guten Zeugnisse sofort einstellte.

Er wusste zuerst nicht, ob er Maschinenschlosser lernen sollte oder ob er sofort im Akkord arbeiten sollte, um viel Geld zu verdienen. Er entschied sich für Letzteres. Nun arbeitete er in einer großen Firma, die Lokomotiven herstellte. Der Meister, der ihn anlernte, stellte sehr schnell fest, wie geschickt und fleißig Alex war. Es waren manchmal schwere Arbeiten, bei denen er große Teile heben und tragen musste, um sie in große Maschinen einzuspannen, damit diese bearbeitet werden konnten. Jeden Freitag gab es Geld. Es wurde von einer Sekretärin an die Arbeiter verteilt. Alle warteten darauf, besonders die älteren Arbeiter, die sich danach gerne ein Bier genehmigten. Alex freute sich ganz besonders, denn er konnte sich nun endlich neue Kleidung kaufen und auch noch Geld sparen. Seinem Vater erzählte er nicht, wie viel Geld er verdiente. Er wusste genau, dass sein Vater einen Teil davon haben wollen würde, wenn er es erfahren würde. Er sprach kaum noch ein Wort mit ihm. Inzwischen hatte sein Vater schon einige Möbel aus der Wohnung verkauft, darunter auch seine Ziehharmonika, über die er sich sehr geärgert hatte.

Das Verhältnis zu seinem Vater war nie besonders innig gewesen. Er hatte ihn nur als seinen Vater akzeptiert, aber ohne große Achtung. In den Jahren 1951 und 1952 gab es sehr viele Veränderungen. Zuerst starb die Frau vom Großvater, zu der Alex und sein Bruder Helmut sehr wenig Kontakt hatten. Sie war eine ruhige und sehr religiöse Frau. Nur zu Weihnachten schenkte sie ihren Enkelkindern Süßigkeiten, danach sahen sie ihre Großmutter nicht mehr. Nach ihrer Beerdigung wurde der Großvater sehr krank und musste wegen eines Herzinfarktes ins Krankenhaus. Anschließend erholte er sich nie mehr richtig. So geschah es, dass er zu seinem Sohn ging und ihm sagte, dass er die Firma übernehmen solle, aber nur unter einer Bedingung: „Du wirst die Leitung der Firma dem Meister Lehmann übergeben, das ist ein guter Mann!" Paul antwortete: „Aber ich bin doch Meister, ich kann doch alles übernehmen!" Großvater, der auch Alexander hieß, antwortete wütend: „Du, du bist doch faul. Wenn du die Führung übernimmst, gebe ich dir kein Jahr, dann ist die Firma kaputt!" Nach diesen Worten drehte er sich um und ging fort. Er war sehr wütend und enttäuscht, dass er so einen Sohn hatte. In seinen Enkel Alex hatte er große Hoffnungen gesetzt, dass er einmal ein guter Schreiner und auch ein guter Chef würde. Aber es sollte nicht sein. Im Moment fühlte er sich gut, denn er hatte eine junge Frau kennengelernt, mit der er glücklich war. Wenigstens ein Lichtblick, dachte er.

Inzwischen war Alex so glücklich mit Gunda, dass ihn seine Verwandtschaft nicht mehr so sehr interessierte. Er besuchte nur ab und zu seine Mutter, die inzwischen geschieden war. Von ihr erfuhr er eines Tages, dass sie ein Kind erwartete und ihren Freund, Rainer, heiraten würde. Sie erzählte voller Stolz, dass er ein sehr kluger Mann sei, eine feste Anstellung als Buchführer in einer kleinen Firma habe, gutes Geld verdiene und dass sie bald eine Neubauwohnung bekommen würden, in die er dann einziehen könne. Als Alex das hörte, dachte er sich: "Ich warte erst einmal ab. Meine Mutter hatte nie das Glück an ihrer Seite. Ich versuche natürlich, ihr zu helfen, so gut ich kann." "Was macht eigentlich Helmut?" fragte er noch seine Mutter. "Helmut hat einen guten Abschluss in der Volksschule gemacht und seine Lehre als Kaufmann ebenfalls mit einem guten Abschluss beendet. Nun wird er bei seinem Vater in der Schreinerei als Buchführer arbeiten." Oh Schreck, dachte Alex, das kann nicht gut gehen.

Alex beeilte sich, zu seinem Vater zu kommen. Er traf ihn mit einer Flasche Champagner und seiner Freundin an. Sie waren beide nicht mehr nüchtern. Es lagen schon drei leere Flaschen auf dem Boden. Alex wollte gehen, als er seinen Vater sagen hörte: "Ich bin bald Chef von einer großen Schreinerei, und dein Bruder wird mir dabei helfen!" Alex drehte sich zu seinem Vater und sagte verächtlich: "Du ein Chef? Du bist doch ein Waschlappen!" Danach verließ er die Wohnung und nahm allen Mut zusammen, zu seinem Großvater zu gehen, in der Hoffnung, alles wieder rückgängig zu machen. Großvater war erstaunt, als er seinen Enkel sah, und fragte, was er wollte. Alex erzählte in kurzen Worten, was er erfahren hatte, und fragte ihn: "Kannst du nicht alles wieder rückgängig machen?" "Nein," sagte er. "Ich will auch nicht mehr. Ich werde meine Grundstücke und das Haus, in dem jetzt dein Vater wohnt, verkaufen und mit meiner neuen Frau ein gutes Leben führen. Ich habe lange genug gearbeitet." "Aber mein Vater kann doch diese Firma nicht verwalten," versuchte Alex seinen Großvater doch noch umzustimmen. Aber er schüttelte nur den Kopf und sagte laut und deutlich: "NEIN!" Alex ging enttäuscht von seinem Großvater fort und konnte nicht verstehen, dass dieser Mann, der so viel für seine Firma und seine Angestellten getan hatte, nun alles aufgab.

Der Einzige, der eventuell das "Unheil" verhindern könnte, wäre sein Bruder Helmut. Er fuhr mit der Bahn ins Bergische, wo sein Bruder immer noch bei ihrer Großmutter wohnte. Sie hatten sich lange nicht mehr gesehen. Sein Bruder war inzwischen zu einem Mann herangewachsen und machte einen vernünftigen Eindruck. Alex war voller Hoffnung. Aber als er das Gespräch auf die Firma brachte, bekam er einen Schreck. Helmut war ganz begeistert. Er sagte: "Mein Vater und ich werden die Firma ganz groß herausbringen! Ich werde ein eigenes Büro bekommen, ein Firmenauto und eine Sekretärin. Vater wird die Aufträge hereinholen, und die Angestellten werden für uns arbeiten. Ich habe alles mit ihm besprochen." Dabei strahlten seine Augen. Was sollte Alex da noch sagen? Er begrüßte noch seine Tante Lieschen, Onkel Fritz, seine Vettern Heinz, Derick und Manfred sowie seine Großmutter. Beim Hinausgehen rief sie noch: "Du wirst ja bald eine Schwester oder einen Bruder bekommen!" "Ich weiß," sagte er noch und fuhr sehr enttäuscht nach Hause. Unterwegs dachte er an frühere Zeiten. Wann hatte er einmal schöne Erlebnisse ohne Enttäuschungen? Es waren immer nur kurze Augenblicke, in denen er glücklich und zufrieden war. "Ich bin noch jung," dachte er. "Es werden bestimmt noch schöne Zeiten kommen." Dabei dachte er an Gunda.

Die Hochzeit seiner Mutter fand statt. Dabei lernten Alex und Helmut Rainer, den neuen Mann ihrer Mutter, kennen. Sympathie war von beiden Seiten nicht zu sehen und zu spüren, aber ihre Mutter war glücklich. Das Kind sollte im Mai geboren werden, und bis dahin hätten sie eine Wohnung mitten im Kölner Zentrum.

Es trat alles so ein, wie es geplant war. Paul und Helmut übernahmen die Schreinerei. Als erstes wurde ein kleines Bürogebäude angebaut, was Großvater nie gebraucht hätte, denn er hatte alle Formalitäten am Esstisch erledigt. Ein Privatauto wurde angeschafft, und ein neues, größeres Firmenauto. Dafür wurde ein Kredit aufgenommen. Die Bank informierte Großvater. Dieser kündigte das Konto, es sollte auf den Namen seines Sohnes laufen. Die Schreinerei und das Grundstück wurden seinem Sohn überschrieben. Als alles erledigt war, verkaufte er seine Baugrundstücke und seine beiden Häuser. In einem der Häuser wohnte Paul mit seiner neuen

Frau Gerda. Nachdem Barbara verheiratet war, heiratete auch Paul seine Freundin Gerda. Nun war es so, dass er am 1. des Monats Miete an einen für ihn Unbekannten zahlen musste. Das war ihm gar nicht recht, und er ging erbost zu seinem Vater. Dieser sagte: "Ich habe das ganze Geld hier in meiner Hosentasche. Du kriegst von mir keinen Pfennig davon, niemand von deiner Familie! Ich werde alles mit meiner neuen Frau verjubeln!" Das waren harte Worte, und Paul wusste, dass er da keinen Einspruch erheben konnte.

Im Mai 1952 bekamen Helmut und Alex eine Schwester. Barbara und Rainer waren glückliche Eltern und nannten ihr Kind Ruth. Zeitgleich konnten sie auch die neue Wohnung in Köln beziehen. Das Geld war da, um den größten Teil der Wohnung mit Möbeln einzurichten. Helmut zog aus dem Bergischen fort und wohnte nun mit Alex in der neuen Wohnung. Sie mussten sich allerdings ein Zimmer teilen. Es war nur zum Schlafen gedacht, denn tagsüber waren sie auf ihren Arbeitsplätzen.

Barbara war nun eine stolze Mutter und Ehefrau. Ihr Mann ging in der Woche täglich um 7 Uhr aus dem Haus und kam am späten Nachmittag nach Hause. Es hieß, er müsste Überstunden machen. Am Abend saß die neue Familie beim Essen zusammen am Tisch. Niemand redete ein Wort. Ab und zu hörte man die kleine Ruth weinen. Helmut dachte nur an die Schreinerei und erzählte manchmal aus der Firma. Alex wollte von Gunda erzählen, aber sagte nichts. Es verging einige Zeit, da sprach Rainer zu Helmut und Alex: „Ihr müsst euer ganzes Geld, was ihr verdient, mir abgeben. Ihr bekommt dann im Monat einmal ein Taschengeld!" Helmut und Alex waren entsetzt. Nun sagte ihre Mutter: „Wir brauchen das Geld, um die Wohnung weiterhin einzurichten und wenn ihr Kleidung braucht, werden wir euch diese anschaffen!" Bei dieser Äußerung weinte sie, denn diese Forderung war ihr nicht recht. Aber sie dachte an die kleine Ruth, die kostet auch viel Geld und erwähnte es noch hinzu. Die beiden Jungen gaben ihr Einverständnis. Aber Helmut wollte als Ältester zumindest mehr Taschengeld. Alex war froh, Gunda zu haben. Mit ihr konnte er über alles reden. Als er erzählte, dass er demnächst weniger Geld haben würde, sagte Gunda: „Wenn wir beide 18 Jahre alt sind (sie waren im gleichen Alter), dann werden wir heiraten und eine eigene Familie gründen!" Alex wusste nicht, was er darauf antworten sollte. Es klang sehr vernünftig.

Es verging ein Jahr, Alex wurde 18 Jahre alt. Er hatte seine kleine Schwester, die nun schon 2 Jahre alt war, sehr ins Herz geschlossen. Die Wohnung war nun komplett und geschmackvoll eingerichtet. Es fehlte nichts, und sie konnten ein gutes Leben führen. Helmut war kaum noch zu Hause. Er hatte einen Führerschein und war am Wochenende mit dem Auto, meistens mit einer Freundin, unterwegs. Das Benzin wurde von der Firma bezahlt.

Wenn Alex sich mit Gunda traf, drehte es sich immer nur um das Thema Heiraten. Eines Tages konnte Alex es nicht mehr hören und sagte: „Wir werden noch nicht heiraten, wir werden warten!" Oh, das war nicht schön für Gunda, als sie das hörte. „Dann werde ich Hermann heiraten, der hat mir einen Heiratsantrag gemacht!" Sie wusste genau, dass das gelogen war. Sie wollte schon sagen, das stimmt nicht, aber dazu kam sie nicht mehr. Als Alex das hörte, sagte er: „Dann heirate deinen Hermann, aber mich siehst du nie mehr wieder!" Er sagte es laut und deutlich, drehte sich herum und ging fort.

Nun begann für Alex ein neues Kapitel seines Lebens. Mit 18 durfte er nun auch Überstunden machen und verdiente mehr Geld. Dieses Geld durfte er behalten. Die Arbeit in dieser Firma war sehr anspruchsvoll, weil sie nicht nur im Akkord verrichtet werden musste, sondern auch sehr präzise. Aber Alex war bereits so gut angelernt, dass es ihm nicht so schwer fiel, und bei dem Meister war er gut angesehen. Er kannte auch einige Kollegen, mit denen er an den Wochenenden durch die Kneipen von Köln zog. Es gefiel ihm sehr gut, denn er lernte dadurch viele Mädchen kennen. Nun spürte er, dass er ein Mann war und bei den Mädchen und auch bei Frauen sehr gut ankam. Gunda hatte er nie mehr gesehen. Nach einem Jahr erfuhr er von einem Kollegen, dass Gunda verheiratet sei. Es machte ihn nicht traurig. Darüber erschrak er und fragte sich: Hast du Gunda überhaupt geliebt? Er konnte sich keine Antwort geben; denn was wusste er von Liebe?

Die Zeiten des Vergnügens genoss Alex in vollen Zügen. Zu Hause war alles in Ordnung. Seine Mutter war zufrieden, Ruth entwickelte sich zu einem aufgeweckten Kleinkind. Mit seinem Stiefvater sprach er kaum ein Wort. Bei ihm ging es sowieso nur ums Geld. Seinen Vater sah er ab und zu. Am Anfang erzählte er von sehr guten Aufträgen und dass es der Schreinerei gut gehen würde. Aber auf einmal wurde er ruhiger und sagte: „Die Banken geben mir keinen Kredit mehr, die wollen Sicherheiten und die habe ich nicht mehr". Da wusste Alex, was los war, und er dachte sich, dass die Schreinerei bald in Konkurs gehen würde, so wie er es vorausgesehen hatte. Er störte sich nicht daran. Er wollte Spaß haben und besuchte eine Tanzschule, um tanzen zu lernen. Dort lernte er nicht nur das Tanzen, sondern auch einen jungen Mann kennen, mit dem er sich anfreundete. An einem Wochenende beschlossen sie, in ein Tanzlokal zu gehen, das sich in dem Vorort befand, wo er früher gewohnt hatte.

Es war Schicksal, denn nur an diesem Tag saß ein Mädchen in diesem Tanzlokal, das später einmal seine Frau werden sollte.

6. Kapitel „Alex und Helga"

Es war Oktober 1956. Helga war bei einer Näherei für Lederbekleidung beschäftigt. Sie fühlte sich sehr wohl dort und hatte eine sehr nette Arbeitskollegin. Sie verstanden sich gut und erzählten sich alles, was sie so erlebt hatten. Helga hatte nicht viel zu erzählen, außer dass sie mal im Kino war. Aber Maria, so hieß die Kollegin, erzählte, dass sie jeden Samstag zum Tanzen ging. „Gehst du allein?" fragte Helga. „Nein, mit meinem Bruder. Er bringt mich dort hin und wir gehen zusammen nach Hause. Warum kommst du nicht einmal mit?" fragte Maria. „Da muss ich meinen Vater fragen und ich kann auch nicht tanzen," sagte Helga. „Das ist nicht schlimm, ich kann es auch nicht so gut," war ihre Antwort. Als Helga nach Hause kam, fragte sie ihren Vater, ob sie in einem Vorort von Köln tanzen gehen dürfte. Eine Antwort bekam sie nicht. Nach zwei Tagen kam ihr Bruder Hans und fragte sie, wie das Tanzlokal hieße. Sie sagte: „Zum lustigen Wirt". Daraufhin sagte Hans: „Das kenne ich, ich werde dich dorthin begleiten."

Nun kam die Freude doch über Helga. Maria und Helga trafen sich um 19 Uhr vor dem Tanzlokal „Zum lustigen Wirt". Hans begrüßte Maria mit den Worten: „Um 22 Uhr muss Helga wieder zu Hause sein, sie ist noch keine 18 Jahre alt!" „Holst du mich ab?" fragte Helga ihren Bruder. „Nein, du kannst um 21:30 Uhr mit dem Zug nach Hause fahren. Ich habe mich in Köln verabredet", sagte er. Marias Bruder sagte noch: „Ich bin ja auch noch da, ich werde dafür sorgen, dass ihre Schwester früh genug zur Bahn kommt!"

Nun gingen sie in das Lokal. Helga war enttäuscht, sie hatte sich ein Tanzlokal anders vorgestellt. Es war in dieser Zeit üblich, dass die Gaststätten, die groß genug für eine Tanzfläche und eine kleine Musikkapelle waren, daraus ein Tanzlokal machten. Die jungen Leute waren froh, dass es so etwas gab. Man konnte Bier trinken, wie in einer normalen Gaststätte. Wenn man in ein Tanzlokal ging, musste man für die Getränke viel Geld bezahlen und dann wurde meistens auch nur Wein angeboten, was von den älteren Leuten gerne getrunken wurde. Die Umgebung war wohl festlicher und die Tanzfläche auch größer, aber für die meisten Jugendlichen nicht bezahlbar.

Inzwischen hatten Helga und Maria an einem Tisch Platz genommen, an dem vier Stühle standen. Helga bestellte ein Glas Weißwein und Maria ein Glas Cola. Es war noch leer. Es wurde 20 Uhr, die Kapelle fing an zu spielen und das Lokal füllte sich plötzlich sehr schnell. Zwei Herren standen plötzlich am Tisch und fragten, ob sie sich zu ihnen setzen dürften. Helga wollte nicht und sagte: „Es gibt noch andere freie Plätze!" Die beiden Herren gingen fort. Maria war ein wenig verärgert über die Äußerung. Helga entschuldigte sich und sagte: „Ich trinke den Wein aus und dann fahre ich nach Hause, mir gefällt es hier nicht!" Sie hatte den Satz kaum ausgesprochen, da kamen vier Herren an den Tisch. Sie nahmen sich noch zwei andere Stühle und setzten sich zu Helga und Maria. Helga erschrak und wollte etwas sagen, doch in diesem Moment begann die Kapelle eine schöne, langsame Melodie zu spielen. Einer der Herren stand auf und bat Helga um einen Tanz. In dem Moment wusste sie nicht, ob sie ja oder nein sagen sollte. Sie ging mit dem Herrn auf die Tanzfläche und sagte: „Ich kann aber nicht tanzen!" Er antwortete: „Ich komme gerade von der Tanzschule, ich werde Sie führen!" Er legte seinen Arm auf ihren Rücken, nahm ihre Hand und führte tatsächlich Helga zu der schönen langsamen Melodie. Sie wagte es nicht, ihn anzusehen, sondern konzentrierte sich nur auf die Führung. Die Musik hörte auf und nun, als sie sich gegenüberstanden, betrachtete Helga den Tänzer genauer. Er lächelte sie an und sprach: „Sie haben sich wunderbar führen lassen, darf ich um den nächsten Tanz bitten?" Er hatte eine sympathische Stimme mit einem Kölner Dialekt, blaue Augen, dunkles gewelltes Haar und einen Schnäuzer, und Helga dachte: "Wenn er nur den Schnäuzer nicht hätte, wäre er ein sehr gutaussehender Mann."

Es folgten noch mehrere Tänze. Maria tanzte auch mit einem der anderen Herren, die am Tisch saßen. Helga erschrak, als sie auf ihre Armbanduhr schaute und feststellte, dass es bereits 21:30 Uhr war. Als sie nochmals zum Tanz aufgefordert wurde, verneinte sie und sagte: „Ich muss nach Hause fahren!" Nun stellte sich der Tänzer vor und sagte: „Ich heiße Alex, und das ist mein Bruder Helmut", er zeigte auf einen anderen Herrn, der bisher noch kein Wort gesprochen hatte, „wir werden Sie nach Hause fahren!"

Da wusste Helga wiederum nicht, was sie sagen sollte. Zuerst einmal war sie über den Namen „Alex" erfreut und fragte: „Heißen Sie Alexander?" „Ja, ich werde aber Alex genannt!" Inzwischen schaltete sich Maria ein und machte den Vorschlag: „Wenn Sie mich nach Hause fahren würden, könnte Helga auch nach Hause gefahren werden, wir haben quasi denselben Weg!" Nun stellte sich auch Helmut vor und sagte: „Ich fahre Sie beide mit meinem Auto nach Hause." Maria sagte ihrem Bruder, der an der Theke stand, Bescheid, dass sie nach Hause gefahren würden.

Nun saßen sie im Auto. Maria, die zuerst aussteigen musste, saß neben Helmut. Es wurde kein Wort gesprochen. Helga saß stocksteif neben Alex und dachte nur: Was mache ich da? Nach kurzer Zeit kamen sie in einem Vorort von Köln namens Gremberg an. Maria stieg aus, denn sie war zu Hause angekommen. Helmut fragte Helga, wo sie nun aussteigen müsse. „Ich wohne in einer kleinen Siedlung, nicht weit von hier", sagte sie. Alex wollte seinen Arm um Helga legen, als Helmut weiterfuhr, aber sie wehrte sich und rückte ein Stück weg von ihm. Um etwas zu sagen, fragte Alex: „Wie heißen Sie?" „Ich heiße Helga!" „Das ist aber ein schöner Name, der hat mir immer schon sehr gut gefallen!"

Sie kamen an dem Haus an, in dem Helga wohnte. Sie stieg aus und bedankte sich bei Helmut für das Nachhausebringen. Alex winkte ihr nur zu und sagte Tschüss. Bevor Helmut einstieg, fragte er Helga: „Ist hier ein Postamt im Haus?" „Ja", antwortete Helga, „mein Vater leitet das Postamt!" Sie winkte noch einmal und war pünktlich um 22 Uhr zu Hause.

Es vergingen etwa 14 Tage, und Helga hatte schon nicht mehr an den Abend gedacht. Es war wieder Samstag. Helga stand früh auf, um ihre Wäsche zu waschen. Heute war ein sonniger Tag, und die Wäsche würde draußen gut trocknen. Die Tage waren bereits sehr kurz; denn sie wollte noch im Hellen ihre Schwester Elfriede besuchen, die ebenfalls in der Siedlung wohnte. Sie hatte einiges vor. Im Keller befand sich das Badezimmer, das auch als Waschraum benutzt wurde. In der Badewanne wurde die Lauge von der Bettwäsche aufgefangen, um darin noch stark verschmutzte dunkle Wäsche einzuweichen. Es war eine Art von Vorwäsche. Diese Lauge wurde von Helgas zweiter Mutter Lisbeth benutzt. Es gab eine ältere Waschmaschine. Diese hatte einen Wasserzugang, ein Waschprogramm und einen Schlauch, der am Badewannenrand befestigt war, um die Lauge dort hineinzulassen. Beim Spülgang legte man den Schlauch auf den gefliesten Boden. Das Wasser lief dann in den vorgesehenen Abfluss. Es war alles ein wenig beschwerlich und zeitaufwendig. Am Mittag war Helga fertig und konnte ihre Wäsche draußen im Garten aufhängen.

Nach dem Mittagessen wollte Helga zu ihrer Schwester Elfriede. Bevor sie das Haus verließ, hörte sie das Telefon läuten. Sie dachte, dass es nur privat sein konnte, weil die Poststelle am Wochenende geschlossen war. Lisbeth ging ans Telefon und reichte Helga den Telefonhörer: „Für dich!" Helga nahm überrascht den Hörer und fragte: „Wer ist denn da?" Sie erkannte die Stimme von Helmut, der sie vor 14 Tagen nach Hause gefahren hatte. Dieser sagte: „Haben Sie Lust, zu uns nach Hause zu kommen? Wir haben ein kleines Fest, ich hole Sie auch ab!" Helga sagte: „Danke für die Einladung, aber ich komme nicht!" Da kam Alex ans Telefon und sagte: „Das ist aber schade, dass Sie nicht kommen wollen. Wir feiern ein kleines Fest, bei dem Sie meine Eltern und meine kleine Schwester kennenlernen würden. Kommen Sie doch bitte!" Helga überlegte kurz und sagte: „Ich komme!" Sie dachte, wenn die Eltern dabei sind, dann wird es in Ordnung sein. Sie informierte ihren Vater über den genauen Sachverhalt und war erstaunt, dass er kein Verbot aussprach. Anschließend holte sie noch schnell ihre trockene Wäsche von der Leine. Ihre Schwester besuchte sie nicht mehr.

Es dauerte nicht lange, da kamen Helmut und Alex mit einem Opel Rekord angefahren. Es war hell, und sie konnte sich den Wagen genau ansehen. Als sie im Auto saß, dachte sie, die müssen reich sein, wenn sie sich ein Auto leisten können. Es war ein schönes Gefühl, im Auto gefahren zu werden. Von ihren Verwandten hatte niemand ein Auto. Ihr Vetter hatte ein Motorrad, mit dem er sie einmal mitgenommen hatte. Es war sehr angenehm, den Fahrtwind zu spüren, aber sie hatte ein wenig Angst, weil ihr Vetter auch sehr schnell gefahren war. Danach wollte sie nicht mehr auf dem Motorrad sitzen.

Während der Fahrt im Auto wurde kaum gesprochen. Helmut schwieg. Alex erzählte, dass er einen Stiefvater habe, und Helga sagte: „Ich habe eine Stiefmutter und einen kleinen Bruder namens Peter, der zwei Jahre alt ist." „Wie alt ist Ihre Schwester?" fragte Alex. „Sie ist vier Jahre alt und heißt Ruth." Nach dieser kurzen Unterhaltung kamen sie in Köln an. Helga kannte die Stadt noch nicht so gut und war erstaunt, dass kaum noch Ruinen standen. Stattdessen sah sie viele restaurierte Häuser und auch Neubauten. Sie betraten ein Neubauhaus mit drei Etagen. Die Familie wohnte im ersten Stock. Als Helga in die Wohnung kam, war sie von der geschmackvollen Einrichtung des Flurs und des Wohnzimmers überrascht. Alles sah noch sehr neu aus. Zuerst kam die kleine Ruth auf sie zu und begrüßte sie: „Wie heißt du?" „Ich heiße Helga!" Kurze Zeit später kam eine gutaussehende Frau mit hellblond gefärbten Haaren auf sie zu, die gehört hatte, was Helga gesagt hatte, und sagte: „Herzlich willkommen, Helga!" Helga war froh über so viel Freundlichkeit. Alex half Helga aus dem Mantel und bat sie ins Wohnzimmer. Dort saß auch ein Freund von Alex, den sie schon im Tanzlokal kennengelernt hatte. Im Sessel saß ein Mann, von dem Helga annahm, dass er der Stiefvater sein musste. Dieser stand noch nicht einmal auf, um Helga zu begrüßen. Sie begrüßte ihn ebenfalls nicht, und keiner der anderen Anwesenden machte Andeutungen dazu, wer dieser Mann war.

Der Esstisch war nett gedeckt, und es roch nach leckerem Kuchen. Helga setzte sich zwischen Alex und Helmut. Die Mutter setzte sich neben den unbekannten Mann, den sie Reiner nannte. Sie verteilte Kuchen und ermunterte Helga, fleißig zu essen: „Sie sind sehr schlank, Sie könnten ruhig noch etwas zunehmen." Es wurde wenig gesprochen. Helga wusste nicht, was sie sagen sollte, und sie wäre froh gewesen, wenn man sie etwas gefragt hätte, dann hätte sie auch reden können. Jedenfalls schmeckte der Kuchen sehr gut. Um etwas zu sagen, meinte sie: „Der Kuchen schmeckt aber sehr gut!" Die kleine Ruth antwortete: „Den hat meine Mama gebacken!" Helga bemerkte, dass sich ihre Mutter darüber freute, und sagte: „Essen Sie ruhig noch ein Stück Kuchen!" Sie aß sehr gerne noch ein Stück. Nachdem sie alle ihren Kuchen gegessen hatten, stand Reiner auf und sagte: „Ich gehe noch spazieren!" Als er draußen war, begannen die Anwesenden plötzlich zu reden und sogar fröhlich zu sein. Erstaunlich, dachte Helga, was macht dieser Reiner, dass er seine Familie so sehr unter Druck setzt, dass sie gehemmt sind, zu reden. Helmut ging kurz nach Reiner aus dem Haus. Helga fragte sich: Was soll ich denn jetzt noch hier machen? Sie half beim Abräumen des Tisches und fragte, ob sie beim Spülen helfen dürfe. Die Mutter war nicht abgeneigt. Die Frauen standen in der Küche und spülten, während Alex und sein Freund Klaus, so hieß er, im Wohnzimmer blieben und sich mit der kleinen Ruth beschäftigten.

In der Küche versuchte Helga ein Gespräch mit der Mutter zu führen, indem sie fragte, wo denn ihr Mann arbeite. Die Mutter erzählte, dass ihr Mann in einer Firma als Buchhalter schwer arbeite und froh sei, wenn er sich am Wochenende ausruhen könne. Darum verhalte man sich auch immer sehr ruhig. Weiterhin berichtete sie, dass er am Wochenende und am Nachmittag gerne spazieren gehe, da er Bewegung benötige. „Nimmt er dann auch seine Tochter mit?" fragte Helga. „Nein, nie!" war die Antwort. Als sie fertig waren, wollte Helga gehen. Sie bedankte sich für den leckeren Kuchen und die Einladung und ging ins Wohnzimmer. Alex stand auf und fragte: „Sie wollen doch nicht schon gehen? Ich wollte mit Ihnen nochmal in das Tanzlokal fahren!" Das NEIN kam spontan aus Helgas Mund, und sie sagte noch: „Wir haben uns doch noch gar nicht richtig kennengelernt!" Klaus sagte plötzlich: „Ich werde auch so langsam nach Hause fahren, auf Wiedersehen, Frau Walter." Da hörte Helga, dass die Mutter von Alex, Helmut und Ruth „Frau Walter" hieß.

Als Klaus fort war, setzten sie sich zusammen, und Alex erzählte: „Ich arbeite in einer großen Firma als Radialbohrer im Akkord, und ich hätte am Wochenende mehr Ruhe verdient als Reiner." Helga hörte heraus, dass Alex ihn nicht leiden konnte. Frau Walter meinte jedoch: „Er sorgt für uns und ist ein strenger, aber kluger Mann und ein guter Vater!" „Was macht Helmut?" fragte Helga. Frau Walter wollte antworten, aber Alex kam ihr zuvor: „Helmut arbeitet bei seinem Vater, der eine große Schreinerei besitzt. Wenn Sie möchten, können wir nächstes Wochenende ins Kino gehen, und dann werden Sie im Vorspann eine große Werbung für die Schreinerei sehen." Alex hätte noch weitererzählt, aber man hörte, wie die Haustür geöffnet wurde und es plötzlich still wurde. Es war Helmut, der zurückkam und fragte: „Fahren wir jetzt zum Lustigen Wirt?" Alex verneinte, und

Helga fragte: „Wären Sie so freundlich und würden mich nach Hause fahren?" Ruth kam mit ihrer Puppe und sagte: „Bleib doch noch!" Es war draußen schon dunkel, und Helga wollte nach Hause, was sie auch sagte. Helmut war einverstanden, und Alex sagte: „Ich komme mit!"

Sie verabschiedete sich noch einmal von Frau Walter, und sie gingen zum Auto. Nun wusste Helga auch, woher das Auto kam. Bevor Helga neben Helmut Platz nehmen wollte, fragte Alex: „Setzen Sie sich doch bitte nach hinten, ich möchte gerne neben Ihnen sitzen." Helga setzte sich nach hinten und sagte: „Es war ein schöner Nachmittag." „Sehen wir uns nächste Woche wieder?" fragte Alex. „Und gehen wir dann zum Lustigen Wirt?" warf Helmut ein. „Nein, ich" (und dabei betonte Alex) „gehe mit Helga ins Kino." Helga schaute Alex überrascht an. Dieser nahm ihre Hand und sagte: „Ich heiße Alex, sollen wir uns duzen?" Helga nickte nur. „Wenn man sich duzt, dann küsst man sich auch," sagte Alex, zog Helga an sich und küsste sie auf den Mund. Helga wehrte sich nicht, war aber erschrocken und dachte: Es hat sich gut angefühlt, das erste Mal von einem Mann geküsst zu werden, wenn nicht dieser Schnäuzer wäre. Helmut hatte diesen Vorgang mitbekommen und räusperte sich, sagte aber nichts. Als Helga zu Hause ankam, stieg sie schnell aus und verabschiedete sich, indem sie Danke zu Helmut sagte und zu Alex: „Wir sehen uns nächsten Samstag!" Dieser sagte noch: „Ich rufe an!" Ein kurzes Winken, und Helga ging ins Haus.

So verging Woche für Woche. Helmut hatte sich zurückgezogen. Helga und Alex trafen sich nun jeden Samstag im „Lustigen Wirt", wohin sie mit dem Zug fahren konnte. Alex kam dann auch mit dem Zug. Inzwischen hatte Hans Alex auch kennengelernt, und sie fanden sich sympathisch, was er Helga auch sagte. An den Sonntagen fuhr Helga dann nach Köln zu Frau Walter. Die beiden hatten sich ein wenig angefreundet, auch die kleine Ruth. Wenn sie nachmittags ankam, war Reiner schon nicht mehr da. Die Begrüßung von Alex war sehr herzlich. Oft gingen sie in das Zimmer, das er mit Helmut teilen musste, und dort küsste er Helga sehr heftig. Diese küsste zurück; denn sie fand es sehr schön, von Alex geküsst zu werden. Inzwischen hatte er den Schnäuzer abrasiert, weil Helga ihn darum gebeten hatte. Ist das Liebe, dachte Helga. Sie kannte die „Küsserei" nur aus

Filmen. Bisher war sie noch nie von einem Mann geküsst worden. Wenn sie an den Samstagen tanzten, drückte Alex sie ganz fest an sich. So konnte sie seine Bewegungen sehr gut mitmachen, und sie tanzten eng umschlungen. Helga war glücklich.

Es ging auf Weihnachten zu, und sie kannten sich nun zwei Monate. Helga sollte doch einmal seinen Vater und die Schreinerei kennenlernen. Alex' Vater war ein sympathischer Mann. Helmut hatte sehr viel Ähnlichkeit mit ihm. Alex kam mehr nach seiner Mutter. Nun wurde Helga die Schreinerei gezeigt. Es war Samstag, und die Maschinen waren nicht in Betrieb. Alex war erstaunt darüber, denn als sein Großvater die Firma noch hatte, liefen sie auch samstags. Alex fragte seinen Vater: „Warum laufen die Maschinen nicht?" Er antwortete: „Ich habe nicht mehr so viele Aufträge!" Das konnte Alex nicht verstehen. Wo doch so viel gebaut wurde; denn Türen, Fenster und Fußböden brauchte jeder. Er sagte nichts mehr, nahm Helga an die Hand, und sie gingen nach draußen. Alex war wütend. Er konnte sich nicht beruhigen und sagte nur: „Wenn ich nach Hause komme, werde ich Helmut fragen, was hier los ist. Aber ich kann es mir schon denken." Dieses Mal trennte sich Alex nicht so zärtlich von Helga, als er sie zum Bahnhof brachte. Er sagte nur: „Bis nächsten Samstag!"

Es war schon Freitag, als Helga Alex traf. Er hatte sie von dem Lederbekleidungsgeschäft abgeholt, in dem Helga arbeitete. Sie war überrascht, als sie Alex sah. Auf dem Weg nach Hause erzählte er laut und heftig, was Helmut ihm gesagt hatte. Der Firma ging es sehr schlecht. Sie hatten keine Aufträge mehr und von einigen Firmen noch kein Geld bekommen. Die Bank würde kein Geld mehr geben, weil keine Sicherheiten da wären. Sie konnten die Arbeiter nicht mehr bezahlen, sie müssten Konkurs anmelden. Nach diesen Worten blieb er plötzlich stehen und sagte: „Das habe ich alles vorausgesehen. Mein Vater ist ein fauler und bequemer Mensch. Er hat gedacht, es ging alles von allein, und Helmut kann den Mund nicht aufmachen, um seinem Vater zu sagen, was er machen soll." Nun gingen sie weiter, und Helga nahm Alex' Hand und drückte sie ganz fest. Er blieb wieder stehen, schaute sie an und sagte: „Es tut sehr weh, wenn eine Firma, die schon über 50 Jahre besteht und immer gut gelaufen ist, nun plötzlich durch eigenes Verschulden bankrott ist! Hätte ich doch nur auf meinen Großvater gehört, dann hätte ich die Schreinerei übernommen, mir wäre es nicht passiert. Morgen werde ich meinen Großvater besuchen, kommst du mit?" „Ja", sagte Helga und fragte noch: „Warum hast du nicht bei deinem Großvater angefangen?" Die kurze Antwort: „Ich wollte nicht!" Sie gingen wortlos weiter, aber nicht zu Alex nach Hause, sondern er brachte Helga zum Bahnhof.

Zu Hause machte sich Helga Gedanken über Alex und dachte: "Bei ihnen zu Hause gibt es einige Probleme. Davon wird mir Alex bestimmt mit der Zeit erzählen." Sie selbst musste unbedingt ihren Schwestern Elfriede und Margarete erzählen, dass sie einen Freund hat. Hans wusste es schon, aber Rudolf noch nicht. "Den muss ich unbedingt besuchen. Ich habe ihn lange nicht mehr gesehen", dachte Helga. "Wann werde ich es meinem Vater erzählen? Er sollte Alex unbedingt kennenlernen. In zwei Monaten werde ich 18 Jahre alt, und dann werde ich Vater fragen, wann ich Alex einmal mit nach Hause bringen kann."

Ein paar Tage später lernte Helga den Großvater von Alex kennen. Er sah sehr krank aus und hustete stark. Zur Begrüßung sagte er zu Alex: "Ich weiß, warum du kommst. Ich habe alles vorausgesehen! Nun ist nichts mehr zu ändern, von mir bekommt dein Vater keinen Pfennig, das ganze Geld hat meine junge Frau!" Alex sagte nur: "Du musst zum Arzt gehen!" Worauf sein Großvater sagte: "Meine Zeit ist abgelaufen, ich werde mich bald von der Welt verabschieden, und das ist gut so!" Er wandte sich an Helga und fragte: "Bist du die Freundin?" Sie nickte nur. Zu Alex sagte er: "Du hast eine hübsche Freundin!" Sie verabschiedeten sich von ihm, und Alex sagte traurig: "Das war bestimmt das letzte Mal, dass ich meinen Großvater gesehen habe."

Kurz nach Weihnachten verstarb er, und er hatte eine pompöse Beerdigung. Viele Inhaber der Firmen des Vorortes, die ihn kannten, begleiteten den Trauerzug. Es gab sehr viele Kränze. Helmut und Alex hatten auch einen Kranz für ihren Großvater niedergelegt. Ebenso Paul, sein Sohn. Mit ihm wurde symbolisch auch die Firma beerdigt. Ab dem 01.01.1957 gab es die Schreinerei nicht mehr. Helmut war nun ohne Arbeit. Das Auto hatte er noch "retten" können. Es war für ihn ein günstiger Zeitpunkt. Viele Firmen suchten Leute für kaufmännische Tätigkeiten. Er fand sehr schnell eine neue Arbeit und konnte am 15.01. in einer Firma als Bürokaufmann anfangen.

Das Auto gehörte von diesem Tag an nicht nur Helmut, sondern auch Reiner fuhr damit. Alex besaß inzwischen den Führerschein und konnte nun auch damit fahren. Es gab dadurch sehr oft Streitereien, denn wenn einer fahren wollte, war der Tank meistens leer. Es war jedoch so vereinbart, dass jeder, der zuletzt gefahren war, auch tanken sollte. Der Einzige, der es machte, war Alex. Helga erfuhr von diesen Streitigkeiten und auch davon, dass Alex wenig Geld hatte, um die Benzinkosten zu decken. Sie konnte es nicht verstehen und fragte: "Warum hast du so wenig Geld? Du hast mir doch gesagt, du würdest, weil du im Akkord arbeitest, viel Geld verdienen!" Nach einer Weile sagte Alex: "Ich gebe mein ganzes Geld meinem Stiefvater, damit wir gut leben und auch noch Anschaffungen in der Wohnung machen können. Ich bekomme nur Taschengeld! Helmut macht das auch so, aber weil er älter ist, bekommt er mehr Geld. Meine Mutter ist sehr froh darüber. So gut wie es uns im Moment geht, erging es uns noch nie."

Helga wusste nicht, was sie darauf sagen sollte. Sie erzählte Alex, wie es bei ihr zu Hause war: „Hans, mein Bruder, verdient sehr gutes Geld, er gibt aber nur 250 DM im Monat als Kostgeld meinem Vater. Ich selbst verdiene als Näherin nicht so viel Geld und muss nur 100 DM im Monat abgeben. Ich spare sogar noch jeden Monat", sagte Helga stolz. „Meine Kleidung nähe ich mir selbst", fügte sie noch hinzu. Die beiden schauten sich an, und Helga sagte: „Wenn wir zusammenbleiben wollen, wäre es doch angebracht, wenn du auch nur Kostgeld zu Hause abgeben würdest. Dann könnten wir gemeinsam sparen!" Alex war begeistert von Helgas Vorschlag und wollte das sofort seiner Mutter sagen. Er dachte: Eigentlich habe ich auch schon lange genug mein schwer verdientes Geld abgegeben.

Am nächsten Wochenende erzählte Alex, dass er mit seiner Mutter gesprochen hatte und sie damit einverstanden wäre. Reiner hätte wohl gesagt: „Das kommt nicht in Frage!" Aber Barbara hätte ihn überstimmt. Alex musste lächeln, als er sagte: „Helmut gibt ab nächsten Monat auch nur ein Kostgeld ab!" Als Reiner gesagt hatte, das geht nicht, hätte er gesagt: „Dann kriegst du gar nichts, dann ziehe ich hier aus!" Nun waren die beiden zufrieden und konnten über ihre Pläne reden. Zuerst einmal wurde über den Geburtstag von Helga gesprochen; denn sie wollte Alex ihrer Familie vorstellen. Als sie ihren Vater daraufhin ansprach, wollte er wissen, wie er denn heißt. Helga sagte: „Alex!" „Der hat doch sicher auch einen Nachnamen?" Warum wollte ihr Vater das wissen, dachte Helga. Als Helga dann seinen polnischen Nachnamen sagte, rief er sehr laut: „Den bringst du mir nicht ins Haus, einen „Polacken" möchte ich nicht in meinem Haus haben!" Helga erschrak und wusste nicht, was sie sagen sollte. Sie konnte sich nicht erklären, warum ihr Vater so einen Hass auf die Polen hatte. Sie weinte und wusste nicht, was sie machen sollte. Inzwischen mochte sie Alex sehr und wollte ihn nicht verlieren. Als ihr Bruder Hans nach Hause kam, erzählte sie ihm, was Vater gesagt hatte. „Ich werde das schon regeln", antwortete er. Helga war erleichtert, denn sie wusste, dass Hans das schon „regeln" würde.

Am nächsten Tag sagte Hans zu Helga: „Du kannst Alex ruhig mitbringen, ich habe mit Vater gesprochen." Helga war erleichtert. Sie besuchte zuerst einmal ihren Bruder Rudolf. Dieser freute sich sehr. Seine beiden Kinder, Jutta und Thomas, waren sehr lebhaft und stürmten auf ihre Tante Helga zu. Nur Käthe, seine Frau, war zurückhaltend. Helga störte sich nicht daran; denn sie mochte sie sowieso nicht gerne. Jedes Mal, wenn sie bei ihrem Bruder war, dachte sie immer: Diese Frau passt einfach nicht zu meinem Bruder. Nun wusste sie nicht, soll ich jetzt die ganze Familie einladen oder nur meinen Bruder. Sie überlegte nicht lange und sagte spontan: „Habt ihr Lust zu meinem 18. Geburtstag zu kommen, ich bringe auch meinen Freund mit!" Auf einmal wurde Käthe sehr freundlich und sagte: „Da kommen wir gerne, denn deinen Freund wollen wir kennenlernen." Auch Rudolf stimmte zu. Helga ging noch zu ihrer Schwester Elfriede, um diese mit ihrem Mann Klaus einzuladen. Sie freuten sich ebenfalls zu Helgas Geburtstag zu kommen. Nun fehlte nur noch ihre Schwester Margarete und ihr Freund Toni. Es war schon spät am Tag, als sie ihre Schwester, die bei ihrer Freundin wohnte, antraf. Auch sie war froh, Helgas Freund kennenzulernen. Aber ihr Freund Toni würde bestimmt nicht mitkommen, meinte sie. „Warum?" fragte Helga. Margarete antwortete: „Du weißt, zwischen Vater und mir besteht eine große Kluft, das weiß Toni, und daher kommt er nicht so gerne mit mir zu unserem Vater. Ich komme aber gerne." Nun wussten alle Bescheid und sie freute sich auf ihren Geburtstag.

Am 27. Februar 1957 war es dann so weit. Helga hatte mit Lisbeth belegte Brötchen zubereitet. Auf dem Herd stand ein großer Topf mit Gulaschsuppe, den ihr Vater zubereitet hatte. Im Kühlschrank stand eine große Schüssel mit Kartoffelsalat. Es war alles bereit, die Gäste konnten kommen. Peter lief hin und her und fragte: „Wann kommen sie?" Hans kam zuerst, dann erschien Elfriede mit Klaus. Kurz darauf kamen Rudolf und Käthe mit ihren Kindern. Nun hatte Peter jemanden zum Spielen. Dann hörte Helga ein Auto, sie lief nach draußen, um Alex zu begrüßen. Dieser war etwas aufgeregt. Zuerst überreichte er Helga einen großen bunten Strauß mit wunderschönen Blumen und küsste sie. Helga war sehr glücklich und auch aufgeregt. „Komm, wir gehen ins Haus, mein Vater ist noch nicht da!" Sie nahm Alex an die Hand und führte ihn ins Haus. Helga stellte Alex vor und nannte ihm die Namen ihrer Geschwister, mit Anhang. Alex begrüßte alle mit einem Händedruck und einer Verbeugung. Der große Tisch war gedeckt und sie setzten sich. Da läutete es, und Margarete kam, ohne Toni. Helga sprang auf, umarmte ihre Schwester. Alex stand sofort auf, gab Margarete die Hand, verbeugte sich und sagte: „Ich heiße Alex." Margarete lächelte, und in ihren Augen war zu sehen, dass sie Alex sehr sympathisch fand. Alle saßen nun am Tisch.

Als Lisbeth die Suppe verteilte, ging die Tür auf und Edmund trat ein. Er sagte nur „Guten Tag". Helga war nun noch aufgeregter und schaute Hans ganz verzweifelt an. Dieser verstand und sagte zu seinem Vater: „Ich möchte dir Helgas Freund, Alex, vorstellen!" Alex stand sofort auf und wollte auf ihn zugehen. Edmund sagte: „Setz dich wieder hin!" Er ging zum Schrank, holte zwei Schnapsgläser heraus und eine Flasche Obstler, stellte diese auf den Tisch, nahm ein Glas, setzte es vor Alex, das andere vor sich selbst, goss ein, schaute Alex an und fragte: „Trinkst du mit mir?" Alex sagte sofort „Ja". Sie nahmen die Gläser in die Hand und tranken den Obstler mit einem Schluck hinunter. Hans schmunzelte, nahm ebenfalls ein Glas und prostete Alex augenzwinkernd zu. Helga wusste nun, dass ihr Vater Alex akzeptiert hatte. Es wurde gegessen und auch noch Bier getrunken. Es war ein schöner Nachmittag. Helga bekam zu ihrem 18. Geburtstag viele Geschenke. Das größte Geschenk war für Helga jedoch, dass ihr Vater und ihre Geschwister Alex akzeptierten. Das hatte sie bestimmt nur ihrem Bruder Hans zu verdanken. Dafür bekam er einen dicken Kuss von Helga, als alle Gäste gegangen waren. Er lachte und sagte: „Du hast einen sehr netten Freund, ich finde, er passt zu dir!" Helga freute sich über die Äußerung; denn sie wusste, dass Hans es ehrlich meinte.

Nun kannte die Familie von Helga Alex, ihren Freund. Dieser freute sich auf den Monat Mai, weil er dann 21 Jahre alt wurde, volljährig, so nannte man das. Er war von da an befugt, Käufe zu tätigen und Unterschriften zu leisten. Er hatte schon einen großen Betrag gespart, seit dem Tag, an dem er nur noch Kostgeld abgab. Der 12. Mai, an dem Alex Geburtstag hatte, war ein schöner Sonnentag. Seine Mutter hatte eine Geburtstagstorte gebacken. Er wollte keine Geschenke. Nur diejenigen, die ihm etwas schenken wollten, sollten einen Obolus für sein neues Auto geben. So geschah es auch. Sein Bruder Helmut, seine Freunde Klaus und Dieter, gaben Alex in einem Umschlag einen Betrag. Der eine mehr und der andere weniger. Von Reiner bekam er nichts. Das hatte er auch nicht erwartet. Es wurde wieder ein kleines Fest gefeiert. Helga erinnerte sich an den Tag, an dem sie das erste Mal bei Alex Familie war. Als alle fort waren, überreichte Helga Alex ein kleines Päckchen. Er packte es aus und freute sich sehr, als er eine 5-DM-Münze herausnahm. Diese Münze war als Kette verarbeitet. Sie sollte ihm Glück bringen, so sagte Helga es.

Das Wochenende darauf, an einem Samstag, war es dann so weit. Helga und Alex gingen zum Autohändler, um sich ein Auto zu kaufen. Vorher hatte er sich über die Preise der Autos erkundigt. Sie haben dann ein gelbes Auto von einer französischen Firma gekauft. Es war klein und schnittig, innen gut ausgestattet und vor allem preiswert. Helga hatte vorsichtshalber noch Geld mitgenommen. Als es dann hieß, man bekäme Prozente, wenn man bar bezahlt, wurde Alex noch interessierter. Nun wurde das Geld gezählt, das er bei sich hatte. Es fehlten noch 100 DM. Helga war froh, dass sie Alex die 100 DM geben konnte, und so bekam er das Auto zu einem sehr guten Preis. Er war glücklich und wusste, nun brauche ich nicht mehr mit der Bahn zur Arbeit zu fahren, konnte Helga abholen und nach Hause fahren und vielleicht sogar in den Urlaub fahren. Es schwirrte in seinem Kopf, wie in einem Ameisenhaufen. Sie setzten sich in das neue Auto und fuhren zur Zulassungsstelle, um es auf seinen Namen anzumelden. Er war von da an ein stolzer Autobesitzer.

Jeden Samstag fuhren sie nach Düsseldorf, dort gab es ein großartiges Tanzlokal mit einer großen Kapelle und einer riesigen Tanzfläche. Das Publikum war ganz anders als in dem Tanzlokal zum fröhlichen Wirt. Die Herren und Damen waren sehr gut angezogen. Alex trug einen dunklen Anzug und Helga hatte sich ein schönes Kleid genäht. Die beiden waren ein schönes Paar. Inzwischen konnte Helga schon sehr gut tanzen, sie hatte ja auch einen guten Lehrmeister. Bei südamerikanischer Musik tanzten die beiden sehr gerne. So geschah es, dass sie so gut tanzten, dass die anderen Tänzer zur Seite gingen und Helga und Alex die mittlere Tanzfläche überließen. Es war für sie ein Vergnügen. Es wurde immer nach 23:00 Uhr, bis Helga zu Hause war. Jetzt brauchte sie nicht mehr um 22:00 Uhr zu Hause sein, da sie nun 18 Jahre alt war und ihr Vater Alex kennengelernt hatte. Ab und zu gingen sie auch noch zum fröhlichen Wirt. Mit diesem Wirt hatten sie sich ein wenig angefreundet. Er begrüßte sie immer sehr freundlich, wenn sie ins Lokal kamen. Bei der Getränkebestellung bekam nur Helga immer eine kleine Tafel Schokolade. Dort trafen sie auch ihre Freunde, die inzwischen auch alle ihre Freundinnen hatten. So waren sie zu dritt Paare und hatten immer viel Spaß. Die Zeit verging sehr schnell. Ihre Geschwister sah Helga sehr selten, außer ihrem kleinen Bruder, für den sie sich am Nachmittag Zeit nahm. Während der Woche gingen sie beide ihren Arbeiten nach und samstags ging es zum Tanzen. Sonntags schlief Alex immer gerne bis zum Mittag und am Nachmittag kam Helga und sie verbrachten mit Ruth und Alex' Mutter eine schöne Zeit.

Eines Tages erfuhr Helga, dass das Ledergeschäft, wo sie arbeitete, geschlossen würde. Alle Mitarbeiter wurden entlassen. Für alle war es ein Schock, auch für Helga, denn es hatte ihr dort sehr gut gefallen. Ihre Kollegin Maria war ebenfalls sehr erschrocken, aber sie bekam sehr schnell wieder eine Stelle als Näherin in einem großen Bekleidungsgeschäft. Helga wollte sich vorerst nicht um eine neue Stelle bemühen; sie plante stattdessen, wieder zu Hause zu nähen.

Nach einer Weile bemerkte Helga, dass sie trotz der beschäftigten Zeit nicht mehr so viel Geld im Monat zur Verfügung hatte. Daher gab sie auch kein Kostgeld mehr ab, sondern kochte mittags für die Familie. Sie hatte nun auch mehr Zeit für ihren kleinen Bruder, den sie liebevoll "Peterle" nannte. Bei schönem Wetter spielte er gerne im Garten. Dort lag ein kurzer Baumstamm, in den Peter, der inzwischen vier Jahre alt war, mit einem kleinen Hammer Nägel einschlug. Manche wurden krumm, aber das war nicht schlimm. Es machte ihm sehr viel Spaß. Einmal kam er weinend ins Haus, weil er sich auf den Daumen geschlagen hatte. Seit diesem Tag passte er besser auf, und bald war der Stamm mit vielen Nägeln bestückt.

Nachmittags besuchte Helga oft ihre Schwester Elfriede. Diese hatte immer noch kein Kind. Zu Hause wurde es ihr langweilig, und sie entschied sich wieder, in einer großen Firma zu arbeiten. So hatten sie mehr Geld und konnten sich finanziell mehr erlauben. Sie kauften sich ein Auto und fuhren damit, wenn sie Urlaub hatten, quer durch Deutschland. Ihre Brüder, obwohl sie auch gut verdienten, hatten kein Auto.

Es vergingen einige Monate, und Helga entschied, dass sie gerne wieder arbeiten gehen wollte. Da ihr Vater und auch Lisbeth bei der Post beschäftigt waren, meinte ihr Vater: „Ich werde versuchen, dass du dort arbeiten kannst." Es dauerte nicht lange, da bekam Helga ein Angebot, im Posteingang zu arbeiten. Das Postamt befand sich in dem Ort, wo das Geschäft, vor ein paar Jahren, die Lebensmittel bezogen hatte. Helga musste mit dem Zug hinfahren, was ihr ja schon vertraut war. Der Amtmann vom Postamt begrüßte Helga sehr freundlich und erklärte ihr die Arbeit. Helga sollte alle Bezirke der Stadt Porz, die eine Nummer hatten, auswendig lernen. Zum Beispiel: Bezirk 15 hatte 10-20 Straßen und diese kamen noch hinzu. Das war vorher die Aufgabe der Briefträger. Nun sollten dafür Leute eingestellt werden. Der Amtmann fragte Helga, ob sie diese Arbeit, die gut bezahlt würde, übernehmen möchte. Als sie jedoch hörte, dass ihre Arbeitszeit von morgens 5 Uhr bis 10 Uhr sein sollte, erschrak sie und wollte schon nein sagen. Dann überlegte sie: Wenn ich um 11 Uhr zu Hause bin, hätte ich die Zeit, noch zu nähen. Sie sagte zu, bekam daraufhin ein Buch mit allen Bezirken und hatte einen Monat Zeit, diese auswendig zu lernen. Nun begann für Helga ein neuer Lebensabschnitt. Alex war sehr überrascht, als er die Neuigkeit von Helga erfuhr. Den ersten Monat verbrachte

Helga mit dem Lernen, und Alex musste sie abhören, ob sie auch schon viele Bezirke auswendig konnte.

Inzwischen ging Ruth in die Schule und lernte sehr gut. Sie war ein kluges Mädchen. Die „schlechte" Atmosphäre im Haus von Alex, wenn Reiner zu Hause war, steigerte sich immer mehr. Man dachte schon, er hätte Ärger in seiner Firma. Da wurde er plötzlich krank und musste zu Hause bleiben. Eines Tages kam eine Karte mit dem Vermerk: „Bitte die Post am Schalter 14 abholen." Barbara nahm die Karte an sich, ohne Reiner darüber zu informieren, und ging zum Postamt. Auf dem Weg dorthin holte sie Ruth von der Schule ab. Mit der Karte hatte sie die Berechtigung, die Post aus dem Schließfach zu entnehmen. Unterwegs sah sie, dass die Briefe alle an ihren Mann adressiert waren. Nun stutzte sie und sagte zu Ruth: „Komm, wir setzen uns auf eine Bank, und ich werde mal einen Brief öffnen!" Sie öffnete einen Brief, und was sie da las, war so erschreckend für sie, dass sie einen lauten Schrei ausstieß. Ruth erschrak und fragte: „Was ist, Mama?" „Das kann ich dir nicht sagen!" war ihre Antwort. Sie zog Ruth förmlich am Arm, um schneller nach Hause zu kommen. Zu Hause musste Ruth ins Zimmer und sollte dort bleiben. Das arme Mädchen wusste nicht, warum. Drinnen im Zimmer hörte sie, wie sich ihre Eltern heftig und laut stritten. Der Brief, den Barbara gelesen hatte, war von einer Frau, die sie nicht kannte. Diese schrieb, wie sehr sie Reiner liebte und wann er sich von seiner Frau trennen würde. Reiner konnte nicht viel dazu sagen, sondern nur: „Das stimmt alles nicht, diese Frau wäre nicht ganz normal, es wäre eine Unverschämtheit, so etwas zu schreiben!" Er wollte die anderen Briefe an sich nehmen und zerreißen. Aber Barbara riss sie ihm aus der Hand und ging aus dem Zimmer, um sie zu lesen. Danach ging sie zu Ruth, nahm sie in den Arm und weinte bitterlich. Diese konnte sie nicht trösten, sondern weinte ebenso.

Als Alex nach Hause kam, sah er, dass seine Mutter geweint hatte. Ruth lief auf ihn zu und sagte: „Es ist etwas Schreckliches passiert!" Nun war er sehr interessiert. Seine Mutter erzählte ihm, was vorgefallen war und zeigte ihm die Briefe. Alex war ebenso sehr erschrocken. Aus den Briefen ging hervor, dass Reiner und die Briefschreiberin sich schon eine lange Zeit gekannt haben mussten und ein reger Briefverkehr stattgefunden hat. Alex war so böse darüber, dass er spontan seiner Mutter sagte: „Schmeiß ihn aus der Wohnung raus!" Sie schüttelte den Kopf und sagte: „Reiner hat sich schon entschuldigt und will das Verhältnis sofort beenden!" Was sollte Alex machen, seine Mutter musste wissen, was sie tat. Zu Reiner sagte er laut: „Wage dich nicht, noch einmal meine Mutter zu betrügen, und überhaupt hast du hier nichts mehr zu sagen!" Ruth bekam alles mit und spürte instinktiv: Nun wird es nicht mehr so sein wie früher! Als einige Stunden später Helmut von den Briefen erfuhr, sagte er nichts dazu. Alex war erstaunt darüber und fragte ihn: „Was sagst du denn dazu?" „Das ist mir alles egal, ich kümmere mich nicht darum!" war seine Antwort. Nun war Alex noch erstaunter, aber der Grund seines Desinteresses war klar: Helmut hatte eine neue Freundin. Nun fragte er: „Was macht deine neue Freundin, wir möchten sie gerne einmal kennen lernen?" Helmut sagte: „Ich werde sie euch demnächst, wenn es hier ruhiger wird, vorstellen." An diesem Tag war Barbara nicht in der Lage, für die Familie zu kochen. Sie machte belegte Brote und eine Kanne Tee dazu. Beim Essen wurde kein Wort gesprochen.

Am Wochenende erzählte Alex Helga von den Briefen. Helga war nicht erschrocken. Sie schaute Alex an und sagte: „Wenn ich bei euch war, hatte ich immer das Gefühl, als ob Reiner etwas verheimlichen würde!" Daraufhin sagte Alex: „Ich dachte das auch, aber nicht, dass er eine andere Frau hätte." Sie schwiegen beide und hielten sich fest in den Armen. Nach einer Weile sagte Alex: „Meine Mutter hatte nie Glück mit den Männern, der erste Mann, mein Vater, wollte nie so richtig arbeiten, der zweite Mann war wohl fleißig, aber hatte kein Geld und der dritte Mann, verdient wohl gut, aber er interessiert sich für andere Frauen. Was soll ich tun, wie kann ich meiner Mutter helfen?" fragte er Helga. Diese aber konnte ihm keine Antwort geben. Es kam noch schlimmer!

Vorerst kehrte Ruhe ein. Barbara und Reiner hatten sich wieder versöhnt. Er war sogar sehr freundlich zu Helga und erzählte aus seinem früheren Leben. Als Helmut merkte, dass es ruhiger zu Hause war, kam er an einem Sonntag und stellte seine neue Freundin Ilse vor. Sie war eine hübsche Frau und konnte sich sehr gut ausdrücken. Helmut war stolz, dass er eine intelligente Freundin hatte, die Chefsekretärin war. Sie wurde von Barbara, Alex und Helga genau beobachtet. Sie sprach sehr viel, sogar mit

Reiner. Erstaunlich für alle, denn er lachte sogar manchmal, was er noch nie gemacht hatte. Nun wurde Barbara wütend und schaute Reiner böse an. Sofort hörte er auf. Ilse war irritiert und unterhielt sich nur noch mit Helmut.

Als Alex Helga nach Hause fuhr, waren sich beide einig, dass Ilse eine unsympathische Frau war. Helga konnte Alex von seinen trüben Gedanken ablenken. Sie erzählte ihm, wie zufrieden sie mit ihrer neuen Arbeit war. Das frühe Aufstehen würde ihr wohl schwerfallen, aber es sei eine gute Arbeit. Sie käme um 5 Uhr morgens mit demselben Zug an, in dem auch sämtliche Postsäcke für die Bezirke lägen. Im Postamt hätte sie Hilfe von einem Postangestellten, der die Säcke mit in Schnüren eingepackten Briefen leerte. Sie erzählte ausführlich: „Ich muss dann jedes Bündel öffnen und die Briefe nach Straßen in Fächern sortieren. Am Anfang war es schwer für mich, aber nun bin ich schon routiniert. Nach zwei Stunden kommen die Briefträger und holen die Briefe für ihre Bezirke aus den Fächern heraus. Manchmal kann ich die Schrift nicht lesen, diese Briefe lege ich zur Seite und frage einen Briefträger, ob er die Adresse entziffern könnte. Um 10 Uhr bin ich fertig und kann nach Hause gehen." Weiterhin erzählte Helga, dass sie demnächst eine Kollegin bekommen würde und sie dann auch nachmittags arbeiten müsse, immer im Wechsel. „Davon werde ich dir noch erzählen", sagte Helga, als sie sich verabschiedeten.

Der Zwischenfall mit den Briefen hatte einiges bei Alex zu Hause verändert. Reiner war wieder gesund und ging seiner Arbeit nach. Helmut, der inzwischen 25 Jahre alt war, dachte ans Heiraten und wollte so schnell wie möglich ausziehen. Inzwischen verbrachte Helmut mehr Zeit bei seiner Freundin Ilse, die im Bergischen mit ihrer Mutter in einem kleinen Haus wohnte. Dort könnte er einziehen, wenn sie heiraten würden. Es war schon alles geplant. Helmut freute sich, denn er würde ganz in der Nähe des Ortes wohnen, in dem er viele Jahre bei seiner Großmutter und Tante verbracht hatte. Er bezeichnete es als sein zweites Zuhause.

Im Herbst 1959 heirateten Helmut und Ilse. Da sie keine Freunde hatten, die sie einladen konnten, war die Hochzeitsgesellschaft sehr klein, nur die Verwandtschaft kam. Nach der Hochzeit zog Helmut in das Haus seiner Schwiegermutter ein. Helga und Alex waren sich wieder einig: Das hätten sie nie gemacht! Für sie käme nur eine Wohnung oder ein eigenes Haus in Frage. Dafür sparten die beiden, indem sie jeweils einen Bausparvertrag abschlossen. An Heiraten dachten sie noch nicht. Sie wollten weiterhin tanzen gehen. Im Herbst fuhren sie mit dem Auto in die Eifel oder den Hunsrück und machten dort 14 Tage Urlaub in einem Hotel, in dem sie ein Zimmer hatten. Dort lebten sie wie ein Ehepaar zusammen. Es war immer wunderbar.

So verging die Zeit. Bei Helga zu Hause verlief alles ruhig. Peterle war ein aufgewecktes Kind und wollte viel Aufmerksamkeit, die er aber nicht bekam, weder von seinem großen Bruder noch von Helga oder seinen Eltern. Es war schade, dass alle keine Zeit für ihn hatten. Tagsüber waren sie beschäftigt, und niemand machte sich Gedanken darüber. So kam es eines Tages vor, dass er nach dem Mittagessen nicht mehr im Haus oder Garten war. Am Nachmittag fiel es dann auf, und Helga sollte in der kleinen Siedlung nach ihm suchen gehen. Wo konnte er sein, dachte Helga. Sie ging zu ihrer Schwester, die aber nicht aufmachte. Bei ihrem Bruder Rudolf war er auch nicht. Also war er weder bei der Tante noch beim Onkel. Nun wurde Helga unruhig. Es war Herbst, die Tage waren schon kürzer, und es wurde früh dunkel.

Sie lief nach Hause, in der Hoffnung, dass Peter bereits zurückgekehrt war, aber er war nicht da. Seine Eltern waren nun sehr besorgt. Da erinnerte sich Lisbeth daran, dass Peter von einem Jungen gesprochen hatte, mit dem er manchmal spielte. Doch niemand kannte den Namen dieses Jungen. Edmund fiel ein, dass er der Mutter dieses Jungen Geld ausgezahlt hatte. Er erinnerte sich sogar an den Betrag und schaute in einem Buch nach, in dem die Auszahlungen verzeichnet waren. Er fand den Betrag und den Namen der Mutter, jedoch keine Adresse. "Schau im Telefonbuch nach", schlug Helga vor. Zum Glück besaßen sie ein Telefon, und sie konnten die Frau anrufen. Es war ein kurzes Gespräch, und Edmund erfuhr, dass sein Sohn bei ihnen sei und erzählt habe, dass seine Eltern wüssten, wo er sei. Helga erhielt die Adresse und konnte ihren Bruder abholen. Auf dem Heimweg erzählte Peter fröhlich von den Abenteuern, die er mit Heinz erlebt hatte. Helga fragte ihn: "Warum hast du gelogen?" "Die Frau hat mich immer wieder gefragt, ob meine Eltern wissen, wo ich bin, und dann habe ich einfach ja gesagt!" Leider konnte Helga nicht verhindern, dass Peterle, der so glücklich war, von seinem Vater geschlagen wurde, weil er gelogen hatte. Das war wieder typisch für ihren Vater, dachte Helga, und sie konnte nichts ändern. Nach den Schlägen bekam Peter auch noch Stubenarrest. Der arme Junge, dachte Helga und überlegte, wie sie ihm helfen könnte. Ein paar Tage später ging sie erneut zur Mutter von Heinz, sprach mit ihr über den Vorfall und bat sie, öfter zur Post zu kommen, damit Peter und Heinz zusammen spielen konnten. "Ich bringe ihn dann auch wieder zu Ihnen nach Hause", versprach sie. Die Mutter war einverstanden, und Peterle hatte nun einen Spielkameraden.

Helga dachte an Ruth, die auch in Peters Alter immer allein ohne Freundin war. Jetzt, wo sie in die Schule ging, hatte sie eine Freundin, mit der sie jedoch nur draußen spielen durfte, da Reiner nicht wollte, dass sie in der Wohnung spielten. Helga sprach mit Barbara darüber und meinte: "Sagen Sie Reiner, dass er erlauben sollte, dass die Mädchen im Winter in der Wohnung spielen dürfen." Barbara setzte sich für die Kinder ein und sprach mit Reiner. Wenn die Kinder ruhig und friedlich miteinander spielten, zog sich Reiner an und sagte: "Ich gehe etwas spazieren!" Alle waren froh darüber. Alex hatte nun ein Zimmer für sich allein und war zufrieden. Barbara hatte genug Geld, um Lebensmittel zu kaufen, und hoffte nur, dass Reiner nicht wieder eine andere Frau kennenlernte. Helmut war glücklich mit seiner Ilse.

In Helgas Familie stand eine Hochzeit bevor. Margarete und Toni hatten fast zwei Jahre lang gemeinsam in einer kleinen Wohnung gelebt. Toni studierte noch und stand kurz vor seinem Examen. Seine Eltern versprachen, ihm und Margarete ein Grundstück zu schenken, wenn er das Examen mit einer guten Note bestehen würde. Er schaffte es tatsächlich und erhielt ein schönes großes Grundstück, auf dem ein Haus gebaut werden konnte. Nun überschlugen sich die freudigen Ereignisse. Margarete erwartete ein Kind, und sie beschlossen, bevor das Kind zur Welt kam, zu heiraten - was sie auch taten. Die Hochzeit wurde im großen Stil ausgerichtet, mit vielen Gästen, natürlich auf Kosten von Tonis Eltern. Nach der Hochzeit überlegten Margarete und Toni, wie sie den Hausbau finanzieren könnten, da sie kein Geld dafür hatten. Sie grübelten lange. Die Bank gewährte ihnen keinen Kredit, da Toni noch kein Einkommen hatte. Trotz seines guten Examens konnte er sich erst einmal bewerben. Doch dann kam das Glück unerwartet ins Spiel: Toni gewann bei einer Lotterie 100.000 DM.

Die Freude war groß, nun konnte mit dem Bau des Hauses begonnen werden. Es waren wunderbare Ereignisse. Die beiden hofften, dass das Glück weiterhin auf ihrer Seite sein würde. Es war Sommer, und der Hausbau konnte beginnen. Drei Monate später bekamen Margarete und Toni einen gesunden Jungen, den sie Gregor nannten. Sie waren nicht nur glücklich, sondern auch stolz. Das gleiche galt für Tonis Eltern, denn sie hatten nun einen Enkel.

Für Edmund war es nichts Besonderes, er hatte bereits zwei Enkelkinder. Bei seinem dritten Enkel, besonders da es ein Junge war, hätte er jedoch eigentlich mehr Freude zeigen können. Aber er war zurückhaltend. Lag es an Margarete? Konnte er ihr nicht verzeihen, dass sie das Haus frühzeitig verlassen hatte? Nachdem er erfahren hatte, dass er erneut Großvater geworden war, musste er darüber nachdenken. Ja, er konnte nicht verstehen, warum Margarete damals einfach, ohne ein Wort zu sagen, gegangen war. Schließlich hatte er alles für sie getan, als sie so krank war. Es dauerte nicht lange, bis Margarete mit ihrem Sohn Gregor zu ihrem Vater kam. Er sah seiner Tochter an, wie stolz sie auf ihren Sohn war. Sie konnte auch stolz sein, auf so ein kräftiges Kind mit blonden Locken und blauen Augen. Edmund betrachtete ihn und sagte: "Hoffentlich wird er einmal ein guter und kluger Mann wie sein Vater!" Margarete antwortete ein wenig hitzig: "Ja, das wird er werden. Ich werde ihm nicht vorschreiben, was er später einmal tun soll!" Edmund erschrak und dachte: Das ist sicherlich die Antwort auf meine Gedanken. Er sagte nur noch: "Ich hoffe es und wünsche es euch!" Auf dem Heimweg dachte Margarete an ihre Vergangenheit und war sehr betrübt. Sie holte Gregor aus dem Kinderwagen und drückte ihn fest an sich. Dabei sagte sie: "Du wirst es besser haben als ich in meiner Jugend!" Sie dachte an Toni, der so liebevolle Eltern hatte und zu einem wunderbaren Menschen herangewachsen war. So werden wir auch sein. Sie sprach es laut aus, und es klang wie ein Gelöbnis.

Ostern 1960 war es so weit: Das Haus von Margarete und Toni wurde fertiggestellt. Es war sogar noch genug Geld vorhanden für die Einrichtung.

Nun konnte die Einweihungsfeier stattfinden. Hans und Elfriede mit Klaus, Rudolf und Käthe sowie Helga und Alex, die Eltern von Toni, und Edmund und Lisbeth mit Peter wurden zu dem Fest eingeladen. Es mangelte nicht an leckerem Essen, Getränken, Kuchen und Appetithäppchen – alles war vorhanden. Die Gäste waren nicht nur von dem Haus begeistert, sondern auch von dem, was angeboten wurde. Nachdem Alex das Haus besichtigt hatte, sagte er: „So ein Haus hätte ich gerne einmal!" Helga entgegnete: „Da müssen wir noch lange sparen!" Alex war derselben Meinung.

Im weiteren Verlauf des Jahres lief es nicht gut für Alex' Familie. Helmut und Alex waren zufrieden mit ihren Frauen, aber Barbara mit ihrem Mann überhaupt nicht. Sie spürte instinktiv, dass etwas nicht stimmte, konnte aber nicht sagen, was! An einem Sonntag waren Ilse und Helmut auf dem Weg zu Barbara. Sie mussten wegen einer Baustelle einen anderen Weg fahren. Plötzlich sah Helmut seinen Stiefvater in ein Haus hineingehen, das bekannt dafür war, dass Prostituierte dort ihrem Gewerbe nachgingen. Er sagte nichts davon seiner Frau Ilse. Er freute sich auf den Nachmittag, weil er wusste, dass Reiner nicht da sein konnte. Es war ein schöner Nachmittag, und auch Helga und Alex waren da. Bevor Helmut und Ilse gehen wollten, sagte Barbara noch: „Ich weiß nicht, Reiner verhält sich komisch!" Nun konnte Helmut sich nicht mehr zurückhalten, und seine Antwort platzte förmlich aus ihm heraus: „Ja, der ist auch bei den Prostituierten!" Es herrschte Totenstille in der Wohnung, keiner sagte etwas. Barbara lief weinend aus dem Zimmer. Ruth lief hinter ihr her. Was sollten sie ihrer Mutter sagen, wie sollten sie sie trösten? Keiner der Söhne konnte helfen. Auch Helga wusste nicht, was sie sagen sollte. Dieser Tag veränderte alles!

Es verging eine Woche, und Helga kam wie fast jeden Sonntag zu Alex nach Hause. Nur dieses Mal mit einem mulmigen Gefühl. Als sie in die Wohnung trat, kam ihr Ruth im Nachthemd weinend entgegen und sagte: „Meine Mama zieht mir an den Haaren und stupst mich immer, zieh du mich bitte an!" Helga schaute Barbara an, diese schüttelte den Kopf, setzte sich in den Sessel und weinte bitterlich. Zuerst kümmerte sich Helga um Ruth. Sie badete sie, wusch ihr die Haare, trocknete sie ab und schnitt ihr die Nägel. Danach durfte sie sich ihr Lieblingskleid aussuchen. Inzwischen kam Alex aus seinem Zimmer, und Helga gab ihm einen Wink; er sollte sich um seine Mutter kümmern, was er auch tat. Helga nahm Ruth an die Hand und sagte: „Komm, wir gehen draußen spazieren. Du zeigst mir mal, wo deine Schule ist!" Ruth freute sich, und sie hielten sich längere Zeit draußen auf. Helga wusste nun auch, wo Ruths Schule war. Als sie nach Hause kamen, hatte sich Barbara wieder beruhigt. Alex konnte Helga nun auch begrüßen, indem er sagte: „Ich muss dir viel erzählen." Sie zogen ihre Jacken an und gingen nach draußen, setzten sich ins Auto und fuhren zu einem Café. Dort erzählte Alex, was er von seiner Mutter erfahren hatte.

Reiner ist schon länger in dieses Haus gegangen und hat viel Geld dafür ausgegeben, sogar das Geld, welches Helmut und Alex abgegeben haben. Das machte Barbara noch trauriger. Sie könnte Ruth nicht mehr leiden, weil sie das Kind eines Verbrechers wäre. Sie sah in ihm einen Verbrecher, der sie betrogen, belogen und krank gemacht hätte. Sie wäre nicht mehr fähig zu denken. Das alles erzählte Alex mit unterdrücktem Zorn. Helga hörte geduldig zu und sagte: „Ich werde versuchen, deine Mutter zu überreden, sich von Reiner zu trennen!" Als sie dann zurückkamen, nahm Helga Barbaras Hand und sagte: „Frau Walter, Sie müssen sich von diesem Mann trennen. Dieser Mann ist nicht normal, er wird immer wieder rückfällig werden!" Sie schaute Helga mit traurigen Augen an und sagte: „Das muss mir ein junges Mädchen sagen, das davon doch noch keine Ahnung hat!" „Das sind die Worte von Alex, ich habe sie nur wiederholt", sagte Helga darauf. Nun mischte sich auch Alex ein und sagte: „Er kann hier wohnen bleiben, sollte aber offenlegen, was er verdient. Du gibst ihm das ganze Geld, und du gibst ihm Taschengeld, so wie er es mit uns gemacht hat! Wenn du das nicht kannst, werde ich es ihm sagen!" Sie schüttelte den Kopf und sagte: „Das ist eine gute Lösung!" Barbara befolgte am nächsten Tag den Rat von Alex und war erstaunt, als sie Reiners Gehalt sah. Es war so hoch, dass sie mit diesem Geld sehr gut hätten leben können. Die Söhne hätten nie etwas abgeben müssen. Der Hass gegen ihren Mann, mit dem sie einmal glücklich war, wurde immer stärker. Sie wusste auch, dass da nichts mehr zu ändern war, und nahm sich vor, ihn wie einen fremden Mann zu behandeln, der nur als Kostgänger zu betrachten war. Um seine Tochter hatte er sich sowieso nie gekümmert; die würde sicherlich nichts vermissen.

Von diesem Zeitpunkt an kümmerten sich Helga und Alex sehr viel um Ruth und natürlich auch um ihre Mutter. Reiner dagegen verhielt sich wie ein reuiger Sünder und wagte nicht mehr, etwas zu sagen. Sonntags ging er auch nicht mehr spazieren. Ruth durfte nun auch mit ihrer Freundin in der Wohnung spielen. Helmut und Ilse kamen selten. Helga war jeden Sonntag bei Barbara, Ruth und Alex. Sie brachte Kuchen mit, den sie dann in Alex' Zimmer gegessen haben. Es wurde nicht viel geredet. Helga brannte es unter den Nägeln, die Frage zu stellen, warum Reiner das getan hat. Aber sie spürte instinktiv, dass sie keine Antwort bekommen würde. Als Alex sie dann nach Hause fuhr, fragte sie ihn: „Würdest du das auch machen, wenn wir verheiratet wären?" „Nein, du bist aber naiv!" „Wieso naiv?", fragte sie. „Ein Mann, der eine gute Frau hat, macht so etwas nicht!", sagte er. „Wieso, deine Mutter ist doch eine gute Frau!", antwortete sie. „Du bist noch zu jung dafür, um das zu begreifen, und lassen wir das Thema!", antwortete Alex und sagte nichts mehr. Helga war enttäuscht und wollte gerne noch mehr erfahren. Mit wem sie darüber reden konnte, wusste sie nicht.

Als Alex zu Hause war, dachte er über das Gespräch mit Helga nach. Nein, er würde nie seine Frau betrügen, wenn er verheiratet wäre. Darum wäre es besser, wenn er nie heiraten würde. Er erschrak über seine Gedanken und dachte an seine Mutter. Wie viele Männer sie doch gehabt hat und ausgerechnet dieser Mann, den sie geliebt hat, hat sie so schlimm betrogen. Wenn Helga mich liebt, dann wird sie sich nicht für einen anderen Mann interessieren. Er musste an seine Jugendliebe Gunda denken, ebenso an die Frauen, die er vor Helga kennengelernt hat. Er sollte Helga aufklären und ihr alles aus seiner Vergangenheit erzählen. In Gedanken vertieft, schlief er ein.

Von nun an herrschte in der Familie von Alex eisige Kälte. Mit Reiner wurde kein Wort gesprochen. Barbara behandelte ihre Tochter Ruth wie eine lästige Fremde. Helga und Alex merkten das und sprachen sie darauf an. Sie sagte: „Sie ist eine Fremde für mich, wie ihr Vater!" „Aber sie ist doch deine Tochter und meine Schwester", sagte Alex. Helga wiederholte den Satz und schaute Barbara dabei an. „Ruth kann doch nichts dafür. Sie dürfen ihren Hass nicht an Ruth auslassen!", sagte sie. Sie hoffte, dass sich die Gefühle zu ihrer Tochter ändern würden. Es wäre schade um das liebe Mädchen. Sie wusste, was es bedeutet, ohne Liebe aufzuwachsen. Sie hatte von einigen Menschen als Kind Zuneigung verspürt und war dankbar dafür. So würden sie mit Alex versuchen, Ruth so viel Zuwendung zu geben, wie ihnen die Zeit dazu bliebe.

Wir schreiben das Jahr 1962. Alex und Helga waren nun schon 6 Jahre lang befreundet. Mittlerweile hatte Helga alles über Alex' Vergangenheit erfahren. Sie war darüber erstaunt und fragte ihn: „Hast du nach Liebe gesucht? Wenn ja, dann hast du von deiner Mutter auch nicht die Liebe bekommen, genau wie jetzt deine Schwester, weil sie deinen Vater nicht mochte?" Alex musste eine Weile nachdenken und antwortete: „Jetzt, wo du das sagst, muss ich dir Recht geben!" „Wir sollten am besten über diese Sache nicht mehr reden," sagte Alex und nahm Helga in den Arm.

Im Sommer '62 wurde über Heirat gesprochen. Sie hatten nun schon so viel Geld, dass sie sich ein Grundstück für ein Einfamilienhaus kaufen konnten. Die Frage war nur: Wo sollte es sein? Es war schwierig, weil Alex gerne im Umkreis von Köln bleiben wollte. Außerhalb der Stadt waren die Grundstücke günstiger. Eines Tages sagte Helga, der die Suche langsam zu viel wurde: „Was wollen wir mit einem Grundstück anfangen, ohne ein Haus, das noch gebaut werden muss?" „Dann kaufen wir ein fertiges Haus," sagte Alex. Nun begann die Suche nach einem Haus. Bei den Banken, bei denen sie nach Krediten fragten, wurde ihnen gesagt: „Sie sollten heiraten, dann bestehen bessere Möglichkeiten." Gesagt, getan. Daraufhin erfolgte ein Aufgebot. Im November sollte geheiratet werden. Alex ging zu Helgas Vater, mit dem er sich mittlerweile sehr gut verstand, um offiziell um die Hand seiner Tochter zu bitten. Er hatte nicht damit gerechnet, ebenso wie Hans, der immer noch zu Hause wohnte und keine Freundin hatte, obwohl er schon über 30 Jahre alt war.

Helga hatte sich schon länger über Hans gewundert. Aber wenn er jedes Wochenende so viel Bier und manchmal auch Schnaps trank, wie sollte er da überhaupt eine Frau kennenlernen? Helga nahm sich vor, mit ihrem Bruder darüber zu sprechen. Als die Hochzeitsvorbereitungen begannen und alle Geschwister eingeladen wurden, hatte Helga die Gelegenheit, sich mit Hans zu unterhalten. Sie fragte ihn direkt: „Warum hast du noch keine Freundin?" Hans schaute sie an, und in seinem Gesicht war zu erkennen, dass er über diese Frage sehr überrascht war. „Ja, ich habe noch keine Richtige gefunden!" war seine Antwort. Helga gab sich mit dieser Antwort nicht zufrieden und fragte weiter: „Hast du überhaupt gesucht?" Dieses Mal zeigte er sich verärgert und sagte etwas grob: „Was interessiert dich das!" Nun wollte Helga nicht mehr weiter fragen und sagte nur: „Du wirst sicher eines Tages die Richtige finden!" Damit war das kurze Gespräch beendet.

Alex und Helga kannten die Anzahl der Gäste. Nun überlegten sie, ob sie die Feier in einer Gaststätte veranstalten sollten oder bei Helga zu Hause. Als sie den Preis der Gaststätte erfuhren, waren sie erschrocken. Das war ihnen zu teuer. Also wurden die Gäste in Edmunds Haus eingeladen. Einen Tag vorher wurde gebacken, gekocht und einige Salate hergestellt, der Tisch wurde ausgezogen, so dass darauf 12 Personen Platz hatten. Darauf eine Damast-Tischdecke, das neue Porzellan von Helga (aus ihrer Aussteuer), silbernes Besteck von ihrer Mutter und Blumenschmuck. Als alles fertig war, sah es sehr gut aus. Die Gäste konnten kommen. Helga war aufgeregt, weil sie wusste, dass auch Alex' Mutter natürlich kommen würde. Aber sie war noch nie bei Helga zu Hause gewesen. Darum wollte Helga auch, dass alles perfekt war.

Bei der standesamtlichen Trauung waren zwei Freunde von Alex die Trauzeugen. Nach der Trauung erschienen noch vier Arbeitskollegen von der Post und überreichten ein Geschenk für das Brautpaar. Damit hatten die beiden nicht gerechnet. Helga versprach ihnen, sie zu einem späteren Zeitpunkt zum Essen einzuladen. Zu Hause angekommen, erschienen plötzlich mehr Gäste, als sie eingeladen hatten. Nun musste noch der Postraum mit Tischen und Stühlen versehen werden. Gott sei Dank war genug zu Essen und Trinken da, an Bier und Alkohol mangelte es nicht. Am späten Abend gingen die letzten Gäste. Darunter auch Alex' Vater, der erst am Nachmittag gekommen war. Darüber hatte sich Helga sehr gefreut, zumal Barbara und Paul sich angeregt unterhalten hatten. Die letzten Gäste mussten aus dem Postraum „herausgetragen" werden. Man hörte sie nur noch sagen: „Was war das für eine schöne Hochzeit!" Helga und Alex mussten schmunzeln. Endlich war alles wieder aufgeräumt, und nun musste sich das frisch vermählte Ehepaar wieder trennen. Alex, Barbara und Ruth, die sehr müde war, fuhren nach Köln.

Beide hatten noch eine Woche Urlaub und wollten sich in dieser Zeit zuerst einmal ein möbliertes Zimmer suchen. Sie wollten endlich für sich allein sein. Sie hatten Glück, denn zu dieser Zeit gab es nicht so viele Angebote. In der Zeitung fanden sie nur zwei. Eins davon war zu weit von Köln entfernt. Das andere war eine kleine möblierte Wohnung, bestehend aus einer Wohnküche und einem Schlafzimmer. Das Bad und die Toilette befanden sich auf dem Flur. Sie entschieden sich für die Wohnung und nahmen das Angebot an, obwohl es sehr teuer war. Beide wussten, dass sie dort nicht lange bleiben würden. Aber sie waren für sich allein!

7. Kapitel „Helga und Alex als Ehepaar"

Winter 1962. Das jungverheiratete Paar lebte glücklich in einer kleinen möblierten Wohnung in Köln-Poll. Es war sehr kalt, und sie mussten ihren Kohleofen ordentlich befeuern, um warm zu bleiben. Im Schlafzimmer gab es keinen Ofen, auch keine elektrische Heizung. Sie waren froh, in dicken Federdecken zu schlafen. Die schönste Wärme war die Körperwärme, die entstand, wenn sie sich einkuschelten. An einem Sonntagmorgen wachten sie beide auf und bemerkten, dass ihr Wecker aufgrund der Kälte stehen geblieben war. Zum Glück war es nicht während der Woche passiert, sonst wären sie zu spät zur Arbeit gekommen.

Alex arbeitete weiterhin in der großen Firma KHD. Er hatte dort im Jahre 1951 angefangen und war nun im Traktorenbau tätig. Diese Arbeit war vielseitiger, und er musste auch nicht mehr so schwere Teile heben. Er genoss einen guten Ruf beim Betriebsleiter, da er seine Arbeiten stets genau und präzise erledigte. Bei der Messung einzelner Teile ging es manchmal um Millimeter. Die Bohrungen mussten äußerst präzise durchgeführt werden.

Helga war immer noch bei der Post beschäftigt. Mittlerweile wurde eine weitere Frau eingestellt, um beim Verteilen der Briefe zu helfen. Dadurch gab es nun einen Wechseldienst. Es wurde täglich von 5 bis 10 Uhr gearbeitet, manchmal auch samstags, vor allem vor Weihnachten oder Ostern, wenn viel Post eintraf. Die Nachmittagsschicht von 14 bis 19 Uhr wurde abwechselnd von Helga und ihrer Kollegin Frau Hargarten übernommen. Die beiden verstanden sich sehr gut, und es herrschte ein gutes Arbeitsklima. An das frühe Aufstehen hatte sich Helga mittlerweile gewöhnt. Nun war sie nicht mehr Fräulein Hansen, sondern Frau Ostrowski. Daran musste sich Helga noch gewöhnen.

An ihren Arbeitsstellen hatte sich nicht viel verändert. Aber die Tatsache, dass sie nun immer zusammen waren, war für Helga und Alex eine neue Erfahrung. Am Anfang fühlte es sich für sie an, als hätten sie Urlaub, aber nach einer Weile hörte dieses Gefühl auf, und ihnen wurde bewusst, dass sie nun für immer zusammen waren. Sie kamen sich näher und erzählten auch mehr von sich und ihren Gefühlen, was vorher selten vorkam. Dadurch lernten sie sich immer besser kennen, und es folgte eine wunderbare Zeit. Helga zauberte sonntags immer ein leckeres Essen. Manchmal bekam sie zu hören: „Bei meiner Mutter hat das Essen anders geschmeckt!" „Besser?", fragte Helga. Darauf kam keine Antwort. Oft hatte Helga Barbara, die sie nun Mutter nannte, nach bestimmten Rezepten gefragt. Barbara war gerne bereit, ihr die Zubereitung bestimmter Speisen zu erklären. Es wurde dann nach den Anweisungen gekocht, aber es schmeckte für Alex immer noch „anders" als bei seiner Mutter. Nun wusste Helga keinen Rat mehr und kochte so, wie sie es für richtig hielt.

Es wurde Frühling 1963. Alex und Helga wussten nun, dass sie bald Eltern werden würden. Sie waren glücklich und sich bewusst, dass eine neue Zeit auf sie zukam. Das Erste, worüber sie sprachen, war, dass Helga, sobald das Kind da war, nicht mehr bei der Post arbeiten sollte. Zuerst war Helga nicht einverstanden, aber Alex beharrte darauf, und sie sagte sich: Es ist besser, wenn ich zu Hause bleibe, um mein Kind großzuziehen. Nun war klar, dass sie eine andere Wohnung brauchten. Die möblierte Wohnung wurde noch nicht gekündigt, denn sie mussten erst eine andere finden. Aber Helga informierte bereits ihre Kollegen darüber, dass sie ein Kind erwartete und nach der Geburt zu Hause bleiben würde. Die Kollegen gratulierten, waren aber enttäuscht, dass Helga aufhören wollte. Nun musste eine Nachfolgerin gesucht werden. Da erfuhr Helga, dass sich ihre Cousine Elli bei der Post beworben hatte und gerne ihre Nachfolgerin werden wollte. Sie sprach mit ihrem Vorgesetzten darüber, und dieser versuchte, Helgas Cousine unter den Bewerberinnen auszuwählen. Sie hatte Glück!

Nun lag es an Alex, sich um eine Wohnung zu kümmern. Seit 3 Jahren war er als Funktionär bei der Gewerkschaft tätig und vertrat seine Arbeitskollegen bei Fragen zum Arbeitsrecht. Er machte es gerne und hatte bereits Erfolge erzielt, wie Lohnerhöhungen für Kollegen, die zu wenig verdienten. Dabei hatte er oft einen harten Kampf mit den Arbeitgebern ausgetragen. Bei der Gewerkschaft genoss er deshalb einen guten Ruf. Alex sah eine Chance, denn die Gewerkschaft vergab auch Wohnungen. Er sprach mit dem Chef darüber, dass er bald Vater würde und dringend eine

Wohnung brauchte. Dieser versprach ihm, alles Mögliche zu tun. Zu dieser Zeit gab es viele Wohnungssuchende. Es dauerte noch ein paar Monate, dann erhielt Alex von der Gewerkschaft die Nachricht, dass er eine Wohnung beziehen könnte. Die Freude über diese Nachricht war riesig. An einem Wochenende hatten sie die Gelegenheit, sich die Wohnung anzusehen.

Sie befand sich in Köln-Mülheim, in einer ruhigen Straße, im 3. Stock. Es war Oktober, und die Sonne schien an diesem Tag hell, wodurch alle Räume lichtdurchflutet waren. Der Vorbesitzer der Wohnung war da, um die Schlüssel zu übergeben und auch Geld zu geben, um noch zu tapezieren, da er selbst keine Zeit dafür hatte. Für Alex und Helga war das in Ordnung, weil sie dann die Tapeten selbst aussuchen konnten. Es wurden Tapeten für das Wohnzimmer, Schlafzimmer, Küche und für die kleine Diele gekauft. Helgas Bruder Rudolf wollte an den Wochenenden mithelfen. Nun wurden mit vereinten Kräften die Räume tapeziert. Es war eine Freude zu sehen, wie die Zimmer mit den neuen Tapeten wunderbar aussahen. Nach drei Wochenenden waren sie fertig. Nun fehlten nur noch die Möbel. Es musste eine Entscheidung getroffen werden: Sollten sie für die Möbel die Bausparverträge in Anspruch nehmen oder für ein Haus? Sie entschieden sich, nur einen Vertrag zu kündigen, um davon die Möbel zu kaufen, und der andere Vertrag sollte möglicherweise für ein Haus bestehen bleiben. Mit diesem Geld konnten sie eine komplette Einrichtung kaufen.

Mit Alex' Vater hatten sie seit der Hochzeit einen guten Kontakt. Als er erfuhr, dass er Großvater werden würde, wollte er unbedingt helfen, worüber Alex sehr erstaunt war. Er konnte ihnen gut helfen, da er durch seine Selbstständigkeit noch einen Einkaufsschein besaß. Somit konnten sie in den großen Möbelhäusern einkaufen und bekamen die gesamte Einrichtung zum Einkaufspreis. Das war eine große Hilfe, und sie waren darüber glücklich. Kurz vor Weihnachten war die Wohnung eingerichtet. Helga hatte alle Vorhänge genäht. Ihr Porzellan, Besteck und ihre Bettwäsche, die sie in die Ehe mitgebracht hatte, konnte nun in die Schränke eingeräumt werden. Was noch fehlte, wurde gekauft. Helga ging es gut, und sie war glücklich, mit Alex auf der neuen Couch zu kuscheln und auf ihrem ersten Fernseher Filme anzusehen. Sie waren zufrieden und stolz, dass alles nach ihren Vorstellungen gekommen war.

Eines Abends, während sie beide auf der Couch saßen, legte Alex seine Hand auf Helgas Bauch und erschrak, als er einen kräftigen Ruck spürte, und fragte: „Was war das?" Helga lachte und sagte: „Das Baby hat sich gedreht!" Das wird bestimmt ein Junge, meinte er. Helga sagte: „Wir müssen abwarten. Hauptsache, es ist gesund!" Wenn es ein Mädchen wird, dann soll es Gabriele oder Gaby heißen, der Junge soll Alexander heißen. Beide schauten sich an und waren mit den Namen ihrer ungeborenen Kinder zufrieden. Nun konnte das Baby kommen.

Im Januar war es dann soweit. Die Wehen begannen bei Helga an einem Freitagabend. Sie wurde von einem aufgeregten Alex ins Krankenhaus gefahren. Das Baby ließ sich bis Sonntag Zeit, dann kam es mit über 3000 Gramm auf die Welt. Es war ein schönes Mädchen mit schwarzen Locken. Als Alex sie zum ersten Mal sah, war er begeistert. Nun hatte er eine gesunde Tochter, die Gabriele heißen sollte. Helga blieb noch einige Tage im Krankenhaus, während Alex und seine Mutter die Aufgabe hatten, alle nötigen Sachen für das Baby einzukaufen. Alex, der stolze Vater, und Barbara, die stolze Großmutter, waren bei den Einkäufen wie in einem Rausch und erzählten den Verkäufern von ihrem Glück. Als sie an eine Abteilung mit Babysachen kamen, erzählte Barbara stolz, dass sie Oma geworden wäre, und die Verkäuferin sagte: „Ja, das habe ich in der Zeitung gelesen!" Erstaunt fragte sie: „In welcher Zeitung?" Da musste die Verkäuferin lachen und sagte: „Sie haben es mir vor kurzer Zeit noch gesagt!"

Als Helga dann wieder zu Hause war, stellte sie fest, dass sie alles für das Baby hatte. Eine Wiege hatte sie von ihrer ehemaligen Kollegin Frau Hargarten bekommen. Sie war frisch bezogen und sah aus wie ein kleines Himmelbett. Sie brauchte noch einen Kessel, um die Windeln zu waschen. Leider konnte sie nur alle 4 Wochen eine große Waschmaschine benutzen, die unten im Keller stand und von allen Mitbewohnern benutzt wurde. Zu diesem Zeitpunkt benutzte man nur feine Stoffwindeln, die täglich mehrmals gewechselt wurden, ebenso Hemdchen und Strampler. Darum die Benutzung eines Waschkessels, worin diese Babysachen „gekocht" wurden. Es war viel Arbeit und Aufwand. Helga machte es gerne, während Gabriele in der Wiege lag. Es war Winter und sehr kalt, deswegen stand die Wiege in der Küche, weil dort mit einem Kohleofen geheizt wurde. Im Wohn- und Schlafzimmer war es sehr kalt. Abends wurde im Wohnzimmer eine elektrische Heizung angemacht, um fernzusehen. Die kleine Familie fühlte sich wohl in ihrer neuen Wohnung. Sie war komplett und geschmackvoll eingerichtet. Nun konnten auch Gäste eingeladen werden.

Das erste Fest sollte die Taufe von Gabriele sein. Bei der Anmeldung wussten Helga und Alex, dass sie nicht kirchlich verheiratet waren und wollten das gerne noch nachholen. Sie besprachen das mit dem Pastor, und so geschah es, dass sie noch vor der Taufe am Altar den kirchlichen Segen erhielten, so wie auch ihre Ringe gesegnet wurden. Nun waren sie kirchlich verheiratet. Es war für beide ein sehr beeindruckender Moment. Nun konnten sie zum Taufbecken gehen, wo Barbara als Patin mit Gabriele im Arm und Rudolf standen. Die Taufe konnte stattfinden. Gabriele war sehr ruhig, so als würde sie spüren, dass etwas Besonderes mit ihr passierte. Nach der Taufe musste Rudolf wieder nach Hause. Bei der Verabschiedung sagte er noch, dass sie ihr drittes Kind erwarten würden.

Mit Hilfe von Barbara verlief der Tag bei Kaffee und Kuchen sehr gut. Gabriele wurde herumgereicht, und alle waren von ihr begeistert. Besonders Ruth, die kleine Schwester von Alex, wollte das Baby nicht wieder zurückgeben. Paul, Alex' Vater, war ebenfalls sehr stolz auf seine Enkelin. Alex' Bruder Helmut und dessen Frau betrachteten Gabriele nur und äußerten sich überhaupt nicht. Als Helga die beiden fragte, wann sie denn ein Kind bekommen würden, antworteten sie: „Das hat noch Zeit!" Vater Edmund, Lisbeth und Peter nahmen Gabriele ganz vorsichtig auf den Arm. Nachdem die Gäste gegangen waren, wurde noch aufgeräumt. Helga, die ihre Tochter im Arm hielt und stillte, dachte: Das war heute ein wunderbarer Tag! Alex kam und streichelte seine Tochter über ihr gelocktes Haar und sagte dabei: „Du hattest heute einen besonderen Tag!"

Nach einer Woche wurde die Familie von Helga zur Taufe eingeladen. Edmund, Lisbeth und Peter kamen nochmals. Peter war besonders stolz, mit 10 Jahren schon Onkel zu sein. Elfriede und Klaus schauten in die Wiege und meinten: „Das wird sicher einmal ein schönes Mädchen werden", und erzählten, dass sie sich ein neues Auto gekauft hätten und Elfriede ihren Führerschein machte. Rudolf und Käthe kamen ohne Jutta und Thomas. Man sah, dass sie in anderen Umständen war, und sie meinten sofort, dass sie nicht lange bleiben könnten, weil ihre Kinder bei Nachbarn wären. Zuletzt kamen Margarete und Toni mit ihrer 1-jährigen Tochter Cordula. Gregor blieb zu Hause; er musste noch Schularbeiten machen. Ihr Bruder Hans konnte nicht kommen, was Helga sehr bedauerte. Es gab viele Geschenke für Gabriele, darunter Stofftiere und Babykleidung. Alles wurde dankend angenommen. Bei Kaffee und Kuchen hatte man sich viel zu erzählen. Sie unterhielten sich über Politik und den Wohlstand, den es im Moment in Deutschland gab. Zwischendurch wurde Gabriele gefüttert. Margarete setzte sich mit Cordula zu ihnen und fütterte die Kleine ebenso. Alex kam zu ihnen und meinte: „Das wäre ein schöner Anblick, zwei Schwestern nebeneinander zu sehen, die eine mit blonden Haaren und die andere mit schwarzen Haaren." Er bedauerte, dass er keinen Fotoapparat hatte; das hätte er fotografieren können. Helga schaute zu ihrem Vater und dachte, ob er wohl auch solche Gedanken hatte. Ihr fiel auf, dass er wenig gesprochen hatte, ebenso seine Frau Lisbeth. Ob die beiden glücklich waren? Eigentlich müsste er doch stolz auf seine Kinder sein, wo er doch nun fünf Enkelkinder hatte. Das alles dachte sie und konnte nicht fragen, weil sie genau wusste, darauf bekommt sie keine Antwort. Nun war die Tauffeier von Gabriele vorbei. Helga und Alex waren stolze Eltern und auch stolz auf ihre Wohnung. Sie fühlten sich wohl in dem Haus, mit netten Nachbarn, die sie auch nach der Tauffeier eingeladen hatten. Das Baby und auch die Wohnung wurden sehr bewundert.

Es war Sommer, und Helga unternahm sehr oft Spaziergänge mit dem Kinderwagen. Ihr Ziel war meistens Buchforst, wo Barbara lebte. Sie waren von Köln zusammen mit Reiner und Ruth dorthin gezogen. Ihre Ehe war längst zerbrochen, aber aus finanziellen Gründen lebten sie noch zusammen. Tagsüber war Reiner nicht da, und während dieser Zeit besuchte Helga mit dem Kind Barbara. Barbara hatte eine ältere Dame, Frau Wilmenroth, kennengelernt, die Karten legte und auch oft da war, wenn Helga zu Besuch kam. Natürlich wollte sie unbedingt für Helga die Karten legen, um zu sehen, ob sie noch ein zweites Kind bekommen würde. Helga war davon nicht begeistert, machte aber aus Spaß mit. Die Karten prophezeiten, dass sie noch einen Jungen bekommen würde. Helga musste darüber lachen; für sie war das alles nicht real. Drei Monate vergingen. Die kleine Familie war zufrieden, bis eines Tages etwas Tragisches passierte.

An einem Nachmittag klingelte es an der Tür, als Helga gerade Gabriele stillte. Sie konnte sich nicht vorstellen, wer das sein könnte, da sie niemanden erwartete. Da sie im 3. Stock wohnten, dauerte es eine Weile, bis die Besucher diese erreicht hatten. Als Helga hörte, dass jemand vor ihrer Wohnungstür stand, schaute sie durch den Spion und sah zwei Polizisten. Sie erschrak sehr und dachte, ob etwas mit Alex passiert sei. Sie öffnete die Tür und fragte nach dem Grund ihres Kommens. Sie sagten: „Wir suchen Frau Walter, Ihre Schwiegermutter. Herr Walter hat uns zu Ihnen geschickt." Helga antwortete: „Nein, das ist ja eine Unverschämtheit. Ich dachte schon, meinem Mann wäre etwas zugestoßen!" Die Polizisten entschuldigten sich und gingen wieder. Da sie ein Telefon besaß, versuchte Helga als Erstes, bei einer Bekannten von Barbara anzurufen. Sie konnte in Erfahrung bringen, dass Barbara bei ihr war. Scheinbar war also alles in bester Ordnung.

Drei Stunden später begann Gabriele zu weinen, was sie selten tat. Helga holte sie aus der Wiege, nahm sie in den Arm und versuchte, sie zu trösten. Doch als sie nicht aufhörte zu weinen, gab Helga ihr eine frische Windel und versuchte, sie zu stillen. Nach kurzer Zeit weinte Gabriele noch heftiger. Ratlos machte Helga ihr einen Fencheltee, der sonst immer half und sie beruhigte. Nachdem Gabriele das Fläschchen leer getrunken hatte, beruhigte sie sich endlich und konnte wieder in ihre Wiege zurückgelegt werden. Inzwischen kam Alex nach Hause, und Helga berichtete ihm von dem Vorfall. Er war sehr verärgert. Kurz darauf hörten sie Gabriele erneut weinen. Helga nahm sie wieder in den Arm, und auch Alex versuchte, sie zu beruhigen, doch ohne Erfolg. „Sie hat bestimmt Hunger", sagte Helga und legte Gabriele erneut an ihre Brust. Dabei bemerkte sie, dass Gabriele heftig saugte, aber nicht trank. „Ich habe keine Milch mehr", rief sie aus. „Wieso?", fragte Alex. „Das war sicher der Schock, den die Polizisten ausgelöst haben. Ich muss Milchpulver kaufen. Gut, dass die Drogerie noch offen ist." Während Alex seine Tochter im Arm hielt und in der Wohnung umherging, holte Helga das Milchpulver und bereitete die Milchnahrung genau nach Anleitung zu. Endlich konnte sie ihrem Kind zu trinken geben. Gabriele trank die Flasche sehr schnell leer, während Helga weinte und sagte: „Wie gerne hätte ich doch noch gestillt!"

Als sie sich wieder etwas beruhigt hatte, wollte sie zu Alex ins Wohnzimmer gehen, doch er war nicht mehr da. „Was ist los, wo ist er?" fragte sie sich. Alex hatte mitbekommen, wie Helga weinte, und entschied sich, zu seiner Mutter zu fahren, um mit Reiner zu sprechen. Dort angekommen, hörte er schon im Treppenhaus Streit aus der Wohnung. Als er eintrat, sagte er zu seiner Mutter: „Du wirst dich sofort scheiden lassen!" Auf Reiners Einwurf, „Das geht dich nichts an", verlor Alex die Beherrschung und schlug ihn mehrmals heftig ins Gesicht, sodass seine Nase zu bluten begann. Er hätte sicherlich weiter zugeschlagen, wenn seine Mutter und Ruth ihn nicht zurückgehalten hätten. Reiner zog sich ins Bad zurück, um die Blutung zu stillen. Danach erzählte Alex seiner Mutter, was vorgefallen war. Sie war erschrocken und konnte nicht glauben, dass Reiner die Polizei zu Helga geschickt hatte. Beim Gehen sagte er nochmals: „Lass dich scheiden!"

Der ganze Zwischenfall dauerte nicht lange, und Alex war schon bald wieder zu Hause. Als Helga fragte, wo er gewesen sei, antwortete er nur: „Ich habe meiner Mutter gesagt, sie soll sich scheiden lassen!" Helga merkte, dass Alex sehr bedrückt war, und drängte ihn, ihr doch alles zu erzählen. Daraufhin begann er langsam zu berichten, was geschehen war. Helga war erschrocken, konnte aber verstehen, warum Alex so reagiert hatte, besonders als er hinzufügte: „Es kam einfach über mich. Mir fiel alles wieder ein, was dieser Mann meiner Familie angetan hat: Mein hart erarbeitetes Geld brachte er zu den Prostituierten, hat meine Mutter betrogen und nun auch noch unserem Kind die Muttermilch genommen!" Helga nahm Alex in den Arm und drückte ihn fest an sich. Daraufhin wurde er ruhiger.

Dieser Zwischenfall veranlasste Barbara dazu, einen Rechtsanwalt aufzusuchen und die Scheidung einzureichen. Ihr war klar, dass die finanzielle Lage nun schwierig sein würde, aber der Rechtsanwalt sorgte für eine angemessene Versorgung, sodass sie ihre Miete zahlen konnte und ein zwar knappes, aber ausreichendes Einkommen für ihren Lebensunterhalt hatte. Bei der Scheidung legte das Gericht fest, dass Reiner monatlich Unterhalt an seine Exfrau zahlen musste, was er auch akzeptierte. Damit war dieses Kapitel abgeschlossen.

Die kleine Ruth war in ihren 12 Lebensjahren nie gefragt worden, was sie fühlte und dachte. Man hätte sie trösten müssen, denn sie hatte die lautstarken Streitigkeiten immer mitbekommen. Der ganze Frust, der sich vor der Scheidung bei Barbara angestaut hatte, entlud sich an ihrer Tochter. Sie wurde weggestoßen mit den Worten: „Geh mir aus den Augen!" Beim Kämmen zog sie ihr an den Haaren, und es gab auch andere Schikanen. Ruth weinte sehr viel, hatte immer Hunger und griff oft zu Süßigkeiten, was dazu führte, dass sie an Gewicht zunahm. Auch das hätte bemerkt werden müssen, doch niemand schenkte ihr Beachtung. Sie sprach sehr wenig, aber abends im Bett erzählte sie ihrer Puppe, was sie fühlte. Ihr kleines Herz sehnte sich nach Liebe und Zärtlichkeit. Manchmal wünschte sie sich eine andere Mutter. Doch wenn sie ihre Mutter im Schlafzimmer weinen hörte, dachte sie: „Mama ist auch sehr traurig."

Helga und Alex waren mit der kleinen Gabriele beschäftigt, die sich sehr gut entwickelte, weshalb sie wenig Zeit hatten, sich um Ruth zu kümmern. Helga nahm sich nun mehr Zeit, um wieder Kleidung zu nähen, auch kleine Kleider für ihre Tochter. Beim Nähen dachte sie an ihre Geschwister und nahm sich vor, sie zu besuchen. Es waren schon 3 Monate seit der Taufe vergangen, in denen sie ihre Geschwister nicht gesehen hatte.

Plötzlich und unerwartet rief ihr Bruder Hans an und fragte, ob er am Wochenende kommen könnte, da er jemanden mitbringen würde. Auf die Frage, wen er mitbringe, antwortete er nur: „Lass dich überraschen!" Helga freute sich darauf, ihren Bruder zu sehen. Am Sonntagnachmittag erschien Hans mit einer Frau, die in seinem Alter war. Er stellte sie voller Stolz vor: „Das ist Ilse, meine zukünftige Frau!" Alex und Helga waren erstaunt und wollten wissen, wo und wann er sie kennengelernt hatte. Er berichtete, dass sie sich vor etwa 6 Monaten in Brühl kennengelernt hatten. Dort wohne Ilse, und sie planten auch, nach der Hochzeit in Brühl zu wohnen. Es wurde ein schöner Nachmittag. Ilse erzählte ausführlich über sich, dass sie bei Knappsack arbeitete, keine Eltern mehr hätte und Hans sehr gerne habe. Plötzlich fragte Helga: „Hat unser Vater Ilse schon kennengelernt?" Hans verneinte, woraufhin Helga und Alex erstaunt und erfreut waren, als Hans sagte: „Ich wollte, dass Ilse zuerst euch kennenlernt, meine liebe Schwester und meinen Schwager!" Beim Abendessen sagte Hans dann ohne Umschweife: „Wir bekommen ein Kind!" Nun waren Helga und Alex erschrocken und legten Messer und Gabel zur Seite. Ilse nickte, um die Worte von Hans zu bestätigen. Es wurde danach ohne Worte weitergegessen. Nach dem Essen wollte Hans eine Partie Schach mit Alex spielen. Helga kümmerte sich um ihre Tochter, während Ilse zuschaute und ganz begeistert von Gabriele war. Nach dem Füttern nahm Ilse sie in ihre Arme. Sie sah dabei sehr glücklich aus, und Helga dachte, dass Ilse sicher eine gute Mutter werden würde.

Als sie wieder beisammen saßen, sprachen sie über vergangene Zeiten, damit Ilse mehr über die Familie erfahren konnte. Besonders viel wurde über den Vater gesprochen, wie streng und unnachgiebig er war. Für Helga war es wichtig zu erfahren, ob Hans am Wochenende noch sein Bier trank. Sie fragte ihn spontan. Hans erschrak und zögerte zunächst mit seiner Antwort. Als Helga sagte: „Du wirst als Vater und Ehemann Verantwortung tragen müssen, und da hört das Junggesellen-Dasein auf!", erwiderte Hans: „Ich werde damit aufhören, das habe ich Ilse bereits versprochen!" Helga war erleichtert und bemerkte, dass beide noch etwas auf dem Herzen hatten. „Wir wollten fragen, ob du unser Kind in Pflege nehmen könntest?" überrascht fragte Helga: „Wieso?" Ilse erklärte: „Ich kann bei der Firma Knappsack nicht aufhören zu arbeiten, sonst verliere ich meine Knappsackrente, und die ist sehr hoch. Ich muss noch ein Jahr arbeiten, dann habe ich den Rentenanspruch. Danach werde ich aufhören und nur für mein Kind da sein!" Das leuchtete ein. Helga schaute zu Alex, der nickte, um zu signalisieren, dass sie es machen sollten. Doch das Kind sollte erst einmal geboren werden. Danach wollte man über das Arrangement sprechen.

Bei der Verabschiedung wurden Helga und Alex zur Hochzeit eingeladen, die bald stattfinden sollte. Zur Hochzeit war auch die gesamte Familie eingeladen, und dabei lernte Ilse alle Geschwister kennen. Mit Edmund, ihrem Schwiegervater, hatte sie sich ausführlich unterhalten. Dieser riet ihr, darauf zu achten, dass Hans nicht zu viel Alkohol trank. Ilse wurde nun ein wenig ängstlich, denn sie wusste, dass Alkohol ihre Ehe zerstören könnte. Doch sie glaubte fest daran, dass alles gut werden würde.

In den Monaten bis zur Geburt ihres Kindes nutzte Helga die Zeit, um mit Rudolf, Elfriede und Margarete zu sprechen, da ihr auf der Hochzeit aufgefallen war, dass sie so still gewesen waren. Zuerst besuchte sie Rudolf, diesmal ohne Gabriele, die bei der Oma blieb. Rudolf war inzwischen wieder Vater eines Jungen geworden, den sie Christoph nannten. Bei ihrer Ankunft wurde Helga von Käthe, ihrer Schwägerin, unhöflich mit den Worten empfangen: „Wieso vertraut Hans dir sein Kind an?" Im Moment konnte Helga nichts darauf antworten und fragte nur: „Wie kommst du darauf?" Daraufhin schaltete sich Rudolf ein und erklärte: „Hans hat es mir erzählt, mit den Worten, dass du die Einzige wärst, der er sein Kind anvertrauen würde." „Ich weiß", sagte Helga, „und ich mache es auch sehr gerne!" Der Aufenthalt bei ihrem Bruder war kurz. Nachdem sie Christoph in den Arm genommen hatte, war sie begeistert, weil er sie anlächelte. Dann gab sie Jutta, der ältesten Tochter, und Thomas je eine Tafel Schokolade, verabschiedete sich von den Kindern und Käthe, die sich ins Schlafzimmer zurückgezogen hatte. Bei der Verabschiedung umarmte Helga ihren Bruder und fragte: „Bist du glücklich?" Tränen traten in seine Augen, und er sagte: „Nein." Helga drückte ihn fest an sich, gab ihm einen Kuss auf die Wange und war sehr traurig darüber, dass sie ihrem Bruder nicht helfen konnte.

Als Nächstes besuchte Helga ihre Schwester Margarete, diesmal mit Gabriele. Gregor und Cordula, die ein Jahr älter als Gabriele war, kamen ihnen entgegen. Cordula wollte sofort mit Gabriele spielen, was natürlich noch nicht ging. Gregor verschwand wieder in sein Zimmer, nachdem er Schokolade von Tante Helga erhalten hatte, und zeigte kein Interesse an den Mädchen. Margarete kam freudig aus dem Garten, um ihre Schwester zu begrüßen, brühte Kaffee auf und legte Gebäck auf einen Teller. Dann gingen sie mit den Kindern in den Garten, wo bequeme Gartenmöbel standen. Gabriele wurde von Helga auf eine Decke gelegt, und Cordula hielt sie fest und lenkte sie mit ihren Spielsachen ab. Während die Kinder beschäftigt waren, unterhielten sich die Schwestern. Zuerst ging es um die Kinder, dann begann Margarete über Toni zu sprechen. Sie klagte darüber, dass sie oft und für längere Zeit allein mit den Kindern sei. „Toni ist bedingt durch seinen Beruf bei der Lufthansa sehr viel unterwegs. Er verkauft Flugzeuge in der ganzen Welt. Er verdient sehr gut, und wir können uns nicht beklagen. Ich habe ein Auto und kann mit meinen Kindern Ausflüge machen. Aber weißt du, Helga, ich habe große Angst, er könnte mit dem Flugzeug abstürzen, und ich wäre dann allein. Zudem lernt er viele Menschen kennen, darunter auch Frauen, die ihn einmal für sich beanspruchen könnten", sagte sie mit Tränen in den Augen, fügte aber lächelnd hinzu: „Du weißt ja, wie charmant er sein kann." Wie schon bei Rudi, konnte Helga nicht viel sagen, verstand aber nun, warum Margarete bei den letzten Treffen so ruhig gewesen war.

Während der Busfahrt von Porz nach Köln nach Hause gingen Helga viele Gedanken durch den Kopf. Sie grübelte darüber, warum Margarete sich beklagte, oft allein zu sein, obwohl sie doch ihre Kinder hatte, mit denen sie sich beschäftigen konnte. Sie dachte, wenn Toni zu Hause wäre, sollte Margarete ihn verwöhnen, damit er sich immer freut, nach Hause zu kommen. Bei sich schmunzelte sie und dachte, so würde sie es machen. Doch die Angst, die Margarete empfand, hielt Helga für berechtigt. Sie selbst kannte solche Ängste bei Alex, der bereits Unfälle in der Firma miterlebt hatte, bei denen Kollegen schwer verletzt wurden. Diese Erlebnisse waren schrecklich und zeigten, dass auch Alex solche Unfälle passieren könnten.

Der nächste Besuch sollte bei Elfriede und Klaus sein, diesmal gemeinsam mit Alex. Gabriele blieb bei ihrer Oma und Ruth, die sich immer freuten, wenn sie Gabriele bei sich hatten. Seit Reiner nicht mehr da war, hatte sich das Verhältnis zwischen Alex und seiner Mutter verbessert, worüber Helga sehr froh war, da sie Barbara und Ruth sehr mochte und das Verhältnis zwischen Mutter und Tochter sich verbessert hatte. An einem Sonntagnachmittag trafen sie sich dann bei Elfriede und Klaus, die sich sehr freuten. Es wurde über vieles gesprochen, allerdings nicht über Kinder. Elfriede und Klaus waren bereits 9 Jahre verheiratet und hatten immer noch keine Kinder. Plötzlich sprach Elfriede von Hans und Ilse, dass die beiden nun ein Kind erwarten und Helga es in Pflege nehmen solle. Sie sagte es mit einem vorwurfsvollen Unterton, worauf Helga entgegnete:

„Warum nimmst du nicht das Kind, du hast doch viel Zeit!" Elfriede senkte den Kopf und sagte: „Nein, ich habe keine Zeit, ich gehe wieder arbeiten!" Das war Helga neu. Sie erinnerte sich daran, dass Elfriede bei der letzten Begegnung so still gewesen war. Dass sie wieder arbeiten ging, konnte aber nicht der alleinige Grund für ihr Verhalten sein.

Als Elfriede den Kaffeetisch abräumte und in die Küche ging, folgte Helga ihr nach. Dort fragte sie: „Elfriede, was ist eigentlich los? Du wirkst nicht glücklich." Elfriede brauchte einen Moment, bevor sie antwortete: „Ich bin mit Klaus nicht glücklich. Ich liebe diesen Mann nicht. Er versucht alles, um mich zufrieden zu stellen, aber es gelingt ihm nicht. Wir leben nur noch nebeneinander." „Das tut mir leid", sagte Helga und wollte sie umarmen, doch Elfriede wich aus. Helga spürte, dass zwischen ihnen, wie schon früher, eine gewisse Distanz bestand. Aber warum konnte Elfriede nicht versuchen, das Beste aus ihrem Leben zu machen? War sie dazu nicht in der Lage? Helga wollte weiterfragen, merkte jedoch, dass Elfriede nicht darüber sprechen wollte. Sie kehrten ins Wohnzimmer zurück, wo Klaus und Alex sich angeregt unterhielten. Nach kurzer Zeit fuhren Alex und Helga wieder nach Hause. Im Auto berichtete Helga von Elfriedes Geständnis. Alex war erstaunt und meinte: „Das kann ich nicht verstehen, Klaus ist doch ein intelligenter und sympathischer Mann. Man kann sich sehr gut mit ihm unterhalten!" Daraufhin erzählte Helga, dass ihr Vater Elfriede zur Heirat mit Klaus gezwungen hatte. Alex war so schockiert über Helgas Offenbarung, dass er abrupt bremsen und am Wegrand anhalten musste. „Das musst du mir genauer erzählen!" Helga schilderte ihm die Ereignisse von vor etwa 9 Jahren. Alex war erschüttert und sagte: „Weil sie gezwungen wurde, kann sie Klaus nicht lieben." „Ich glaube, du hast recht", sagte Helga.

Schließlich wurden Hans und Ilse Eltern eines gesunden Jungen, den sie Stefan nannten. Die Geburt verlief ohne Komplikationen, obwohl Ilse Bedenken hatte, da sie bereits 40 Jahre alt war. Doch alles ging gut, und Hans war als 40-jähriger Vater sehr stolz. Die Absprachen bezüglich der Betreuung Stefans wurden in Ilses Wohnung in Brühl am Kaffeetisch getroffen. Nach drei Monaten Mutterschutz sollte Stefan sonntagabends von Hans oder Ilse zu Helga gebracht werden, und Hans sollte ihn freitagnachmittags nach der Arbeit wieder abholen. Natürlich waren beide unglücklich darüber, ihren Sohn fünf Tage lang nicht sehen zu können, besonders Ilse war davon sehr betroffen.

Das Pendeln mit Stefan verlief sehr gut, und er entwickelte sich prächtig. Gabriele, die inzwischen ein Kinderbettchen hatte, war fasziniert von Stefan, der in der Wiege lag. Morgens musste Helga besonders aufpassen, denn Gabriele hatte die Angewohnheit, zur Wiege zu krabbeln und sich daran hochzuziehen, um Stefan zu sehen, wobei die Wiege immer zu kippen drohte. Helga nahm sie dann auf den Arm, sodass sie Stefan sehen konnte. Manchmal legte Helga Stefan auf eine Decke, und Gabriele brachte ihre Spielsachen, um mit ihm zu spielen. Doch das funktionierte nicht, und wenn Gabriele das merkte, war sie enttäuscht und spielte allein weiter.

Es war Sommer, und Stefan verbrachte oft Zeit auf dem Balkon. Bei starker Sonneneinstrahlung stellte Helga einen Sonnenschirm auf, und Stefan lag mit nackten Beinchen, die fröhlich strampelten, in der Wiege. Er lachte immer, wenn Helga zu ihm kam. Stefan war ein entzückender Junge und glich immer mehr seinem Vater.

An Freitagnachmittagen kam Hans, um Stefan abzuholen. Er legte ihn in den Kinderwagen und fuhr mit ihm nach Hause. Im Zug nahm Hans Stefan aus dem Kinderwagen auf den Arm, um Zeit mit ihm zu verbringen. Eines Freitags hörte Helga lautes Singen aus dem Treppenhaus. Als sie die Tür öffnete, sah sie Hans mit einem offenen Schirm die Treppe hochkommen, strahlend verkündete er: „Ich hole meinen Sohn ab!" Helga war unsicher, ob sie lachen oder schimpfen sollte. Dieses Mal übergab sie Stefan nicht direkt an ihren Bruder. Stattdessen sagte sie: „Wir fahren euch beide mit dem Auto nach Hause; in diesem Zustand kann ich dir deinen Sohn nicht übergeben." Glücklicherweise war die Nachbarin Frau Becker bereit, Gabriele zu betreuen. Helga rief Ilse an, um ihr mitzuteilen, dass sie Stefan und Hans bringen würden. Ilse war überglücklich, als sie ihren Sohn wieder in die Arme schließen konnte. Hans musste versprechen, freitags keinen Alkohol mehr zu trinken. Am nächsten Freitag entschuldigte sich Hans; der Stress in der Firma hatte ihn zu dem Fehltritt verleitet.

Einige Monate später, als sie Stefan brachten, erzählte Ilse von der Möglichkeit, Stefan bei einer Nachbarin zu lassen. Sie war sichtlich glücklich über diese Lösung. Helga und Alex freuten sich für Ilse. Hans äußerte sich nicht dazu; er wollte, dass alles beim Alten blieb. Vor ihrer Abreise verkündete Helga, dass sie wieder schwanger war. Sie lachte und sagte: „Stefan hat uns inspiriert, noch ein Baby zu bekommen, am besten einen Jungen."

Der folgende Winter war außergewöhnlich kalt, und es musste intensiv mit Briketts geheizt werden, die im Keller gelagert waren. Im Schlafzimmer war es so kalt, dass Gabriele unter einer dicken Schlafdecke schlief, zudem trug sie eine Mütze und Handschuhe. Am Morgen waren die Fensterscheiben von Eisblumen bedeckt. Tagsüber stellten Helga und Alex einen elektrischen Heizofen ins Schlafzimmer, sodass es zur Mittagszeit, wenn Gabriele ihren Schlaf brauchte, angenehm warm war. Abends wurde der Heizofen ins Wohnzimmer verlegt.

Helga und Alex bereiteten sich auf ihr zweites Kind vor und waren sich bewusst, dass die Unterbringung der Kinder eine Herausforderung darstellen würde. Solange die Kinder klein waren, konnten sie im Schlafzimmer der Eltern untergebracht werden. Doch mit dem Heranwachsen und dem Bedarf an größeren Betten würde es schwieriger. Die Lösung fanden sie darin, ihr Schlafzimmer abzugeben. Sie kauften ein Etagenbett für sich und zwei kleinere Betten für die Kinder, sowie zwei versetzbare Schränke. Das Zimmer wurde so eingerichtet, dass nachts alle genügend Platz zum Schlafen hatten und tagsüber die Kinder auch spielen konnten. Obwohl sie bedauerten, kein separates Kinderzimmer zu haben, war dies für sie die beste Lösung. Sie mochten ihre Wohnung in Mülheim sehr und wollten versuchen, mit den Gegebenheiten zurechtzukommen.

Nachdem die neuen Möbel angeschafft waren, verkauften Helga und Alex die großen Ehebetten und den großen Schrank günstig an eine junge Familie. Gabriele erhielt ein neues Bett, das tagsüber zu einem Sofa umfunktioniert werden konnte. Das für April 1966 erwartete Baby sollte in dem Bettchen schlafen, in dem zuvor Gabriele und Stefan gelegen hatten. Mit einem Teppich in der Mitte des Raumes, auf dem die Kinder spielen konnten, war alles bereitgestellt. Helga und Alex waren zufrieden mit ihrer

Lösung. Auch Gabriele, mittlerweile 2 Jahre alt, war stolz auf ihr großes Bett und freute sich auf das Geschwisterchen. Durch das Vorlesen von Helga, besonders aus einem Bilderbuch mit Bauernhoftieren, konnte Gabriele schon sehr gut sprechen und die Geschichten weitererzählen.

Am 12. April kam Alexander zur Welt. Er war, obwohl schlank, genauso schwer wie Gabriele bei ihrer Geburt. Die unterschiedlichen Gelüste Helgas während der Schwangerschaften – Marzipan bei Gabriele und saure Heringe sowie viele Gurken bei Alexander – waren ein amüsanter Unterschied. Nach der Rückkehr aus dem Krankenhaus war Helga froh, dass zu Hause alles vorbereitet war und keine neuen Anschaffungen nötig wurden. Die Familie fühlte sich nun größer und vollständiger. Die Erfahrung, die Helga bereits mit Stefan sammeln konnte, half ihr im Umgang mit zwei eigenen Kindern. Gabriele war glücklich über ihr „richtiges" Brüderchen und konnte Alexander oft mit ihren Spielsachen beruhigen, wenn er weinte.

Als Alexander 3 Monate alt war, fand seine Taufe statt. Helmut und Ilse, die Paten, waren darüber sehr erfreut. Ilse hielt Alexander stolz am Taufbecken. Die Gästeliste war diesmal kleiner, mit den Paten und Großeltern als Hauptgäste. Opa Edmund zeigte sich besonders stolz, einen Enkelsohn zu haben, und wünschte sich häufige Besuche, worüber sich auch Peter, nun 12 Jahre alt, freute.

Die Zeit verging schnell, und als Alexander ein Jahr alt wurde, plante die Familie ihren ersten gemeinsamen Urlaub. Ein 14-tägiger Aufenthalt im Westerwald wurde von Alex' Firma KHD angeboten und teilweise finanziert. Alex nahm das Angebot gerne an, und so mussten Koffer für die Reise angeschafft werden. Gabriele und Alexander bekamen jeweils einen kleinen Koffer für ihre Spielsachen – Gabriele für ihre Puppen und Alexander für die Autos, die er von Opa "Post" bekommen hatte. Mit der Adresse der Pension im Westerwald bereit, startete die Familie an einem Montagmorgen mit drei Koffern und einem Kinderwagen im Auto in den Urlaub. Unterwegs wurde viel gesungen, und die Familie erreichte gut gelaunt ihr Ziel. Die Pension in dem kleinen Ort war groß und bot geräumige Zimmer. Die Kinder schliefen in ihren eigenen Bettchen und die Eltern in großen

Betten. Das Essen war lecker, und dank des Kinderwagens waren viele Spaziergänge möglich, was in der frischen Landluft besonders schön war. Die Familie knüpfte Kontakte zu anderen Eltern, und abends, wenn die Kinder schliefen, konnte man sich bei Wein und Bier angenehm unterhalten.

Die zwei Wochen vergingen schnell, und der Rückkehr nach Hause stand bevor. Helga bedauerte das Ende des Urlaubs, denn die Zeit ohne Kochpflicht und mit der Möglichkeit, sich vollkommenden Kindern zu widmen, hatte ihr sehr gefallen. Sie hatte sich vorgenommen, dass Alexander mit einem Jahr nicht mehr in die Windel machen sollte. Anstatt Stoffwindeln gab es nun die Möglichkeit, Zellstoffwindeln zu verwenden, die in eine Gummihose gesteckt und nach Gebrauch entsorgt werden konnten. Helga setzte Alexander dreimal täglich auf das Töpfchen und motivierte ihn mit sanften Worten. Eines Tages bat Alex Helga, kurz zu ihm zu kommen. Gabriele, die gerade aus ihrem Mittagsschlaf erwacht war, sollte in der Zwischenzeit auf Alexander aufpassen. „Ich bleibe nicht lange", versicherte Helga und folgte Alex. Es war nichts Dringendes, und nach kurzer Zeit kehrte Helga zurück zu ihren Kindern. Sie fand Gabriele weinend vor: „Mama, der hat die ganze Tapete abgerissen!" Alexander hatte, während er auf dem Töpfchen saß, ein großes Stück Tapete von der Wand gezogen. Helga musste nun Gabriele trösten und Alexander vom Töpfchen nehmen – er hatte nichts gemacht.

Nach dem Vorfall berichtete Helga Alex, was geschehen war. Gemeinsam gingen sie zur Wirtin, um ihr den Schaden zu melden und anzubieten, für die Reparatur aufzukommen. Die Wirtin jedoch beruhigte sie mit den Worten: „Ich habe den ganzen Sommer über kleine Kinder hier. Diese verursachen immer mal kleinere Schäden. Die Versicherung der Firma KHD deckt diese Schäden." Beide waren erleichtert und fragten sich schmunzelnd, welche Streiche Alexander wohl in der Zukunft noch machen würde. Alex erzählte amüsiert von seinen eigenen Kindheitsstreichen und wie er einmal einen Vorhang in Brand gesetzt hatte. Helga konnte sich nun lebhaft vorstellen, was von Alexander noch zu erwarten sein könnte. Trotz des kleinen Zwischenfalls war der Urlaub ein schönes Erlebnis, und zu Hause angekommen, begannen sie bereits, den nächsten Urlaub zu planen, der diesmal in Bayern stattfinden sollte.

Der Sommer verging schnell, ohne besondere Vorkommnisse in der Familie. Hans und Ilse genossen es, Stefan nun täglich bei sich zu haben, und er fühlte sich bei der Nachbarin wohl. Bald würde Ilse ihre Arbeit bei Knappsack beenden und dann dauerhaft zu Hause sein. Margarete war mit Kindern, Haus und Garten sehr beschäftigt. Dank Tonis Beruf hatten sie die Möglichkeit, zu ermäßigten Preisen zu fliegen und hatten bereits einige Länder besucht, wenn Toni Urlaub nahm. Rudolf hingegen war noch nie mit seiner Familie in den Urlaub gefahren. Auf die Frage, warum sie keinen Urlaub machten, antwortete Käthe, sie hätten dafür kein Geld. Helga und Alex konnten das kaum verstehen, da Rudolf als Lokomotivführer gut verdiente, zusätzlich Spät- und Nachtschichten leistete und auch Kindergeld von der Bahn erhielt. Sie vermuteten, dass Käthe vielleicht nicht gut mit dem Geld umgehen konnte.

Elfriede fühlte sich weiterhin unzufrieden in ihrer Ehe, trotz der Bemühungen von Klaus, sie glücklich zu machen. Peter, nun 12 Jahre alt, besuchte eine Realschule und machte gute Fortschritte. Er war eher zurückhaltend, und Helga bedauerte, so wenig über seine Gedanken und Gefühle zu wissen. Sie hatte den Eindruck, dass er besonders von seiner Mutter Lisbeth verwöhnt wurde. In Edmunds Haushalt hatte dieser stets das Sagen, selbst bei der Auswahl von Lisbeths Kleidung aus dem Katalog. Nach Edmunds Pensionierung mit 65 Jahren von der Post gestalteten sie den ehemaligen Postraum in ein gemütliches Wohnzimmer um, das mit einer kleinen Feier eingeweiht wurde. Trotz der Möglichkeit, nun ein angenehmeres Leben zu führen, zeigte Edmund wenig Reiselust. Lediglich Besuche bei der Verwandtschaft in Frankreich und in der Eifel, wo Edmunds Schwester Mary lebte, standen auf dem Programm. Ihr Haus bot genügend Platz für Übernachtungen, da ihre fünf Kinder bereits ausgezogen waren.

Bei Ruth und Barbara lief es soweit gut. Obwohl Barbara finanziell nicht auf Rosen gebettet war, kamen sie gut zurecht. Ruth, ein intelligentes Mädchen, hätte die Möglichkeit gehabt, eine weiterführende Schule zu besuchen, doch Barbara sah die Notwendigkeit nicht, trotz der Empfehlung von Helga und Alex. Ruths Ziel war es, nach der Schule als Sekretärin zu arbeiten, ähnlich wie ihre Schwägerin Ilse, zu der sie ein gutes Verhältnis hatte. Helmut und Ilse, die immer noch im Haus von Helmuts Mutter lebten, blieben kinderlos. Helmut hatte seinen Job gewechselt und arbeitete nun als Buchhalter in Worringen bei einem Schuhhersteller. Das Paar verdiente gut; Ilse investierte in teure Kleidung, während Helmut sich für Bilder und Antiquitäten interessierte. Urlaubsreisen waren für sie kein Thema; sie bevorzugten es, zu Hause zu bleiben. So lebte jeder sein Leben auf seine Weise.

Für den Sommer 1968 planten Helga und Alex erneut einen Urlaub, diesmal sollte es nach Bayern gehen. In der Zeitung fand Helga eine Annonce, die Urlaub in Bayern für Eltern mit Kleinkindern bewarb, mit einer teilweisen Kostenübernahme durch die Stadt Köln. Sie kontaktierte umgehend die Stadtverwaltung und erhielt glücklicherweise vom Familienamt die Genehmigung für die Reise. Über diese Nachricht freuten sich alle sehr. So stand der dreiwöchigen Sommerreise nach Bayern nichts mehr im Wege. Das Packen der Koffer gestaltete sich für Helga mittlerweile routiniert. Sie hatte auch einige Kleidungsstücke selbst genäht und entworfen, darunter ein innovatives Outfit für sich, bestehend aus einem Oberteil und einer Hose, die zusammenhängend genäht waren – eine Neuheit, die es so im Handel noch nicht zu kaufen gab. Gabriele bekam einen Faltenrock mit passendem Oberteil, und für Alexander schneiderte sie eine kurze Hose mit einem dazu passenden Oberteil. Alex steuerte noch einige Sommerhemden bei, und so war die Familie bestens für ihren Urlaub ausgerüstet.

Am Nachmittag erreichten sie Bad Tölz und machten sich auf die Suche nach dem "Haus Hochland", das abgeschieden von der Stadt, mitten im Wald lag. Das Anwesen verfügte über eine große Wiese mit Spielgeräten, einer Rutschbahn und einem Sandkasten, was die Kinder sofort begeisterte. Eine ältere Dame hieß die Familie willkommen und führte sie zu zwei nebeneinanderliegenden Zimmern – eines für die Kinder und eines für die Eltern. Die Kinder durften ihr Zimmer selbst wählen. Nach dem Einräumen der Koffer versammelten sich alle im großen Speiseraum, in dem bereits mindestens 15 Familien waren. Die Stimmung war lebhaft, und die Kinder tollten umher. Bald darauf erschienen die ältere Dame und ein älterer Herr, der mit bestimmter Stimme um Ruhe bat, woraufhin sofort Stille einkehrte. Jeder Familie wurde ein fester Tisch zugewiesen, und die Mahlzeitenzeiten wurden bekannt gegeben. Alex und Helga waren zunächst überrascht von der strikten Ordnung und befürchteten, dass der Urlaub eher einer Kaserne ähneln könnte.

Nach einigen Tagen im "Haus Hochland" verstanden Helga und Alex den Grund für die strenge Ordnung: Nur so konnte das Zusammenleben von so vielen Familien reibungslos funktionieren. Für die Kinderbetreuung war gesorgt, sodass sich die Eltern zeitweise erholen oder anderen Aktivitäten nachgehen konnten. Das Wetter spielte mit, das Essen schmeckte vorzüglich, und unter den Gästen fanden sich einige angenehme Bekanntschaften, mit denen gelegentlich gemeinsame Unternehmungen stattfanden. Im Laufe des Aufenthalts kam Helga mit Frau Reichel, der Leiterin der Pension, ins Gespräch und erfuhr, dass sie und ihr Mann das Haus bereits seit einigen Jahren führten. Der Urlaub war für die ganze Familie, insbesondere für Alex, eine echte Erholung. Alexander fand manchmal mehr Gefallen am Spielen im Freien als am Essen, während Gabriele Freundschaften mit anderen Kindern schloss. Helga und Alex nutzten die Gelegenheit zu einigen Ausflügen durch Bayern, wohl wissend, dass ihre Kinder in guten Händen waren.

Die drei Wochen vergingen wie im Flug, und die Familie kehrte gut erholt und sonnengebräunt nach Hause zurück, fest entschlossen, im nächsten Sommer wiederzukommen. Dieser Plan wurde auch umgesetzt. Doch traurigerweise erfuhren sie während ihres letzten Aufenthalts von Frau Reichel, dass das "Haus Hochland" fortan keine Urlaubsgäste mehr aufnehmen würde, sondern ausschließlich Jugendgruppen aus Schulen und Universitäten. Alex, Helga und die Kinder bedauerten diese Nachricht zutiefst.

Nun kam das Jahr 1970, ein ereignisreiches Jahr. Im Sommer nach den Ferien, sollte Gabriele eingeschult werden und sie hätte einen weiten Weg zur Schule gehabt. Dazu kam noch, dass auf diesem Weg eine Straße lag, die von vielen Ausländer bewohnt war und einen schlechten Ruf hatte. Das gefiel Alex und Helga überhaupt nicht, dass ihre Tochter diese Straße täglich begehen sollte. Was sollte geschehen? Sie entschlossen sich in einem anderen Vorort von Köln zu ziehen. Wieder ging Alex zum Betriebsrat und fragte nach, bei der Wohnungsvergabe. Er hatte Glück, weil zu dem

Zeitpunkt 4 Neubauwohnungen in Köln-Humboldt zur Verfügung stehen würden. Er sollte sich sofort bewerben. Nun begann ein Wettlauf mit der Zeit. Alex sprach mit allen Personen, die Einfluss hatten, um eine von den Wohnungen zu bekommen. Das Glück war auf ihrer Seite. Sie bekamen die Wohnung, mit Heizung und einem Kinderzimmer. Oh, was waren sie glücklich, aber auch etwas traurig, da sie aus ihrer vertrauten Wohnung in Köln Mülheim ausziehen mussten.

Im Sommer zog die Familie in die neue Wohnung, die so eingerichtet wurde, dass die Kinder das größere Schlafzimmer für mehr Spielfläche erhielten, während die Eltern das kleinere Zimmer bezogen, in dem auch Platz für Gabrieles Schreibtisch war. Die Vorfreude auf die Schule war bei Gabriele groß, zumal sie bereits lesen konnte, bevor sie eingeschult wurde. Hinter dem Haus bot eine große Wiese mit Sandkasten und Schaukel genügend Raum zum Spielen nach der Schule. Die neue Wohnsituation erfüllte alle Familienmitglieder mit Zufriedenheit.

Im gleichen Jahr wurde Edmund 70 Jahre alt. Er wollte mit seiner Familie in einem Lokal feiern. Seine Kinder, Schwiegerkinder und Enkel waren da. Es war ein großes Fest, wo sich viele trafen, die sich lange nicht mehr gesehen hatten. Es wurde viel getrunken und erzählt. Der Geburtstag verlief wunderbar und alle waren sich einig, dass dieser Tag unvergesslich bleiben würde. Sie konnten nicht ahnen, dass es Edmunds letzter Geburtstag war.

Als Ruth 17 Jahre alt war, lernte sie Toni kennen. Sie verliebte sich und wollte sofort heiraten. Barbara, ihre Mutter, riet ihr jedoch, bis zu ihrem 18. Lebensjahr zu warten. So heirateten Ruth und Toni im Jahr 1970. Ruth freute sich darauf, in Weiß zu heiraten und ein großes Fest zu feiern. Alex und Helga unterstützten die Planung der Hochzeit, um sie so schön wie möglich zu gestalten. Es wurde ein wunderschönes Fest, auch ohne die Anwesenheit von Ruths Vater, den sie bewusst nicht eingeladen hatte. Nach der Hochzeit zogen Ruth und Toni in die Wohnung von Barbara ein und bezogen dort ein Schlafzimmer. Dies war als vorübergehende Lösung gedacht. Barbara kümmerte sich um den Haushalt, während Ruth bei KHD als Buchführerin und Toni bei Felten & Guilleaume als Techniker arbeiteten. Abends kam die Familie zusammen, um gemeinsam zu essen. Dies schien zunächst eine gute Lösung zu sein, doch die Situation entwickelte sich anders als erwartet.

An einem dunklen Herbsttag spürte Helga eine unerklärliche Unruhe. Dann klingelte das Telefon und ihr Herz schlug schneller. Am anderen Ende der Leitung war Lisbeth, die mit aufgeregter Stimme fragte: „Kannst du kommen?" Helga zögerte nicht, stimmte sofort zu und hinterließ Alex einen Zettel auf dem Tisch mit der Information, wo sie zu finden sei. Sie nahm ihre Kinder und machte sich mit dem Bus auf den Weg zu Lisbeth und Peter in die kleine Siedlung. Dort angekommen, erfuhr sie von Lisbeth, dass Edmund seit einigen Tagen über starke Schmerzen klagte, jedoch jegliche medizinische Hilfe ablehnte. Helga wusste, wie stur ihr Vater sein konnte, und ahnte, dass es schwierig werden würde, ihn zu überzeugen, ins Krankenhaus zu gehen oder einen Arzt zu konsultieren.

Nun ging sie zu ihrem Vater und erschrak, als sie ihn unrasiert und mit Fieber im Bett liegen sah. Sie hatte ihren Vater nie zuvor krank gesehen und ahnte, dass es ernst sein musste. Sie ging an sein Bett, nahm seine Hand und sagte: „Deine Enkelkinder sind da, sie möchten gerne mit dir und deiner Eisenbahn spielen, aber wenn du so krank bist, dann geht das nicht!" Sie sagte es, um ihn daran zu erinnern, dass er noch gebraucht wurde. Nun erhob sie ihre Stimme und sagte: „Bitte, du musst einen Arzt kommen lassen, der dich untersucht und eine entsprechende Arznei verschreibt!" Edmund schaute Helga an und sagte: „Hier kommt kein Arzt ins Haus, niemand wird mich untersuchen!" Helga, die ihren Vater gut kannte, wusste, dass sie ihn nicht umstimmen konnte. Seine Entscheidungen mussten stets akzeptiert werden. Sie strich ihm über die eingefallenen Wangen und sagte: „Du wirst dich nie ändern, das ist sehr schade!" Als sie von ihm ging, wusste sie, das war das Letzte Mal, dass sie ihn gesehen habe.

Sie berichtete Lisbeth, dass sie erfolglos versucht hätte, ihn zu überreden. Sehr traurig verließ sie das Haus und war nicht fähig, ihren Kindern zu sagen, warum sie ihren Opa nicht sehen konnten. Nach mehrmaligen Fragen, sagte sie ihnen, dass er sehr krank wäre und sicherlich nie mehr gesund würde. Nun waren auch sie traurig, besonders Alexander, der immer gerne mit Opa Eisenbahn gespielt hatte.

Am nächsten Tag rief Lisbeth wieder an und sagte: „Dein Vater hat sein Bewusstsein verloren, nun konnte ich den Rettungswagen rufen und er liegt jetzt im Krankenhaus!" Aus dem Arztbericht erfuhr Helga später, dass die Ärzte einen Blindarmdurchbruch festgestellt hatten und dass seine Bauchdecke voller Eiter war. Sie saugten den Eiter ab, doch Edmund verstarb kurze Zeit nach der Operation. Nachdem Helga erfuhr, dass ihr Vater verstorben war, konnte sie nicht weinen. Sie spürte eine große Wut in sich und dachte: „Wie kann ein Mensch so leichtsinnig mit seinem Leben umgehen, dieser Tod brauchte nicht zu sein!"

Bei der Beerdigung von Edmund war die Überraschung und Bestürzung in den Gesichtern der Trauernden deutlich zu erkennen. Niemand hatte mit seinem plötzlichen Tod gerechnet. Helga fand sich in der Lage, ihrem Bruder Hans die Umstände, die zum Tod ihres Vaters geführt hatten, zu erklären. In einer traurigen Umarmung fanden beide Trost im gemeinsamen Weinen. In ihren Blicken spiegelte sich das gegenseitige Verständnis wider – beide kannten ihren Vater gut genug, um zu wissen, dass sein stures Verhalten ihn letztendlich das Leben gekostet hatte. Als Helga bemerkte, dass es Hans gesundheitlich nicht gut ging, mahnte sie ihn eindringlich, den Fehler ihres Vaters nicht zu wiederholen und einen Arzt aufzusuchen. Hans versprach ihr, dies zu tun.

Rudolf konnte leider nicht kommen. Mit Margarete konnte Helga nur ein paar Worte reden. Elfriede kümmerte sich um Peter und Lisbeth. Es war für sie sehr schwierig den plötzlichen Tod von Mann und Vater zu begreifen. Es wurde nicht viel gesprochen. Sie gingen vom Friedhof in eine kleine Gaststätte, um dort den Leichenschmaus zu sich zu nehmen. Von dem Tag an kümmerten sich Helga und Alex ein bisschen mehr, um Lisbeth und Peter.

Bald merkten sie, dass Lisbeth sich veränderte, sie wurde fröhlicher und aufgeschlossener. Sie hatte nun niemand mehr, der ihr vorschrieb, was sie machen, oder nicht machen sollte. Sie wirkte befreit. Peter, der inzwischen 16 Jahre alt war, entwickelte sich zu einem fröhlichen Jungen. Er hatte eine Lehrstelle bei der Stadtsparkasse und verdiente auch schon Geld, worauf er sehr stolz war. Woher kam diese positive Veränderung, nachdem der Vater und Ehemann verstorben ist? Beide fühlten sich plötzlich frei von Zwängen, vorgeschrieben zu bekommen, was sie machen durften, oder nicht. Darüber unterhielt sich Helga auch mit ihrer Schwester Margarete. Sie waren der gleichen Meinung. Sie unterhielten sich noch über ihre Kinder, als Margarete stolz von ihrem dritten Kind Andrea erzählte. Gott sei Dank hatte sie ein Auto und konnte mit ihren Kindern, kleine Ausflüge machen, raus aus der Stadt und rein in die Natur. Leider bedauerte sie, dass ihr Ehemann Toni sehr selten zu Hause wäre und ständig Zeit im Ausland verbringen würde, bedingt durch seinen Beruf. Helga tröstete sie: „Lebe dein Leben mit den Kindern, was doch sehr schön ist!"

Nach diesem ereignisreichen Jahr hofften alle auf ein ruhiges 1971. Doch die Sorgen gingen erst einmal weiter. Gabriele hatte sehr oft starken Husten und der Arzt empfahl ihr eine Kur in einem Ort zu machen, der 1000 Meter über den Meeresspiegel liegt. Dort würden sich die Bronchien erholen. Sie kam schon bald ins 2. Schuljahr und die Lehrerin meinte, weil sie eine gute Schülerin wäre, könnte sie durchaus 4 Wochen den Unterricht ausfallen lassen. Helga und Alex ließen sich vom Arzt eine gute Kurklinik für Gabriele empfehlen. Es dauerte nicht lange, da wurde sie nach Faistenoy im Allgäu überwiesen. Helga und Alex wollten sie dort hinfahren, um sich die Klinik anzuschauen. Davon wurde ihnen jedoch abgeraten, da die Kinder erfahrungsgemäß weinen, wenn ihre Eltern dann wieder nach Hause fahren. Mit schweren Herzen brachten sie ihre Tochter zum Bahnhof, sie wussten, dass sie vom Klinikpersonal am Bahnhof abgeholt würde. Am Spätnachmittag kam dann der Anruf: „Gabriele ist gut angekommen!"

Von dem Tag an, als Gabriele zur Kur aufbrach, begann Helga, ihr täglich einen Brief zu schreiben. Jeder Brief enthielt einen Teil einer Geschichte, die Gabriele besonders mochte. Da Gabriele bereits lesen konnte, hoffte Helga, ihr damit eine große Freude zu machen. Um Gabriele bei ihrer Rückkehr zu überraschen, nutzten ihre Eltern die vier Wochen ihres Kuraufenthalts, um eine besondere Überraschung vorzubereiten: Sie fanden einen Garten in der Nähe ihrer Wohnung, der komplett neu gestaltet werden musste. Die Stadt Köln bot finanzielle Unterstützung für junge Familien, die sich entschieden, in dieser Anlage einen Garten zu erwerben.

Die Kosten für das Gartenhaus mussten sie jedoch selbst tragen. Es wurde von einer Firma geliefert und aufgebaut.

Alex entwarf einen Plan für die Gestaltung des Gartens, inklusive eines Sandkastens und einer Schaukel. Schwiegervater Paul, der seine Hilfe anbot, und Alex machten sich an die Arbeit. Paul übernahm vor allem den Innenausbau des Gartenhauses, da hierbei seine Fähigkeiten als Schreiner gefragt waren.

Die vier Wochen verstrichen wie im Flug, und als Gabriele nach Hause kam, war die Freude groß. Sie half ihren Eltern begeistert, kleine Obstbäume und Pflanzen zu setzen. Im Sommer konnte die Familie den neu angelegten Garten voll auskosten. Die Freude über den schönen Garten war groß, und besonders erfreulich war, dass Gabriele keinen Husten mehr hatte.

Das Jahr 1971 war nicht nur ein Jahr der Freude, sondern auch ein Jahr der Trauer. In der Zeit, als Helga und Alex mit ihrem Garten beschäftigt waren, hatten sie von Ilse erfahren, dass Hans im Krankenhaus lag und dass man ihm einen Lungenflügel entfernt hatte. Erschrocken und bestürzt fuhr Helga ins Krankenhaus und erfuhr von Hans, was passiert war. Er hätte sich schon eine längere Zeit nicht gut gefühlt, viel geschwitzt, besonders in der Nacht, und auch gehustet. Als er dann endlich zum Arzt gegangen ist, stellte dieser auf dem Röntgenbild fest, dass ein Lungenflügel fast schwarz gewesen wäre und sofort operiert werden musste. Zuerst einmal war Helga froh, dass Hans zum Arzt gegangen ist, und sagte ihm: „Das war gut, nun wird dir geholfen!" Seine Antwort: „Zuerst wollte ich nicht, aber ich trage Verantwortung für meinen Sohn Stefan und meiner Frau Ilse!"

Helga und Alex besuchten ihn sehr oft. Hans spielte dann mit Alex immer Schach, was ihn sehr ablenkte. Sie hofften alle, dass Hans bald aus dem Krankenhaus entlassen würde. Aber sein Zustand verschlechterte sich, und er bekam hohes Fieber. Beim letzten Besuch spürten sie, dass Hans nicht mehr lange leben würde. Zwei Tage später verstarb er mit 46 Jahren und hinterließ einen kleinen Sohn mit 7 Jahren sowie eine Frau, die sehr früh Witwe geworden ist. Die Trauer war groß und die Lücke, die nun entstand, noch größer. Helga verlor ihren Bruder, den sie, wie ihren Vater, sehr geachtet hatte. Ihre Trauer war nicht sehr groß, und darüber erschrak sie sehr. Die einzige Erklärung dafür war, dass Hans und auch ihr Vater nie über ihre Gefühle gesprochen haben und daher wusste Helga nicht, wie und was sie denken. Was sie wusste: Beide brauchten nicht so früh zu sterben!

Ganz anders verhielt es sich bei Rudolf; er konnte auch über seine Gefühle sprechen, vor allem, wenn er unglücklich war. Inzwischen hatte die Familie ein viertes Kind bekommen, ein Mädchen, das sie Nicol nannten. Mit sechs Personen wurde die Wohnung zu klein, doch glücklicherweise bot die Deutsche Bundesbahn der Familie ein kleines Haus in der Siedlung an, welches sie gerne annahmen. Nun hatten sie genügend Platz. Jutta, das ältere Mädchen, musste im Haushalt fleißig mithelfen, was dazu führte, dass sie keine höhere Schule besuchen konnte oder wollte. Der älteste Sohn, Thomas, besuchte das Gymnasium und plante nach dem Abitur, Jura zu studieren. So schien alles perfekt.

Doch Käthe, ihre Mutter, wurde zunehmend unzufriedener. Sie beklagte sich darüber, vier Kinder versorgen zu müssen, über das geringe Haushaltsgeld und die vielen anfallenden Arbeiten im Haus. Sie hatte sich ein anderes Leben vorgestellt, obwohl Rudolf und auch Jutta im Haushalt unterstützten. Was genau sie sich wünschte, blieb unklar. Nichts tun? Helga und Alex fanden keine Erklärung für ihre Unzufriedenheit und hatten auch kein Verständnis dafür. In welcher Welt lebte Käthe? Helga und Alex hingegen wussten genau, was sie wollten, und waren glücklich mit ihren Kindern, vor allem jetzt, wo der Garten mit dem gemütlichen Gartenhaus fertiggestellt war. Die damit verbundene Arbeit war umfangreich, aber als schließlich alles fertig war, die Schaukel stand und der Sandkasten angelegt war, war die Mühe schnell vergessen, und sie waren sehr zufrieden mit dem, was sie erreicht hatten.

Im Sommer 1972 wollten Helga und Alex in den Urlaub fahren, bevor Alexander eingeschult wurde. Weil Gabriele die Höhenluft sehr gutgetan hat und sie nicht mehr hustete, planten sie, zusammen nach Faistenoy zu fahren, was der gesamten Familie sicher guttun würde. Sie fanden einen Bauernhof, wo glücklicherweise keine Autos fuhren, abgelegen in der freien Natur, mit Kühen, Kälbern und einer großen Spielwiese. Hier konnten sich die Kinder frei bewegen und frische Luft einatmen. Der Bauer und die Bäuerin waren sehr nett. Sie boten ein gutes Frühstück an. Das Mittagessen musste man in einem Restaurant einnehmen, das nicht weit vom Bauernhof entfernt war. Das Allgäu war bekannt für gutes und deftiges Essen. Gabriele zeigte auch allen ihr Kurhaus, in dem sie vier Wochen verbracht hatte. Es machte einen guten Eindruck. Nach drei Wochen Aufenthalt fuhren sie wieder nach Hause. Kurz darauf wurde Alexander eingeschult. Gabriele war stolz, ihrem Bruder die Schule von innen zu zeigen. Helga hatte ein wenig Bedenken. Sie befürchtete, Alexander würde eines Tages nach Hause kommen und sagen: „Ich gehe nicht mehr in die Schule!" Am liebsten spielte er mit Freunden, machte sich gern schmutzig und kam mit Stöcken und Steinen nach Hause. Das machte ihm großen Spaß! Es verlief aber alles gut. In seiner Klasse hatte er einen Freund, mit dem er nach der Schule spielen konnte. Was für ihn sehr wichtig war: Er fand seine Klassenlehrerin sehr sympathisch.

Gabriele ging nach wie vor immer noch gerne in die Schule und machte ihre Schularbeiten sehr sorgfältig. Danach las sie gerne in einem Buch oder ging zu ihrer Klassenfreundin. Helga versuchte ihren Kindern zu erklären, wie wichtig die Schule für ihr späteres Leben wäre, dass sie nicht für den Lehrer lernen, sondern für sich und darum immer sehr aufmerksam in der Schule sein sollen. Die Wochenenden verbrachten sie im Garten, wo sie manchmal Besuch von Barbara, Ruth und Toni bekamen. Eines Tages, als Barbara allein in den Garten kam, erzählte sie ganz aufgeregt, dass Toni keine Arbeit mehr hätte und nun eine Schule besuchen würde, an der man ein Elektronikstudium absolvieren könnte. Helga und Alex waren sehr erfreut darüber. Aber was danach aus dem Mund von Barbara kam, war nicht mehr schön: „Der Faulenzer, der ist doch viel zu dumm dafür, das wird er doch nie schaffen!" „Woher willst du das wissen?" fragte Alex. „Das weiß ich!" Alex kannte seine Mutter und wusste, dass er da nicht gegen argumentieren konnte. Helga nahm sich vor, später mit ihr darüber zu reden. Das Wochenende darauf fuhren sie nach Buchforst. Dort fanden sie eine eisige Atmosphäre vor. Niemand sprach ein Wort. Alex fragte Toni, wie es denn in der Schule wäre, worauf er nur sagte: „Gut!" Ruth weinte heftig. Barbara sagte böse: „Nun bekommt Toni kein Geld mehr, ich muss ihn aber trotzdem ernähren!" „Wie kannst du so etwas sagen?"

antwortete Helga darauf. Barbara stand auf und verließ das Zimmer. Toni sagte dann noch: „Wir können nicht ausziehen, was wir gerne möchten, aber ich habe kein Geld, um die Miete zu bezahlen."

Toni schaffte es. Er bestand die Prüfung und konnte als Elektroniker in einer großen Firma arbeiten. Barbara hätte ihn doch eigentlich loben sollen, aber nein! Es entstand ein Bruch zwischen Toni und Barbara, der nie mehr geheilt werden konnte. Ruth bekam oft von ihrer Mutter zu hören, was sie für einen Nichtskönner als Mann hätte. Da nützte es auch nichts, wenn man das Gegenteil sagte. In ihr war immer noch der Groll gegen die Männer, mit denen sie verheiratet war; sie meinte, alle wären nicht gut. Nachdem Toni als Elektroniker Arbeit bekam, hatten sie Glück, dass sie schnell eine neue Wohnung beziehen konnten. Dort lebten sie nun endlich ungestört, ohne die ständige Kritik. Sie planten, eine Familie zu gründen. Es dauerte aber noch drei Jahre, ehe der Sohn Frank geboren wurde, und zwei Jahre später die Tochter Marion.

Bei Helga und Alex stand eine große Veränderung bevor: Sie wollten ein Haus kaufen. Eigentlich wollten sie das schon immer. Die Entscheidung fiel, als sich die Miete für ihre Wohnung erhöht hatte. Sie überlegten, dass es besser wäre, das Geld einer Bank zu geben, um die Tilgung eines Hauses mitzufinanzieren, anstatt die Miete einer Genossenschaft zu zahlen. Sie besaßen auch noch einen Bausparvertrag, mit dem sie ein Haus finanzieren konnten. Es war alles perfekt durchdacht. Alex hatte eine gute Stellung bei KHD, er verdiente gut. Die Firma wollte sogar ein Darlehen zur Verfügung stellen, das er monatlich ohne Zinsen zurückzahlen konnte.

Bei der Suche nach einem Eigenheim hatten Helga und Alex Glück, ein großes Haus in Köln-Humboldt zu entdecken. Genau dorthin wollte Alex, um zu Fuß zu seiner Firma gelangen zu können. Ein Makler, der von zwei alten Damen beauftragt wurde, bot das Haus zum Verkauf an. Es hatte den Zweiten Weltkrieg überstanden, lediglich ein hinterer Anbau wurde zerstört und später abgerissen. Die Ziegelmauern des Hauses waren beeindruckende 80 cm dick. Beim Betreten sah man einen langen Flur, der in einen Hof mit einem Garten, einem Brunnen und sogar einer Pergola mündete. Vom Flur aus gelangte man in den Keller, der wohl kaum genutzt und selten gelüftet wurde, was man am feuchten Geruch erkennen konnte. Im Untergeschoss befanden sich drei Zimmer und eine Toilette. Über eine Steintreppe mit mindestens 15-20 Stufen erreichte man die erste Etage mit ebenfalls drei Zimmern und einem Bad, in dem das Wasser mittels Briketts in einem Heizkessel erwärmt werden musste. In den Zimmern befanden sich zudem noch Öfen zum Heizen. Eine weitere hohe Steintreppe führte zur zweiten Etage, wo noch eine ältere Dame, Frau Wolf, wohnte. Das Dachgeschoss war lediglich als Trockenraum für Wäsche ausgebaut. Nach der Besichtigung waren sich Helga und Alex einig und sagten: „Das Haus kaufen wir, es wird ein Familienhaus, in dem später Gabriele und Alexander mit ihren Kindern wohnen können!" Doch es sollte alles ganz anders kommen.

Im Jahr 1975 begann für die Familie von Alex und Helga eine neue Ära. Gabriele und ihre Freundin Brigitte besuchten gemeinsam ein Gymnasium in Deutz. Der Schulweg dauerte 30 Minuten und führte am Garten vorbei, in dem Gabriele einst eine schöne Zeit verbracht hatte. Alexander ging noch zur Grundschule und bedauerte ebenfalls den Verkauf des Gartens. Die neue Besitzerfamilie war glücklich über den gepflegten Garten und zahlte gerne den geforderten Betrag von 700 DM – ein Geldbetrag, den Helga und Alex nach dem Kauf des Hauses gut gebrauchen konnten.

Bevor die Familie einzog, standen umfangreiche Änderungen und Arbeiten an. Ein Elektriker musste die Stromleitung für den Elektro-Ofen und den Durchlauferhitzer für das Bad vom Keller aus neu verlegen. Außerdem musste das ganze Haus neu tapeziert werden, bis auf die Wohnung von Frau Wolf. Sie behielt ihren Heizofen und kochte weiterhin mit Gas, was die Installation einer Gasheizung im Haus ermöglichte. Die Umbau- und Einbauarbeiten dauerten fast drei Monate. Danach konnte die Familie einziehen. Die Kinder bekamen ihre Zimmer im Untergeschoss, während Alex und Helga die erste Etage bezogen. Sie waren sich bewusst, dass noch viel Arbeit auf sie zukam, aber sie blieben zuversichtlich und überzeugt davon, dass sie es meistern würden.

Die Zeit verging, und die Eltern von Gabriele und Alexander bemerkten, wie ihre Kinder erwachsen wurden. Auch sie selbst wurden älter und feierten mittlerweile ihr 25-jähriges Ehejubiläum – ein Anlass zum Feiern. In ihrem Haus gab es einen schönen Partyraum, den sie mit Hilfe von Paul, Alex' Vater, im Keller eingerichtet hatten. Für die Feier luden sie Freunde und Verwandte ein, einschließlich Ruth und Toni, was zu einem großen Fest führte. Überraschenderweise erschienen sogar Helmut und Ilse, die sich zuvor zurückgezogen hatten und keinen Kontakt mehr zur Verwandtschaft pflegen wollten. So hatten sich Ruth, Toni und Helga viel zu erzählen. Alex musste sich um die anderen Gäste kümmern. Es wurde viel über die Kinder gesprochen. Frank und Marion würden schon in die Schule gehen und ihnen sehr viel Freude bereiten. Natürlich gab es auch Schwierigkeiten, die in jeder Familie vorkommen würden. Endlich erzählten Ilse und Helmut, die lange schweigend Ruth und Toni zugehört hatten, dass sie eine 10jährige Tochter hätten, die Laura heißen würde. Ihre Augen strahlten, als sie von ihr erzählten. Es hätte lange gedauert, bis endlich die Tochter geboren wurde. Sie wären nun eine glückliche Familie. Helga, die sehr überrascht war, fragte: „Wohnt ihr immer noch in dem Haus von Ilses Mutter?" Die Antwort: „Selbstverständlich!" Wir haben angebaut. In dem Anbau wohnt nun die Mutter und sie hätten das ganze Haus für sich und ihre Tochter. Sie sprachen dann nur noch über ihre Tochter, wie schön und klug sie wäre und zeigten dabei Fotos von ihr. Man sah, dass sie ein hübsches Mädchen war.

Helga gelang es, ein anderes Thema zu beginnen, als sie Toni fragte: „Wo arbeitest du jetzt?" Er erzählte, dass seine Arbeit als Techniker bei der Firma Bayer sehr gut wäre und gut bezahlt würde. Er hätte sogar ein eigenes Büro. Dabei schaute er Ruth an, und sie nickte anerkennend, um das zu bestätigen. Dann fragte sie Helmut: „Was arbeitest du eigentlich?" Helmut antwortete ein wenig verlegen: „Ich bin Abteilungsleiter in einer großen Schuhfirma in Düsseldorf!" Sie unterhielten sich dann nur noch über belanglose Sachen, um vom Thema Arbeit und Kindern wegzukommen, und schlossen sich den anderen Gästen an. Inzwischen hatte sich Alex mit den anderen Gästen angeregt unterhalten. Als die Gäste sich verabschiedeten, bedankten sie sich für das schöne Fest.

Am späten Abend, als Alex und Helga endlich ins Bett kamen, hatte sie viel zu berichten, besonders was sie von seiner Schwester Ruth und seinem Bruder Helmut erfahren hatte. Darüber war Alex sehr überrascht und sagte: „Da haben wir es richtig gemacht, sie einzuladen, und wir werden weiterhin mit ihnen Kontakt halten!" Bevor sie einschliefen, rückten sie ganz eng zusammen, und Alex sagte: „Ich liebe dich. Ich wünsche mir, dass wir noch viele Jahre zusammen glücklich sind." „Dasselbe wünsche ich mir auch," sagte Helga. Sie umarmten und küssten sich.

Am nächsten Tag saßen sie am Frühstückstisch und hatten nun Gelegenheit, sich die Geschenke anzusehen und die vielen Glückwunschkarten zu ihrer Silberhochzeit zu lesen. Als sie damit fertig waren, meinte Alex lachend: „Ob wir unsere Goldene Hochzeit feiern werden?" „Ich weiß es nicht," meinte Helga, „es wäre natürlich sehr schön." Sie dachte dabei an das gestrige Gespräch im Bett. Sie nahm beide Hände von Alex, schaute ihn an und sagte: „Solange wir uns lieben, gesund bleiben, unser Haus verschönern und verbessern, werden wir bestimmt unsere goldene Hochzeit feiern können!" Alex nickte und lachte.

Der Herbst hatte begonnen. Das Laub an den Bäumen färbte sich. Es war genau die Zeit, in der man draußen in der Natur Urlaub machen sollte. Das hatten Helga und Alex vor. Aber zuerst einmal wollte Alexander verreisen, nicht in die Natur, sondern ins Ausland. Beim gemütlichen Kaffeetrinken wurde darüber gesprochen. Alexander plante, mit einem Interrail-Ticket für Jugendliche zuerst nach Amsterdam, dann nach Paris, Mailand und Zürich zu fahren. Außer in Amsterdam wohnten in allen anderen Städten ehemalige Studenten, die in Köln Deutsch gelernt hatten und eine Zeit lang im Haus von Helga und Alex gelebt hatten. Alexander hatte sich in dieser Zeit mit ihnen angefreundet und wollte sie nun besuchen. Helga rief die Eltern der Studenten an und fragte, ob ihr Sohn bei ihnen für ein paar Tage bleiben könnte. Sie willigten sehr gerne ein, als Dankeschön für die Bewirtung ihrer Kinder. Nun wurde der Rucksack gepackt, mit warmer und leichter Kleidung. Geld, Personalausweis sowie das Ticket kamen in eine kleine Tasche, die er am Körper tragen sollte. Am Abend wurden noch Butterbrote geschmiert, gut belegt mit Käse und Schinken, sowie Obst und Süßigkeiten in den Rucksack gesteckt. Mit einem bangen Gefühl verabschiedeten sich seine Eltern von Alexander und drückten ihn fest an sich mit den Worten: „Passe gut auf dich auf!"

Alexander wurde von seinem Vater schon sehr früh zum Bahnhof gebracht. Er stieg in den Zug, der direkt von Köln nach Amsterdam fuhr. Nun saß er im Abteil und dachte: Nun kann das Abenteuer beginnen. In Amsterdam angekommen, sah er viele Menschen, mehr als in Köln. Der Hafen mit den Schiffen war nicht weit vom Bahnhof entfernt. Dort verweilte er eine Stunde, um dann etwas in die Stadt zu gehen. Als er durch die Straßen ging, die voller Menschen waren, die alle in verschiedenen Sprachen redeten, wusste er: Hier bleibe ich nicht lange. Am späten Nachmittag ging er zum Bahnhof und schaute auf den Fahrplan; er entdeckte einen Zug, der zurück nach Köln fuhr. „Soll ich wieder nach Hause fahren?" Nein, sagte er sich. „Ich werde auf dem Bahnhof übernachten und von da weiter nach Paris fahren."

Im Kölner Bahnhof, der ihm sehr vertraut war, angekommen, suchte er eine Bank, wo er etwas ausruhen konnte. Er dachte an seine Eltern und seine Freundin Anette: Wenn die wüssten, dass ich hier in Köln bin.... Er brauchte nicht lange zu warten, denn er wusste, wann der Zug weiter nach Paris fuhr. Im Zug konnte er dann endlich schlafen. Plötzlich wurde er kräftig an der Schulter geschüttelt. Er riss die Augen auf und schaute auf einen uniformierten Mann. Dieser sprach französisch. Er konnte nichts verstehen. Nun schaltete sich eine Frau ein und sagte: „Der Schaffner möchte gerne ihren Fahrschein sehen!" Alexander war erleichtert, holte sein Ticket hervor und zeigte es dem Schaffner. Dieser nickte und gab ihn wieder zurück. Danach unterhielt sich Alexander noch mit der netten Frau und erfuhr, dass sie auch nach Paris fahren würde. Irgendwie war Alexander erleichtert; denn sie versprach ihm dabei zu helfen, die Adresse seines Bekannten zu finden. In Paris angekommen, merkte er, dass die Menschen ruhiger und nicht so hektisch wie in Amsterdam waren. Zuerst mussten sie, denn die Frau war immer noch an seiner Seite, mit der Metro fahren. Er kannte von Köln die U-Bahn aber nicht mit so vielen Bahnhöfen, wo die Züge in verschiedene Richtungen fuhren. Er dachte: Ich weiß nicht, ob ich allein zurechtgekommen wäre! Endlich kamen sie aus der Metro heraus. Die Straßen waren breit und mit sehr vielen Autos befahren.

Zuerst kauften sie sich ein Croissant und aßen es mit Heißhunger. Anschließend gingen sie in ein Bistro, um von dort zu telefonieren. Nach dem

Anruf wusste Alexander, wohin er gehen sollte, und verabschiedete sich dankend von der netten Frau. Nach 15 Minuten kam er in einer Straße mit vielen großen und hohen Häusern, die entsprechend auch viele Schellen und Namensschilder hatten. Er fand die Hausnummer und auch die Klingel mit dem Namen der Familie. In der 5. Etage wurde er sehr herzlich empfangen. Die Eltern sprachen französisch und alles wurde von ihrem Sohn übersetzt. Die Wohnung war groß und sehr gut eingerichtet. Alexander bekam sein Zimmer gezeigt, das ihm gut gefiel. Endlich konnte er duschen und fühlte sich danach wie neu geboren. Von dem Essen war er sehr begeistert, es schmeckte alles wunderbar. Ihm gefiel es besonders gut, dass bei dem Essen viel gesprochen wurde und kleine Pausen eingelegt wurden.

Alexander verbrachte vier Tage bei Pierre und seiner Familie. Jeder Morgen begann mit der Überlegung, welche Orte sie besuchen oder mit der Metro erreichen könnten. Ihr erster Halt war der Eiffelturm. Alexander war überrascht und ein wenig enttäuscht von dem Gerüst, wie er es nannte. Im Fernsehen erschien es ihm viel imposanter. Pierre schlug vor, mit dem Aufzug hochzufahren, und sie genossen die wunderbare Aussicht von oben. Pierre zeigte stolz sein Haus, und als sie wieder hinunterfuhren, äußerte Alexander freudig: "Das hat mir wirklich gut gefallen. Du kannst stolz darauf sein, einen solchen Turm zu haben, egal wie er aussieht!"

Sie besichtigten zahlreiche weitere Gebäude, darunter vor allem die Kathedralen, und Alexander war von Paris begeistert. Als sie sich verabschiedeten, versprach er: "Ich komme wieder!" Pierre lachte und erwiderte: "Eher komme ich nach Köln, um mein Deutsch zu verbessern, als du nach Paris kommst. Oder möchtest du etwa Französisch lernen?" Alexander musste lachend verneinen.

Der Weg mit der Metro zum Bahnhof war für Alexander schon vertraut. Er wusste, wann der Zug nach Zürich fuhr, und konnte noch mit Pierre und seiner Familie ein leckeres Frühstück einnehmen. Der Zug durchquerte die deutsche Schweiz, und Alexander konnte die wunderbaren Landschaften mit vielen Bergen bewundern. Dadurch verging die Zeit sehr schnell. Als er dann von einem Schaffner kontrolliert wurde, der Schweizerdeutsch sprach, fragte er diesen, wo er umsteigen müsste, um nach Zürich zu gelangen. Der Schaffner antwortete, aber Alexander konnte ihn nicht verstehen, egal was er sagte. Da schaltete sich eine ältere Dame ein und übersetzte alles, was der Kontrolleur gesagt hatte. Zufällig fuhr diese Dame auch nach Zürich. Sie sagte zu Alexander: „Komm, setze dich zu mir, oder sollte ich „Sie" zu Ihnen sagen?" Alexander lachte und antwortete: „Nein!" Er setzte sich zu ihr, und sie erzählte ihm, dass ihre Tochter in Zürich wohnte und sie sich über ihre Enkelkinder freuen würde, die sie schon lange nicht mehr gesehen hat. Dann fragte sie: „Wie heißt du?" „Alexander!" „Oh," sagte sie, „das ist aber ein schöner Name. Was machst du in Zürich?" Alexander erzählte, dass er einen Freund besuchen würde, den er in Köln kennengelernt hatte, wo er herkommt. Sie sagte: „Wenn du mir verrätst, wie er heißt und wo er wohnt, kann ich dir helfen!" Als er das hörte, klopfte sein Herz vor Freude ganz stark.

Es ging schon auf den Abend zu, als sie in Zürich ankamen. Alexander war sehr froh, dass Frau Scholz, so hatte sie sich vorgestellt, bei ihm war. Er wusste, dass Zürich eine große Stadt ist, aber nun erschien sie ihm riesig. Frau Scholz schaute ihn freundlich an und sagte: „Nun gibst du mir die Telefonnummer von deinem Freund, und wir rufen ihn an!" Genau wie in Paris, dachte Alexander. Er konnte in einem Restaurant telefonieren und erreichte seinen Freund Bernhard. Dieser sagte, er brauchte 2 Stunden mit dem Auto nach Zürich, um ihn von dort abzuholen. Alexander sagte, er würde in dem Restaurant auf ihn warten. Er lief nach draußen, um sich bei Frau Scholz zu bedanken. Sie saß auf einer Bank. Als Alexander auf sie zukam, fragte sie: „Ich werde gleich von meiner Tochter abgeholt. Kann ich dir noch helfen?" Alexander berichtete von dem Telefongespräch. Sie freute sich, dass alles so gut ausgegangen war. Alexander setzte sich mit seinem Rucksack zu ihr auf die Bank und wartete mit Frau Scholz auf ihre Tochter. Sie kam dann mit den Enkelkindern. Die Begrüßung war sehr herzlich, und man konnte die Freude in den Gesichtern sehen. Als Alexander sich von Frau Scholz verabschiedete, bekam er einen Kuss auf die Wange, und sie wünschte ihm einen wunderschönen Aufenthalt in der Schweiz.

Es wurde dunkel und Alexander war froh, in das Restaurant zu gehen, in dem er vorher telefoniert hatte. Nach der zweiten Cola erschien Bernard. Die Begrüßung war sehr herzlich. Als sie nach draußen kamen, war es bereits 22 Uhr. Die Stadt war hell beleuchtet. Noch nie hatte Alexander den Mond so nahe gesehen und den Himmel voller Sterne. Es war ein wunderbarer Anblick. Er wollte stehen bleiben und weiter schauen, da hörte er Bernard sagen: „Komm wir müssen fahren, steig ins Auto, den Rucksack habe ich schon in den Kofferraum getan!" Nun schaute er auf das Auto und war erstaunt und gleichzeitig erfreut, in einen Sportwagen einzusteigen. Bernhard fragte ihn während der Fahrt, wo er gewesen war, und Alexander erzählte ihm von seinen Erlebnissen. Dabei wurde ihm bewusst, dass er seine Eltern noch nicht angerufen hatte, und nahm sich vor, dies sofort zu tun, sobald er bei Bernards Familie ankam.

In der Zwischenzeit machten sich seine Eltern ernsthafte Sorgen. Es war Samstag, und als das Telefon klingelte, dachte Helga sofort, es sei Alexander. Doch am anderen Ende war Gabriele, die fragte, ob sie und Heinz am nächsten Tag zum Kaffee vorbeikommen könnten. „Natürlich!", antwortete Helga, etwas verwundert über die ungewöhnliche Vorankündigung, da Gabriele sonst meist spontan erschien. Alex mutmaßte: „Sie muss uns bestimmt etwas Wichtiges mitteilen!" Und so war es auch. Als sie gemütlich am Kaffeetisch saßen, erhob sich Heinz und bat förmlich: „Darf ich um die Hand Ihrer Tochter anhalten? Wir möchten heiraten." Helga und Alex sahen sich an und stimmten gleichzeitig mit einem „Ja!" zu. Helga erhob sich, umarmte zuerst Gabriele und dann Heinz mit den Worten: „Herzlich willkommen in unserer Familie!" Es wurde über die Hochzeit gesprochen, wann und wo sie stattfinden sollte. „Die Hochzeit könnte in Langenfeld sein, und die Feier vielleicht bei Ihnen, wenn Sie nichts dagegen haben", schlug Heinz vor. Alex hatte bis dahin noch nichts gesagt. Jetzt äußerte er sich: „Habt ihr es euch gut überlegt, mit der Hochzeit?" Gabriele antwortete: „Ja, wir haben alles gründlich durchdacht!" Diese Worte von seiner Tochter zu hören, beruhigten ihn, und er sagte: „Okay, dann macht alles so, wie ihr es euch vorstellt." In diesem Moment klingelte das Telefon, und endlich war Alexander am Apparat. Er entschuldigte sich: „Es tut mir leid, ich habe euch nicht vergessen. Mir geht es gut. Ich bin jetzt in der Schweiz und habe es hier sehr gut angetroffen. Das Haus, in dem ich wohne, liegt direkt am Genfer See." Helga wollte noch mehr fragen, doch alles, was sie noch hörte, war, dass er liebe Grüße von Bernards Familie ausrichten sollte, bevor das Gespräch beendet wurde. Helga erzählte vom kurzen

Gespräch mit Alexander, und Gabriele versuchte zu beruhigen: „Macht euch keine Sorgen, Alexander wird schon auf sich aufpassen." Diese Worte konnten Helga jedoch nicht beruhigen, und sie sehnte den Tag herbei, an dem er endlich wieder nach Hause kommen würde.

Alexander hatte es tatsächlich sehr gut angetroffen. Nicht nur der Sportwagen hatte ihn beeindruckt, sondern auch das Haus, das in seinen Augen einer Villa glich. Die Einrichtung war überaus prunkvoll. Eine Haushaltshilfe war ebenfalls zugegen, ebenso wie eine Köchin, die ein äußerst schmackhaftes Essen zubereitete. Als er sein Zimmer erblickte, war er hellauf begeistert. Doch er war sehr müde und fand es schwierig, den Gesprächen richtig zu folgen; die Eltern, die sehr gut Deutsch sprachen, wollten vieles über ihn erfahren. Bernard bemerkte Alexanders Müdigkeit und schlug vor: „Geh schlafen, morgen machen wir einen Ausflug mit dem Boot auf dem See." Dankend und ohne weiteres Staunen schlief Alexander tief und fest.

Am nächsten Morgen begaben sich Alexander und Bernard zum See, an dem mehrere Segelboote vertäut waren. Bernard ging zielstrebig auf einen Steg zu, an dem ein Boot lag. Alexander folgte ihm. Da er wenig Ahnung von Booten hatte, war er überrascht, als er Bernard sagen hörte: „Das hier ist meine Yacht! Eine Yacht ist kein einfaches Boot, sondern ein Segelschiff. Komm, wir segeln!" Alexander war zunächst zögerlich, doch Bernard beruhigte ihn: „Du brauchst keine Angst zu haben."

Nun erkundeten sie das Schiff. Unten befand sich ein großer Raum, der wie eine kleine Wohnung eingerichtet war, mit einem Bett, einer Küche, einem Gasherd und einem Kühlschrank, der voller Lebensmittel war. Sie gingen nach oben, wo Bernard das Schiff losmachte, die Segel setzte und zu Alexander sagte: „Such dir einen gemütlichen Platz und genieße die Seeluft. Wenn ich dich brauche, rufe ich dich." Zu diesem Zeitpunkt ahnte Alexander noch nicht, was alles geschehen würde, und genoss erst einmal die Sonne und den Duft des Sees.

Alexander muss eingeschlafen sein, denn er wurde durch einen lauten Schrei geweckt und schaute verwirrt in die Richtung, aus der das Geräusch kam. Dort, wo eben noch Bernard die Segel hochgezogen hatte, war jetzt niemand zu sehen. Als er näherkam, erblickte er ein Segel, das auf dem Boden lag, und darunter bewegte sich Bernard, der schmerzvoll schrie: „Hilf mir!" Alexander überlegte fieberhaft, was zu tun sei. Er versuchte, das schwere Segeltuch weg zu ziehen. Doch das Boot begann zu schwanken, sodass er Mühe hatte, auf den Beinen zu bleiben. In seiner Verzweiflung rief er: „Bernard, sag mir, was ich tun soll!" „Ich bin verletzt, du musst versuchen, mich zu befreien", hörte er Bernard rufen. Mit aller Kraft, die er aufbringen konnte, griff Alexander den Mast und zog ihn zum Rand des Schiffes. Endlich gelang es ihm, Bernard freizulegen. Alexander erschrak, denn Bernard blutete am Kopf und klagte über starke Schmerzen im Bein. „Hilf mir hoch, wir müssen den Motor starten und den Notdienst rufen!" Alexander griff Bernard unter die Arme und zog ihn zur Treppe, wo sie Stufe für Stufe rückwärts hinabgingen, Bernard dabei sein verletztes Bein schonend. Unten angekommen, suchte Alexander nach dem Erste-Hilfe-Kasten und holte eine Kompresse heraus, um Bernards Kopfwunde zu versorgen. Anschließend half er Bernard, sich auf den Steuersitz zu hieven, indem er seinen Arm um Alexanders Nacken legte, um sich hochzuziehen. Alles geschah sehr schnell. Bald hörte man den Motor, und während Bernard das Steuer mit einer Hand bediente, sagte er zu Alexander: „Halte das Steuerrad fest in dieser Position, ich stelle die Richtung des Schiffes ein, die uns nach Hause bringt. Dann brauchen wir keinen Notdienst." Das Schiff schwankte nicht mehr, und auf dem Monitor war zu erkennen, dass sie auf dem richtigen Kurs waren. „In zwei Stunden sind wir zu Hause", sagte Bernard, „ich rufe meinen Vater an, damit er uns am Steg abholt." Erschöpft tauschten sie kaum noch Worte aus.

Endlich erreichten sie den Steg. Alexander, der inzwischen nach oben gegangen war, sah ein kleines Boot, das auf sie zukam. Darin befanden sich Bernards Vater und ein Arzt. Am Schiff angekommen, kletterten diese an Seilen hoch und eilten sofort zu Bernard. Der Arzt diagnostizierte eine Verstauchung am Bein und legte eine feste Bandage an, sodass Bernard wieder gehen konnte. Nun übernahm der Vater das Steuer und navigierte das Schiff zum Hafen. Endlich konnten sie alle das Schiff verlassen.

Die Mutter wartete schon voller Ungeduld auf ihren Sohn. Zu Hause wurde Bernards Kopfwunde vom Arzt nochmals versorgt, und auf dessen Anraten sollte sich Bernard ins Bett legen. Was sollte nun Alexander tun?

Bernards Eltern kümmerten sich liebevoll um ihn und bedankten sich herzlich dafür, dass er ihrem Sohn geholfen hatte. Alexander dachte bei sich: Dies war ein großes Abenteuer, doch wie würde es weitergehen? Er wollte doch auch noch nach Italien reisen.

Am nächsten Tag ging es Bernard bereits besser. Er schlug vor, dass sie beide mit dem Auto eine Tour durch die Schweiz unternehmen könnten. Doch damit war sein Vater nicht einverstanden: „Alexander ist unser Gast, ich werde fahren, und du wirst dich mit ihm unterhalten! Wir werden drei Tage unterwegs sein, und die Kosten für die Hotelunterkünfte übernehme ich!" Alexander wollte dies auf keinen Fall zulassen und versuchte, Einwände zu erheben. Doch es half nichts; Bernards Vater blieb bei seinem Vorschlag.

Es wurden dennoch wunderbare Tage. Alexander konnte viel von der Schweiz sehen, obwohl die Unterschiede zwischen den Kantonen nicht deutlich waren. Nur in der italienischen Schweiz schienen die Menschen lebhafter, und auch die Häuser hatten einen anderen Stil. Es war ausgemacht worden, dass Alexander von dort aus mit dem Zug nach Italien weiterreisen würde. Nun war es Zeit für den Abschied. Er bedankte sich herzlich bei Bernard und dessen Vater für die unvergessliche Reise, nahm seinen Rucksack und machte sich auf den Weg zum Bahnhof.

Als Alexander im Zug saß, der ihn Richtung Italien brachte, dachte er zurück an die Tage, die er mit Bernard und dessen Eltern verbracht hatte. Bernards Mutter hatte sogar seine Kleidung waschen lassen. Das Wetter war ihnen wohlgesonnen gewesen; es hatte kaum geregnet. Nun freute er sich auf Italien und fragte sich, was ihn dort erwarten würde. Dieses Mal wollte er ein Mädchen in Mailand besuchen. „Mädchen sind nicht auf Abenteuer aus", dachte er und musste dabei an Bernard denken. Er hatte vergessen zu fragen, wie es überhaupt zu dem Unfall mit dem Segel kommen konnte. War es seine Schuld? Zum Glück war alles gut ausgegangen. Mit diesen Gedanken lehnte er sich zurück, zog seinen Rucksack zu sich und versuchte, etwas zu schlafen.

Es begann zu dämmern. Alexander wusste, dass dies seine letzte Station sein würde. Diesmal plante er, einige Tage länger zu bleiben. Am

Bahnhof fand er eine Telefonzelle, von der aus er Patrizia anrief, so hieß das Mädchen. Am Telefon meldete sich eine weibliche Stimme, die Italienisch sprach. Alexander musste mehrmals seinen Namen wiederholen, bis endlich Patrizia ans Telefon kam, die sehr gut Deutsch sprach. Es dauerte nicht lange, bis Patrizia ihn mit dem Auto vom Bahnhof abholte. Die Begrüßung war, wie bei den vorherigen Begegnungen, sehr herzlich. Von einem Mädchen umarmt zu werden, empfand er als etwas ungewohnt, doch er ließ es geschehen. Die Fahrt zu ihrem Zuhause führte durch Mailand, sodass Alexander bereits einen ersten Eindruck von der Stadt erhalten konnte. Die Stadt leuchtete hell, und er bemerkte viele große weiße Häuser mit Stuckverzierungen. „So muss es früher in Köln vor dem Krieg auch ausgesehen haben", dachte Alexander. Hier hatten die Bomben keine Zerstörung angerichtet. Patrizias Haus lag in einem kleinen Vorort von Mailand. Alexander wurde von Patrizias Eltern und ihrem Bruder überaus herzlich und auf Italienisch begrüßt, was ihn zum Lächeln brachte.

Schließlich nahm Patrizia Alexander bei der Hand, führte ihn ins Haus und erklärte stolz: „Hier befindest du dich in einem alten ‚Patrizia Haus' aus dem Jahr 1890!" Es war mit stilvollen Möbeln eingerichtet, und der Tisch war dekorativ gedeckt. Aus der Küche strömte ein sehr angenehmer Duft. Zum Essen gab es, wie zu erwarten, Spaghetti. Patrizia erkundigte sich bei Alexander nach seiner Reise und seinen Erlebnissen. Alexander berichtete kurz von seinen Stationen und Erlebnissen, erwähnte aber den Unfall auf dem Schiff nicht. Patrizia übersetzte seine Erzählungen ins Italienische, und ihre Eltern lauschten interessiert. Das Zimmer, das für ihn hergerichtet worden war, war ebenfalls mit alten Möbeln ausgestattet. Der Fußboden knarrte bei jedem Schritt. „Hier werde ich mich nur zum Schlafen aufhalten", dachte er und war erleichtert, als er endlich im Bett lag und schlafen konnte. Bevor er einschlief, reflektierte er: Bisher war alles gut verlaufen. Überall war er herzlich aufgenommen worden, und er hatte viele neue Eindrücke gesammelt, die ihm niemand nehmen konnte und die er nie vergessen würde.

Alexander war beeindruckt. Er zog Vergleiche mit dem Kölner Dom, den er in seiner Erinnerung grau und schmutzig sah. Der Mailänder Dom hingegen war zwar nicht so hoch, aber breiter, ebenfalls im gotischen Stil, jedoch strahlend weiß. „Wieso ist dieser Dom so sauber?", fragte er. „Er wird alle fünf Jahre mit einer speziellen Flüssigkeit und einem festen Wasserstrahl gereinigt", erklärte Patrizia. „Warum macht man das nicht auch bei uns in Köln?", wunderte sich Alexander. Patrizia lachte und erzählte: „Als ich in Köln vor eurem Dom stand, dachte ich ähnlich und habe mich dann in der Schule danach erkundigt. Man erklärte mir, der Dom sei durch die Dampflokomotiven, die ganz in der Nähe des Bahnhofs verkehrten, so ‚schmutzig' geworden. Als man auf Elektrozüge umstellte und versuchte, den Dom zu reinigen, wurde er beschädigt, weil auch der Putz mit abgespült wurde. So hat man es mir in der Schule erklärt", sagte Patrizia. Alexander fand diese Erklärung einleuchtend.

Anschließend gingen sie in ein gemütliches Lokal, wo Patrizia leckere kleine Törtchen bestellte. Nach ihrer Rückkehr nach Hause schaute Alexander in seine Geldbörse und stellte fest, dass er nur noch wenig Geld hatte. Er beschloss, seinen Aufenthalt doch nicht mehr so lange auszudehnen.

Am folgenden Tag schlug Patrizia einen Ausflug nach Verona vor, da es nicht weit entfernt sei. Nach dem Frühstück machten sie sich auf den Weg. In der Stadt angekommen, bemerkte Alexander die vielen Touristen. „Warum eigentlich? Mailand ist doch viel schöner", fragte er Patrizia. Sie lächelte nur und sagte: „Komm, ich zeige dir, warum." Sie führten ihn durch schmale Gassen, in denen die Bewohner ihre Wäsche zum Trocknen an Leinen hängten. Alexander hatte so etwas noch nie gesehen.

Sie erreichten ein Haus, vor dem sich viele Touristen versammelt hatten. Dort hielten auch sie an, und Patrizia erklärte, was die Besucher hierher zog: „An diesem Haus befindet sich ein Balkon, auf dem vor vielen, vielen Jahren Julia gestanden haben soll, um sich mit Romeo zu verabreden." „Allerdings ist es nie zu diesem Treffen gekommen. Du kennst sicherlich die Geschichte?" Alexander nickte, und in Gedanken kommentierte er: Für diese Legende kommen die Touristen hierher? Sie verweilten nicht länger in Verona und machten sich auf den Rückweg nach Mailand. Unterwegs teilte Alexander Patrizia mit, dass er beabsichtigte, am nächsten Tag die Rückreise anzutreten. Patrizia war überrascht und fragte besorgt: „Gefällt es dir hier nicht?" „Entschuldige, die Rückreise nach Köln dauert über einen Tag, und zu Hause muss ich noch einiges erledigen", erklärte Alexander. Leise fügte er hinzu: „Außerdem habe ich kein Geld mehr." „Das verstehe ich, ich könnte dir welches leihen", bot Patrizia an. „Nein, vielen Dank, das kann ich nicht annehmen", lehnte Alexander ab. Patrizia sagte: „Deine Eltern haben mich sehr freundlich aufgenommen, und meine Eltern möchten dir ebenso eine gute Gastfreundschaft bieten." Schließlich stimmte er zu, noch zwei Tage zu bleiben, und sie verbrachten die restliche Zeit ausschließlich in Mailand, wo es noch viel zu entdecken gab. Bevor Alexander seine Heimreise antrat, rief er seine Eltern an, um ihnen mitzuteilen, dass er am Wochenende wieder zu Hause sein würde.

Die Heimreise begann. Der Zug brachte Alexander direkt von Mailand nach München. Dort angekommen, musste er fünf Stunden auf den Anschlusszug nach Köln warten. Um der Kälte zu entfliehen, suchte er die Bahnhofsmission auf. In dem Aufenthaltsraum befanden sich bereits einige Personen, die ebenfalls Schutz vor der Kälte suchten. Alexander gesellte sich zu ihnen, bekam einen warmen Kaffee und kam mit einem Sitznachbarn ins Gespräch, der ebenfalls nach Köln unterwegs war. Die Zeit verstrich schnell, und gemeinsam begaben sie sich zum Bahnsteig. Dort stellte Alexander seinen Rucksack ab, um sich ein Getränk zu kaufen. Bei seiner Rückkehr waren sowohl der Rucksack als auch der neue Bekannte verschwunden. Die Suche begann sofort; der Mann konnte noch nicht weit gekommen sein. Auf dem Bahnsteig, der nicht übermäßig belebt war, fragte Alexander jede einzelne Person, ob sie einen Mann mit heller Jacke und schwarzer Hose gesehen hätte. Eine Frau wies in Richtung der Treppe: „Dort ist er hinuntergegangen!" Alexander eilte die Treppe hinab und erklärte zwei Bahnbeamten seine Situation. Diese handelten schnell, informierten die Polizei am Bahnhof, und die Suche wurde umgehend eingeleitet. Glücklicherweise dauerte es nicht lange – der Zug nach Köln stand kurz vor der Abfahrt –, da erschienen die Polizisten mit einem Mann, den Alexander sofort wiedererkannte, und seinem Rucksack. Schnell überprüfte er den Inhalt; es fehlte nichts. Die Polizisten erklärten, der Dieb habe vermutlich nach Geld gesucht. Nach seiner Festnahme konnte Alexander erleichtert zum Bahnsteig zurückkehren. Der Zug kam, und er trat endlich die letzte Etappe seiner Heimreise an.

Während Alexander noch im Zug saß, verbrachten Gabriele und Heinz Zeit im Haus bei Helga und Alex. Das Wetter war trotz des fortgeschrittenen Herbstes noch angenehm warm. Sie hatten es sich in einem neu ausgebauten Raum, der direkt an den Garten grenzte, gemütlich gemacht. Alles blühte noch wunderschön. Der Raum verfügte über ein großes Fenster und einen stattlichen gekachelten Kamin, umgeben von bequemen Stühlen und einem Tisch, an dem 4-5 Personen Platz finden konnten. Helga hatte einen köstlichen Kuchen gebacken. Während sie so im Kaminzimmer saßen, kam das Thema auf die Hochzeit. Sie planten eine kleine Feier im engsten Familienkreis. Heinz führte hauptsächlich das Gespräch. Helga fiel auf, dass Gabriele auffallend still war, und fragte sie direkt: „Möchtest du nicht in Weiß heiraten?" Gabriele schüttelte lediglich den Kopf. Dann kam Heinz auf das Thema Häuserbau zu sprechen. Er erzählte von einer Genossenschaft in Langenfeld, seinem neuen Wohnort, die Einfamilienhäuser baute. Er interessierte sich für ein Grundstück, welches er jedoch nur erwerben konnte, wenn sie verheiratet wären – daher der Wunsch nach einer einfachen Hochzeit. Alex und Helga zeigten Verständnis für diesen Plan. Doch Helga insistierte: „Gabriele, wir werden trotzdem ein schönes Kleid für dich kaufen, ohne dass Heinz dabei ist!" An Heinz gewandt, fügte sie hinzu: „Das Hochzeitsfest werden wir finanzieren!" Diese Nachricht erfüllte Heinz mit großer Freude. Später verabredete sich Helga mit Gabriele, um in der Innenstadt nach einem passenden Kleid zu suchen. Für Helga war es auch eine Gelegenheit, unter vier Augen mit Gabriele zu sprechen.

Am nächsten Tag kam Alexander von seiner Abenteuerreise zurück. Er war sehr müde und wollte sofort in seine Wohnung. Bevor er nach oben ging, aß er noch von dem leckeren Kuchen und erzählte, dass die Reise sehr schön gewesen wäre und er viel Spaß gehabt hätte. Er verlor kein Wort darüber, was vorgefallen war, um seine Eltern nicht zu beunruhigen. Er bestellte noch liebe Grüße von Pierre, Bernard und Patrizia und wollte dann ins Bett. Alex sagte: „Moment, du hast noch einen wichtigen Brief, er ist per Einschreiben gekommen!" Alexander öffnete ihn sofort und wurde ganz blass. Er schrie laut: „Die wollen haben, dass ich zum Militär gehe und vorher zur Musterung, nächste Woche schon!" Er schmiss den Brief auf die Erde und sagte weiter: „Ich gehe nicht zum Militär, ich will nicht mit dem Gewehr auf Menschen schießen." Alex versuchte, ihn zu beruhigen: „Ich kenne jemanden, der Zivildienst geleistet hat, statt Soldat zu werden. Er wird dir Ratschläge geben, wie du dem Militärdienst entgehen kannst. Ich rufe ihn sofort an. Aber geh erst einmal zur Musterung, dort wird man dich nur gründlich untersuchen."

Zwei Tage später traf sich Alexander mit Jürgen, dem Bekannten seines Vaters. Jürgen zeigte ihm das Schreiben, das er vor einigen Jahren an das Kreiswehrersatzamt geschickt hatte. Nachdem Alexander es gelesen hatte, wusste er, was er zu tun hatte. Der Brief wurde am folgenden Tag per Einschreiben verschickt. Einige Tage später wurde Alexander von einem Amtsarzt untersucht und als „tauglich" eingestuft.

Ein paar Tage später trafen sich Gabriele und Helga, um gemeinsam in die Innenstadt zu fahren. Dort fanden sie ein schönes, helles Kleid mit einer passenden Weste. Gabriele sah mit ihrer schlanken Figur darin sehr gut aus. Beide waren glücklich über ihren erfolgreichen Einkauf und beschlossen, sich in ein Café zu setzen, um noch ein wenig zu plaudern. Helga wollte nun den Grund für Gabrieles zurückhaltende Art erfahren, da sie den Eindruck hatte, dass Gabriele etwas belasten würde. Zunächst zögerlich, dann aber immer fließender, offenbarte Gabriele: „Ich fühle mich von Heinz unterdrückt, weil er mir ständig vorschreibt, was ich tun soll und was nicht. Seine Mutter findet auch immer etwas an mir auszusetzen. Deshalb wäre ich froh, wenn wir bald ausziehen könnten. Es missfällt mir, dass ich mein verdientes Geld abgeben soll, damit er es verwalten kann, alles mit Blick auf das Haus, das wir einmal für uns haben werden. Als ich mich dagegen wehrte, wurde er sehr verärgert. Ich hoffe, dass sich das ändert, wenn wir verheiratet sind und für uns allein leben!" Helga nahm Gabriele tröstend in den Arm und sagte: „Es wird schon alles gut werden. Sei froh, dass du einen Mann hast, der fleißig ist und gut verdient. Ich hoffe, dass alles gut ausgeht und du glücklich wirst. Das wünsche ich dir von ganzem Herzen!"

Nun stand für Helga und Alex ein 14-tägiger Urlaub an. Sie packten ihre Koffer und machten sich mit dem Auto auf den Weg zu dem Bauernhof, den sie bereits mit ihren Kindern besucht hatten. Während der Fahrt erzählte Helga von ihrem Gespräch mit Gabriele. Alex meinte optimistisch, dass sich alles zum Guten wenden würde: „Die beiden sind noch jung. Wenn sie erst einmal verheiratet sind, werden sie sich schon zusammenraufen." Helga war empört: „Zusammenraufen? Meinst du, Gabriele sollte sich einfach unterordnen und tun, was Heinz verlangt?" „So habe ich das nicht gemeint", verteidigte sich Alex. „Beide sind klug, und sie werden sicher einen Weg finden, ihre Ehe erfolgreich zu gestalten." „Das will ich doch hoffen", erwiderte Helga nachdenklich.

Die Zeit auf dem Bauernhof verlief sehr ruhig. Sie machten täglich weite Spaziergänge und kamen an einem Tag in ein Lokal, das sich ziemlich oben auf einem Berg befand. Sie kehrten dort ein. In dem Lokal saß niemand, obwohl es Mittagszeit war. Sie wollten schon gehen. Die Wirtin kam auf sie zu und sagte auf bayrisch: „Bleiben sie, bitte nehmen sie Platz!" Sie zeigte ihnen einen Platz direkt am Fenster, wo sie einen wunderbaren Ausblick hatten. Sie bestellten ein großes Bier; denn sie hatten Durst von der Wanderung. Die Wirtin brachte das Bier und sagte: „Darf ich ihnen das Essen bringen, was wir für uns gekocht haben? Wir bekommen erst heute Abend Gäste und dann habe ich eine Speisekarte!" Sie waren damit einverstanden. Es dauerte nicht lange, da kam die Wirtin mit zwei großen Tellern. Als sie diese vor sich stehen hatten, schauten sie sich gegenseitig an und sagten gleichzeitig: „Wer soll das alles essen!" Auf dem Teller lagen zwei dicke Semmelknödel und ein Riesenschnitzel. Kurz darauf brachte sie noch zwei Schälchen gemischten Salat und wünschte guten Appetit. Sie aßen sehr langsam und genossen es; denn es schmeckte sehr gut. Das Bier spülte manchen Bissen hinunter. Endlich hatten sie es geschafft.

Als die leeren Teller abgeräumt wurden, bestellten sie noch einen Schnaps zur Verdauung. Die Wirtin musste lachen und sagte: „Ich bringe für jeden zwei Absacker, die gehen aufs Haus!" Sie blieben dann noch eine Weile und verlangten die Rechnung. Die Wirtin kam lächelnd zum Tisch und fragte: „Darf ich noch einen Nachtisch servieren?" „Ja," meinten sie, „eine kleine Portion Eis, wenn sie haben?" „Gerne, ich bringe ihnen ein Eis des Hauses!" Wieder mussten Helga und Alex staunen, als das Eis gebracht wurde. Dieses befand sich in hohen Kristallschalen, mit 4 dicken Eiskugeln, verschiedenen Obstsorten und oben auf dem Eis, ein hoher Berg Sahne. „Das sollen wir essen," riefen beide wie aus einem Mund. „Lassen sie sich

Zeit," war die Antwort. Sie ließen sich Zeit und tranken danach noch eine Tasse Kaffee, ohne Milch und Zucker. Als sie die Rechnung bezahlten, sahen sie, dass das Eis nicht berechnet worden ist. Bevor sie gingen, bedankten sie sich ganz herzlich bei der Wirtin und fragten, ob sie Kinder hätte. Sie antwortete mit ja, und Helga gab ihr 10 DM mit den Worten: „Sie haben uns so wunderbar bewirtet, geben sie den Betrag in ihre Spardose, und nochmals, vielen Dank, es hat vorzüglich geschmeckt!" Nun gingen Alex und Helga ganz gemütlich, wieder hinunter zu ihrer Ferienwohnung. Für sie war es ein wunderbarer Tag. Die 14 Tage vergingen sehr schnell, das Wetter meinte es gut mit den Beiden und sie konnten gut erholt wieder nach Hause fahren.

Zuhause erwartete Alexander bereits seine Eltern, denn er hatte ihnen viel zu berichten. Er teilte mit, dass er bei der Musterung erfahren hatte, dass er nicht zum Militärdienst herangezogen, sondern stattdessen den Zivildienst ableisten würde. Für diese Zeit von 20 Monaten hatte er bereits eine Einsatzstelle gefunden. Voll Enthusiasmus berichtete er, dass es sich um eine Schule für geistig behinderte Kinder handelte, wo er die Lehrkräfte unterstützen sollte. Für ihn begann damit ein neuer Lebensabschnitt. Seine Freundin Anette verbrachte nun häufig das gesamte Wochenende bei ihm, und beide schienen sehr glücklich zu sein. Zu diesem Zeitpunkt ahnten Alex und Helga noch nicht, welche großen Veränderungen auf sie zukommen würden.

Die Hochzeit von Gabriele und Heinz stand bevor. Der Polterabend wurde mit etwa 30 Gästen in der Kellerbar gefeiert, unter ihnen Freunde und Arbeitskollegen von Heinz. Der Abend war, wie es bei Polterabenden üblich ist, sehr ausgelassen, und auf Wunsch von Helga wurde darauf verzichtet, Porzellan auf dem Kachelboden zu zerschlagen.

Einige Tage später fand die standesamtliche Trauung statt. Gabriele sah in ihrem Kleid äußerst elegant aus, und Heinz trug einen schicken dunkelblauen Anzug. Auch er machte eine sehr gute Figur. Helga dachte bei sich, dass die beiden optisch sehr gut zueinander passten und hoffte, dass dies auch in ihrer Ehe der Fall sein würde. Bei der Trauung trafen Helga und Alex zum ersten Mal auf die Mutter von Heinz. Sie gab sich sehr zurückhaltend und zeigte wenig Interesse an einem Austausch mit ihnen. Das einzige Paar, das sich mit ihnen unterhielt, war ein Onkel und eine Tante von Heinz. Nach der Zeremonie begaben sich die Hochzeitsgäste, hauptsächlich Verwandte von Heinz, in ein Restaurant, wo sie ein ausgezeichnetes und köstliches Mahl genossen.

Kirchlich zu heiraten, hatten sie sich gegen entschieden. Doch das darauffolgende Wochenende sollte das Hochzeitsfest in dem Haus fortgesetzt werden, in dem Gabriele viele Jahre gelebt hatte, teilweise zusammen mit Matthias, ihrem Ex-Freund. Ein großes Fest war geplant. Doch plötzlich war Gabriele verschwunden. Wo konnte sie sein? Helga machte sich auf die Suche und fand sie schluchzend in Alexanders Wohnung. Zwischen Tränen gestand Gabriele: „Hier ist nun nichts mehr, was mir gehört. Ich ziehe jetzt in ein Haus, das mir nicht gefällt, und habe einen Mann geheiratet, der mich nicht wirklich liebt." Helga setzte sich zu ihr, umarmte sie tröstend und versicherte: „Es wird alles gut werden. Sobald ihr in eurem neuen Zuhause seid, wird alles zu deiner Zufriedenheit sein. Komm, lass uns nach unten gehen und das Fest genießen."

Und so geschah es auch. Helgas Geschwister waren anwesend. Deren Kinder, die nun schon fast erwachsen waren, mischten sich unter die Gäste. Hans und Ilse brachten Stefan mit, der sich zu einem sympathischen und lebhaften Jungen entwickelt hatte. Rudolf und Käthe erschienen mit Jutta, Thomas, Christoph und Nicol, die bis auf Jutta alle studierten. Margarete kam mit Toni, Gregor, Cordula und Andrea, von der Helga erfuhr, dass auch sie bald vor den Traualtar treten würde. Elfriede erschien mit einem Freund und wirkte sehr glücklich.

Das Fest begann mit einem gemütlichen Nachmittagskaffee. Am Abend wurde das Essen von einem Catering-Service geliefert. Gabriele lächelte wieder und wirkte glücklich, besonders als ein Trompetensolo des Ave Maria erklang. Der Trompeter positionierte sich im Treppenhaus, von wo aus die Musik, unterstützt durch die geöffneten Türen, besonders gut zu hören war. Es wurde eine wunderschöne Hochzeitsfeier, wie die Gäste beim Abschied betonten.

Für Alexander begann nun eine neue Lebensphase. Von Montag bis Freitag ging er in eine Schule in Mülheim, was ihm große Freude bereitete.

Täglich berichtete er von den Fortschritten der Kinder, die trotz körperlicher oder geistiger Behinderungen lernwillig waren. Die Lehrkräfte zeigten eine bewundernswerte Geduld mit ihnen. Besonders erfüllte es Alexander mit Freude, wenn die Kinder glücklich waren, ihn in der Schule zu sehen. Anette arbeitete indessen weiter bei der Firma KHD, und beide führten eine glückliche Beziehung.

Eines Samstags kehrte Alexander nach Hause zurück mit der Ankündigung, dass er und Anette etwas Wichtiges zu besprechen hätten. Gespannt lauschten Alex und Helga seiner Mitteilung: „Ich ziehe aus und Anette und ich beziehen eine Wohnung in Köln 'Am Duffesbach'!" Die überraschten Blicke seiner Eltern bemerkend, fügte er hinzu: „Ihr habt doch nichts dagegen?" Was konnten sie darauf antworten? Nachdem Alexander den Raum verlassen hatte, drückte Alex seine Enttäuschung aus: „Wofür habe ich hier alles aufgebaut? Gabriele ist weg, Alexander zieht aus, und wir sind nun allein in diesem großen Haus." Helga versuchte zu trösten mit der Hoffnung, dass Alexander und Anette eventuell nach einer Hochzeit wieder einziehen könnten, indem sie die Wohnung der Mieterin und seine alte Wohnung übernehmen würden. Alex fand Trost in dieser Vorstellung.

Doch das Schicksal hatte andere Pläne. Bald darauf erkrankte die Mieterin schwer und zog in ein Pflegeheim um, wo sie besser betreut werden konnte. Nach der Renovierung der Wohnung standen Alex und Helga nun tatsächlich allein in dem großen Haus. An einem regnerischen Tag wollte Helga die nun leere Wohnung unten reinigen. Doch als sie die Steintreppe hinabging, rutschte sie unerwartet aus und stürzte. Alex, alarmiert durch ihren Schrei, eilte herbei und fand Helga am Fuß der Treppe liegend vor, blutend und unfähig, ihren rechten Arm zu bewegen. In seiner Hilflosigkeit rief er auf ihre Anweisung hin den Krankenwagen.

So geschah es auch! Der Krankenwagen kam, und Helga wurde ins Krankenhaus gefahren. Alex folgte mit seinem Auto hinterher. Im Krankenhaus wurde festgestellt, dass es sich um eine Fraktur am Handgelenk handelte. Auch der Kopf wurde geröntgt. Gottseidank war durch den Sturz keine Gehirnerschütterung hervorgerufen worden. Nachdem der Arm mit einem Gipsverband versorgt worden war, konnte Alex Helga wieder nach Hause fahren.

Zu Hause sollte Alex nun Helga versorgen. Aber das war einfacher gesagt als getan! Die ganzen Jahre hatte Helga das Haus, die Kinder, die Gäste und natürlich Alex versorgt. Aber nun sollte er Helga versorgen. Er stellte sich sehr ungeschickt an, obwohl Helga ihm mit großer Geduld alles vorher erklärt hatte, was und wie er alles machen sollte. Selbst ein Butterbrot zu machen, fiel ihm schwer. Dabei dachte Helga: Du hast einen großen Fehler gemacht, warum hast du deinen Mann so verwöhnt? Sie musste schmunzeln und dachte: Nun, ich habe es für selbstverständlich gehalten, für meinen Mann zu sorgen. Nachdem Alex Helga versorgt hatte, machte er sich selbst noch ein Butterbrot fertig und sagte beim Essen: „Es schmeckt aber nicht so gut, als wenn du es gemacht hättest." Das Ausziehen und ins Bett bringen fiel Alex nicht so schwer. Dabei kamen sie sich näher, und sie liebten sich. Dabei wurde Schmerz und Kummer vergessen.

Am nächsten Tag kam Gabriele, um ihre Mutter zu versorgen. Beim Kochen mit ihrem Vater erzählte sie, dass sie nun bald in ihr neues Haus einziehen könnten. Sie stockte ein wenig und sagte dann: „Wir erwarten ein Baby!" Die Freude war sehr groß, und sie wurde fest von ihren Eltern umarmt. Sie blieb noch einen Tag, um ihrem Vater alles zu erklären. Bevor sie wieder zurückfuhr, fragte Helga ihre Tochter, ob sie auch glücklich wäre. Sie sagte: „Heinz hat sich sehr verändert, jetzt, wo er weiß, dass ich ein Kind erwarte und er bald Vater wird!" Als Helga das erfuhr, war sie sehr froh und dachte, nun wird sicher alles gut werden.

Solange Helga den Gips an ihrem rechten Handgelenk trug, wurde sie sehr liebevoll von Alex versorgt. Den Tag über war sie allerdings allein im Haus. Die Einkäufe erledigte sie, obwohl es ihr oft schwerfiel. Das Kochen war am Anfang für Alex nicht so einfach. Aber nach einer gewissen Zeit fand er sogar Gefallen daran. Auch das Saubermachen fiel ihm gar nicht schwer. So verliefen die vier Wochen sehr harmonisch, und Alex sagte eines Tages: „Nun weiß ich auch, was du in den Jahren, in denen wir hier im Haus wohnen, geleistet hast!"

An einem Tag, an dem es nur regnete, war Helga froh, dass sie nun keinen Gips mehr an ihrer Hand hatte, ebenso darüber, dass alles gut verheilt war und nun die Bewegungstherapie anfangen konnte. Sie war traurig, wusste aber nicht warum. Alex kam fröhlich nach Hause und sagte: „Du musst mir sofort die Karten legen!" Helga kam das sehr komisch vor. Nach langem Drängen erfüllte sie ihm den Wunsch. Als die Karten auf dem Tisch lagen, wunderte sich Helga: „Du wirst morgen einen Vertrag unterschreiben, es sieht so aus, als ob du aufhören würdest zu arbeiten!" Alex stieß einen Freudenschrei aus und sagte: „Wenn das stimmt, dann wird mein Wunsch in Erfüllung gehen!" „Das musst du mir erklären," sagte Helga und schaute Alex verwundert an. Folgendes: „Seit einem halben Jahr plant die Firma, in der ich schon 40 Jahre arbeite, Leute in meinem Alter in den Vorruhestand zu schicken. Finanziell wären sie abgesichert. Daraufhin habe ich gefragt, ob ich auch gehen könnte, worauf mein Chef gesagt hat: ‚Nein, wir brauchen Sie hier noch!'" Bei diesen Äußerungen sprang er auf und war sehr aufgeregt. Helga war erschrocken und dachte, er ist doch noch keine 65 Jahre alt, wo er dann erst normalerweise Rentner wäre. Sie sprach ihre Gedanken aus, worauf er sagte: „Ich kann dann schon mit 60 Jahren in Rente gehen. Bis ich so alt bin, werde ich von der Firma und vom Arbeitsamt unterstützt!" Für Helga war das alles unverständlich. Sie sah nur, dass Alex sich sehr freute. Sein Wunsch und Helgas Vorhersage trafen ein, und er konnte am nächsten Tag unterschreiben. Er kam fröhlich nach Hause, nahm Helga in den Arm und sagte: „Ich bin sehr glücklich!" Wie soll es nun weitergehen, hat alles seine Richtigkeit, dachte Helga.

Es begann nun eine Zeit, in der sich alles irgendwie anders anfühlte. Sonst war Alex am Wochenende oder wenn er Urlaub hatte, zum Frühstück und zum Mittagessen mit Helga zusammen. Am Anfang war es wunderbar, man fand es gut und freute sich täglich, wenn man zusammensaß und sich unterhalten konnte. Man sprach auch über Urlaubspläne. Wohin es gehen sollte, da war man sich nicht einig. Wenn Helga Alex ansah, dann sah sie einen glücklichen Menschen, der mit 56 Jahren nicht mehr arbeiten musste. Die beiden wohnten in dem dreistöckigen Haus nun allein. Die Mieterin hatte das Alter erreicht, in dem sie keine Treppen mehr steigen konnte, und war in ein Altersheim umgezogen. Die Einzige, die noch die Treppen nutzte, war die Katze Katinka. Für Helga war es nun zu ruhig im Haus, und sie hatte die Idee, zwei Wohnungen zu vermieten. Das wollte Alex aber nicht und sagte sehr traurig: „Schade, dass weder Gabriele noch Alexander im Haus geblieben sind. Haben wir etwas falsch gemacht?"

„Nein," sagte Helga, „wir haben nichts falsch gemacht. Wir sind doch auch ausgezogen und haben nicht gefragt, ob unsere Eltern damit einverstanden waren." Alex meinte: „Da waren doch noch ganz andere Bedingungen, unsere Eltern hatten keine Wohnung zu vergeben." Da musste Helga ihm recht geben.

Es war Sommer, und sie saßen viel im Garten. An einem schönen, sonnigen Tag beschlossen sie spontan, Helgas Geschwister wieder einmal zu besuchen. Zuerst fuhren sie zu Margarete und trafen dort auch auf Toni, der selten zu Hause war, weil er oft im Ausland verweilte, um dort Flugzeuge von Lufthansa zu verkaufen. Margarete hatte sich langsam daran gewöhnt. Sie hatte inzwischen einen Job als Verkäuferin in einem Bekleidungsgeschäft, was ihr sehr viel Freude bereitete. So war sie immer top angezogen und konnte auch ihre beiden Töchter, Cordula und Andrea, die ungefähr im Alter von Gabriele waren, einkleiden. Auf die Frage, was Gregor, der Älteste, mache, konnten Margarete und Toni nicht antworten. Margarete erzählte: „Er überlegt noch, was er beruflich machen will. Die Mädchen sind aber fleißig. Cordula studiert Kunst, und Andrea möchte einmal Flugzeugbegleiterin werden. Sie hat gute Aussichten." Sie verbrachten einen schönen Nachmittag. Bei der Verabschiedung sagte Toni zu Alex: „Ich beneide dich, dass du nicht mehr arbeiten musst!"

Das nächste Wochenende besuchten sie Elfriede, die inzwischen mit einem neuen Partner zusammenlebte und ganz in der Nähe von Margarete wohnte. Nach der Scheidung von Klaus hatte sie nun einen Mann kennengelernt, mit dem sie sich gut verstand. Dieter hieß er und arbeitete als Soldat beim Militär, wo er Hubschrauber flog. Elfriede berichtete stolz, dass sie bald heiraten wollten. Helga war sehr froh, dass ihre Schwester nun glücklich war. Auch dort verbrachten sie einen schönen Nachmittag.

Nun wollten sie auch Rudolf mit seiner Großfamilie besuchen. Er war immer noch bei der Bahn beschäftigt und machte gerade eine Schulung, damit er einmal den Rang eines Inspektors bekam, was ihm schon damals sein Onkel Willi empfohlen hatte. Rudolf schafft das schon, dachte Helga. Sie war mit Alex nun lange nicht mehr bei ihnen. Sie waren umgezogen und wohnten in einem Haus in einer kleinen Siedlung. Auch seine Kinder waren schon erwachsen. Jutta, die Älteste, arbeitete als Kosmetikerin. Thomas studierte Jura, Christoph und Andrea studierten Betriebswirtschaft. Rudolf war sehr stolz auf seine Kinder.

Nur Käthe beklagte sich, dass sie viel Geld kosten würden. Rudolf sagte: „Jeder von ihnen geht noch nebenbei arbeiten, um das Studium zu finanzieren." Er war ärgerlich über die Äußerung seiner Frau. Weil Lisbeth und Peter nicht weit weg von Rudolf wohnten, besuchten Helga und Alex auch diese. Peter hatte sich zu einem jungen Mann entwickelt; er besuchte eine höhere Schule und wollte einmal in einer Bank arbeiten. Lisbeth ging es gut; sie hatte sich wieder von dem Verlust ihres Mannes erholt. Helga war ein wenig traurig darüber, ihren Vater nicht mehr zu sehen. Sie unterhielten sich über die Familie, und Lisbeth fragte als Einzige von allen, die Alex und Helga besucht haben: „Kommt ihr auch finanziell gut zurecht, wo Alex nun nicht mehr arbeitet?" Beide schauten sich an und sagten einstimmig: „Ja!" Als sie nach Hause fuhren, meinte Alex: „Ich fand es rührend, dass deine Mutter sich Sorgen um uns macht!" „Da muss ich dir Recht geben," sagte Helga. „Ich bin froh, dass sie mit ihrer Rente und der Rente meines Vaters zurechtkommt und gut damit leben kann."

Das Jahr 1992 hatte viele Ereignisse. Es fing damit an, dass Alex nicht mehr zur Firma musste. Morgens nicht mehr früh aufstehen, ins Bett gehen, wann er wollte, und auch noch ausreichend Geld für sich und seine Frau zum Leben haben. Die Kinder, Gabriele und Alexander, führten schon ihr eigenes Leben. Alexander studierte Pädagogik und lebte mit Anette glücklich mitten in Köln, am „Duffesbach". Sie konnten die Miete finanzieren, weil Anette als Industriekauffrau bei KHD arbeitete und Alexander Bafög (Geld vom Staat) erhielt. Von Gabriele wussten sie, dass sie bald ein Enkelkind bekommen würden. Doch vorher wollten sie noch eine Reise durch Polen machen.

An Helgas Geburtstag traten sie die Reise an. Die erste Übernachtung war in Breslau, früher hieß die Stadt Breslau und gehörte zu Deutschland. Das Hotel war angenehm, und sie hörten das erste Mal die Leute Polnisch sprechen. Dann ging es weiter durch die Masuren, ein Gebiet mit vielen Seen und Naturgebieten. Ab und zu fuhr man an einer kleinen Siedlung mit Häusern vorbei, die sehr baufällig aussahen. Selten sah man Personen vor dem Haus. Helga wunderte sich, dass keine Kinder zu sehen waren. Es ging weiter durch Alleen, die rechts und links mit verschiedenen Baumarten bewachsen waren. Zwischendurch hielt der Bus in einer größeren Stadt zur Übernachtung an. Am nächsten Tag blieben dort einige Mitfahrer, um Verwandte zu besuchen, die dort nach dem Krieg in Polen zurückgeblieben sind. Helga und Alex, sowie noch einige andere Reisende, fuhren weiter Richtung Mikołajki, eine kleine Stadt mitten in Polen.

Dort angekommen, fanden sie ein erstklassiges Hotel vor, mit einem See voller Boote und einem wunderbaren Park. Die Zimmer waren großartig. Beim Betreten kam man zunächst in einen Vorraum mit Schreibtisch, dann das Schlafzimmer mit einer Wohnnische und separat ein großes Badezimmer mit großem Fenster, von dem aus man den herrlichen Park sehen konnte. Alex und Helga waren erstaunt, wie zuvorkommend sie bedient wurden. Später erfuhren sie, dass ihr Name Ostrowski dazu beigetragen hatte. Jeden Morgen wurden sie mit einem Glockenspiel von der Kirche geweckt, die eine bekannte Volksweise spielte.

Nach dem guten Frühstück unternahmen sie Ausflüge, um noch einiges zu besichtigen, wie zum Beispiel den Bunker von Adolf Hitler. Er war noch so erhalten, wie er für Hitler und seine Helfer gebaut worden war. Es war erschreckend, aber auch bewundernswert, wie mit so viel haltbarem Material zur Sicherung dieser Menschen ein so großer Komplex gebaut wurde. Zu Helgas Freude wurde eine Kirche besichtigt, in der von der Empore aus Engel aus Gips mit Posaunen, auf Knopfdruck eine Melodie spielten. Es war faszinierend, wie sie sich bewegten und dabei eine wunderbare Melodie spielten. Insgesamt waren Helga und Alex nun schon 14 Tage unterwegs. Für Alex war es ein Erlebnis, das Land, aus dem seine Vorfahren stammten, einmal zu sehen, die Sprache zu hören und einige Menschen kennenzulernen. Am letzten Tag fuhren sie mit einem Boot vom Hotel aus auf den großen See, was für Alex ein Erlebnis war. Er erinnerte sich, als er noch klein war und auch mit so einem großen Boot allein und mit viel Angst auf einem Maar-See in der Eifel gepaddelt ist. Helga musste lachen und sagte: „Nun bin ich bei dir, dann kann nichts passieren!"

Zurück ging es mit dem Bus, mit nur noch einer Übernachtung in Breslau. Zu Hause angekommen, erfuhren sie von Gabriele, dass ihr Haus fertig war und sie unbedingt zur Besichtigung kommen sollten. Sie fuhren nach Langenfeld in der Nähe von Leverkusen, wo nun ihr kleines Reihenhaus fertig gebaut war und sie einziehen konnten, noch bevor das Kind geboren wurde. Nebenan zogen ebenfalls schon junge Leute ein. Alex und Helga waren überrascht von der Einteilung des Hauses. Wenn man ins Haus kam, war rechts die Küche, ein kleiner Flur, der zum Wohnzimmer führte, mit einem großen Fenster und einer Tür, die zum Garten führte, der aber noch angelegt werden musste. Nach oben führte eine Holztreppe zum Schlafzimmer und zu zwei Kinderzimmern. Gabriele und Heinz waren stolz, dieses Haus zu zeigen, das natürlich noch eingerichtet werden musste. Das Geld hatten sie sich gespart und bekamen natürlich auch finanzielle Unterstützung von Heinz' Mutter, Alex und Helga.

Alex und Helga waren glücklich, weil sie annahmen, dass Gabriele und Heinz nun glücklich sind, mit ihrem Haus und dass sie bald Eltern werden. Beide waren auf jeden Fall glücklich und zufrieden, sie freuten sich darauf, bald Großeltern zu werden. Eines Abends läutete das Telefon, und Stefan, von dem sie lange nichts mehr gehört hatten, rief an. Seine Stimme klang sehr traurig. Auf die Frage von Helga, was denn wäre, sagte er stockend: „Meine Mutter ist verstorben!" Der Schreck von Helga war groß, und sie sagte: „Wir kommen sofort zu dir!" Alex und Helga fuhren mit dem Auto nach Brühl, wo Stefan wohnte. Als sie eintrafen, sagte Helga zu Alex: „Hier waren wir lange nicht mehr. Sehr schade, dass wir jetzt erst kommen, wo Ilse, Stefans Mutter, verstorben ist."

Ein Onkel, den Alex und Helga nicht kannten, öffnete die Tür und brachte sie ins Wohnzimmer, wo Stefan traurig auf der Couch saß. Mit Erschrecken – und gleichzeitiger Freude – sah sie in Stefan ihren Bruder auf der Couch sitzen. Die Ähnlichkeit war verblüffend! Sie dachte: Hans lebt in seinem Sohn weiter. Ganz schnell verwischte sie ihre Gedanken und setzte sich neben Stefan, um ihn zu trösten. Mit seinen 26 Jahren wirkte er sehr erwachsen und vernünftig. Er sprach mit ruhiger Stimme und erklärte, wie die Beerdigung stattfinden sollte. Es klang sehr vernünftig und gut, die letzte Ehrung für seine Mutter durchzuführen, die er sehr geliebt hatte und mit der er viele Jahre ohne Vater verbracht hatte. Als sie Stefan verließen, sagte Helga: „Du kannst zu jeder Gelegenheit zu uns kommen; wir würden uns sehr darüber freuen!" „Ja gerne," sagte er darauf, „aber ich habe eine führende Position bei der Firma Knappsack, die mich sehr in Anspruch nimmt, deshalb habe ich sehr wenig Zeit."

Bevor Alex und Helga nach Hause fuhren, besuchten sie noch Lisbeth und Peter, die sehr erschrocken über den Tod von Ilse waren. Am späten Abend, es war draußen sehr dunkel, nur einige Laternen leuchteten in Gremberghoven in der kleinen Siedlung, sagte Helga zu Alex: „Ich möchte noch einmal zu den Orten mit dir gehen, wo ich einst mit meinen Geschwistern herumgelaufen und gespielt habe!" „Okay", meinte er, und sie gingen zuerst zu der Straße, wo das Haus von Helgas Familie gestanden hatte. Dort stand nun ein großer Häuserblock, bewohnt von fremden Menschen. Sie gingen weiter zu der Stelle, wo einst ein Baggerloch war, in dem ihre Geschwister geschwommen sind. Es war nicht mehr da; jetzt befand sich dort ein Fußballplatz. Daneben war eine Gastwirtschaft. Den Bahnsteig, von dem Helga immer mit dem Zug losgefahren war, gab es auch nicht mehr. Sie gingen weiter. Kein Haus mehr, an das Helga noch Erinnerungen hatte, war zu sehen. Sie war sehr traurig; es waren nur große Häuserblöcke zu sehen und keine kleinen Häuser mit Vorgärten und Fensterläden aus Holz, die jeden Abend von innen verschlossen wurden. Endlich kamen sie in eine Straße, wo diese alten Häuser noch standen. Aber wie sahen sie aus! Einige hatten einen neuen Anstrich, aber keine Fensterläden mehr, dafür neue Fenster. Andere waren grau, fast schwarz, und die Läden hingen lose an der Wand herunter. Alles war verändert und sah im Dunkeln noch schlimmer aus. Was ist aus der kleinen Siedlung geworden? Sie hat sich vergrößert und ist nun ein Vorort von Köln geworden. Für Helga war es kein schöner Anblick, und sie bedauerte, dass sie die Zeit nicht zurückdrehen konnte.

Ein paar Tage später erfuhren Helga und Alex von Heinz, dass sie Eltern eines Jungen geworden sind. Seine Stimme klang fröhlich. Auf die Frage, wie es Gabriele gehe, berichtete er, dass es ihr gut gehe! Sie fuhren sofort nach Langenfeld. Dort besuchten sie Gabriele im Krankenhaus und konnten ihren ersten Enkel sehen. Er war ein kräftiger Junge, und der Stolz von Gabriele, die ihn ganz fest an sich drückte und zärtlich „Lars" sagte. So sollte er heißen. Die Großeltern fanden den Namen wunderbar! Bevor sie nach Hause fuhren, wollten sie sich noch den Ort anschauen, in dem ihr Enkel einmal aufwachsen wird. Das kleine Reihenhaus hatten sie schon gesehen. Es gab in diesem Ort noch mehrere kleine Häuser, auch einen Kindergarten und eine Schule, aber keinen kleinen Laden. Sie blieben stehen, und Helga sagte: „Das ist auch eine kleine Siedlung, wo demnächst der kleine Lars herumlaufen wird!" Sie lachte und sagte: „So wiederholt sich alles im Leben!"

Ende der Geschichte: Die kleine Siedlung

Zeitfracht Medien GmbH
Ferdinand-Jühlke-Straße 7
99095 Erfurt, Deutschland
produktsicherheit@kolibri360.de